EDDIE FLYNN BOOK 4

艾迪・弗林
系列 4

第13位陪審員

TH1RT3EN

STEVE CAVANAGH

史蒂夫・卡瓦納——著
楊沐希——譯

媒體書評與各方推薦

令人震驚的淘汰賽法律驚悚小說。

——《書目雜誌》星級書評

這個精心設計的翻頁器，既是法律驚悚小說，也是調查連環殺手的懸疑推理小說。

——《出版者週刊》星級書評

這本令人難以置信的小說，法律驚悚系列中的第四本，不應少於五顆星。錯過它將是犯罪。

——《太陽報》五星書評

緊張的劇情、無法預測的結局。這是一部由愛爾蘭小說家執筆的眞正一流美國法庭劇。

——《紐約時報》夏季閱讀首選

這是一本與眾不同的法庭小說……本書已帶起一波熱潮，原因顯而易見。

——《愛爾蘭星期日獨立報》夏季選書

《第十三位陪審員》是這個類型的傑出作品……它機智而聰明。我懷疑大多數讀者會像無頭蒼蠅一般，卻又被吸入劇情中……令人無法抗拒。

——《每日電訊報》

艾迪・弗林系列的每一本都超越前集，《第十三位陪審員》簡直是超乎想像的傑作。本故事以紐約爲背景，具有一個吊人胃口的誘餌、討人喜歡的主角，和比龍捲風更曲折的故事情節……作者在艾迪和凶手的觀點間切換，以令人驚豔的節奏推進劇情，是可以一口氣讀完的翻頁神器。

——《衛報》

貝爾法斯特民權律師史蒂夫・卡瓦納的第四本小說，用其巧妙的誘餌吸引讀者經歷了一場以腎上腺素爲燃料的刺激閱讀旅程。《第十三位陪審員》是最佳的法庭劇，如此新穎、巧妙和成就十足，絕對不容錯過。卡瓦納是約翰・葛里遜顯而易見的繼承人。

——《每日快報》

不論新讀者或老粉絲都會感到十分高興，《第十三位陪審員》是一部令人激動的小說，構築出現實世界中的難題，不是要尋找凶手，而是如何逮住他！情節曲折張力十足。

——《書架情報網》

卡瓦納以驚人的節奏、專業細節，和一個誘餌，帶領讀者進入驚險萬分的劇情中。這像是一場走鋼索表演，融合法庭劇的陰謀，與如貓捉老鼠一般的連環殺手情節主線，卡瓦納熟練地讓兩者並行，使讀者屏息迎向爆炸性的結局。出色的小說。

——《大誌》雜誌

一個非常聰明的誘餌，一本令人著迷的書。《第十三位陪審員》是絕佳的法庭劇，融合了讓讀者情不自禁往下看的曲折劇情和人物，讓你絕對猜不到結局。史蒂夫·卡瓦納是新一代的約翰·葛里遜。本書圓滑，驚險而獨特，是我今年最喜歡的讀物。

——《說了謊以後》作者 莎拉·平柏羅

下面的引文來自波特萊爾，但已被轉述多次，感謝美國編劇克里斯多福・麥奎里（Christopher McQuarrie）允許我「借用」他的版本。

「惡魔最了不起的把戲是說服世人他不存在。」

——出自電影《刺激驚爆點》（The Usual Suspects）

序曲

冷冽的十二月，下午五點十分，約書亞・凱恩躺在曼哈頓紐約刑事法院外頭的紙箱上，考慮要不要殺害某個人。不是隨隨便便的某個人，而是特定的某個人。沒錯，有時凱恩在搭地鐵或看路人的時候，的確會考慮隨機殺害某個只是出現在他視線前的無名之人。也許是在紐約地鐵K線上讀羅曼史小說的金髮祕書，也許是無視流浪漢乞討、還甩著雨傘經過的華爾街銀行家，甚至是牽著媽媽過馬路的小孩。

殺害他們是什麼感覺？他們嚥下最後一口氣前會說什麼？他們從這個世界離開的時候，眼神會有所改變嗎？凱恩思考這些事情的時候，感覺到一陣愉悅在自己身上發散開來。

他看看手錶。

五點十一分。

白日緩緩走向暮色，尖塔倒影投射在街道上。他望著天空，歡迎昏暗光線的到來，彷彿有人在燈上罩了一層薄紗。微弱的光線正合他意。漸暗的天光讓他想要殺戮。

過去六個禮拜，他躺在街上的時候，其實沒有多想什麼別的事情。接連好幾個小時，他都盤算著是否該殺這個人。除了這個人的生死，其他一切都精心策劃好了。

凱恩不太冒險，這樣才是明智的做法。如果要人不注意到你，你就得謹慎一點。這是他許久以前學會的道理。讓那人活下來會造成風險，要是未來命運讓他們再次相遇呢？他會認得凱恩嗎？他會不會想通呢？

然而如果凱恩殺了他？這樣任務反而挾帶更大風險。

但凱恩很清楚這種風險，他先前已經成功避開這種風險好幾回了。

郵務廂型車停靠進凱恩對面的人行道邊。身穿郵局制服的司機下了車，看起來是個快五十歲的大個兒。相當規律準時。郵差經過凱恩身邊，從公務入口走進法院，他沒搭理躺在街上的流浪漢。沒零錢打賞，今天不給，過去六個禮拜也沒施捨過，完全沒有。郵差規律準時經過凱恩身旁時，凱恩又思索起是否該殺了他。

他有十二分鐘可以決定。

郵差名叫艾爾頓，已婚，有兩個青少年子女。老婆以爲他出門跑步的時候，他卻跑去高檔手工熟食舖大快朵頤，一週一次。他讀平裝本小說，書是在翠貝卡的小店買的，一本一塊美金。星期四的時候，他會穿著毛毛拖鞋出門倒垃圾。看著他死會是什麼感覺？

約書亞·凱恩喜歡看別人經歷不同的情緒。對他來說，失落、哀傷、恐懼讓他飄飄然，就跟地球上最了不起的毒品一樣。

約書亞·凱恩跟別人不一樣，天底下沒有另一個跟他一樣的人。

他望向手錶，五點二十分。

該行動了。

他搔搔鬍子，現在已經很長了，不曉得泥巴和汗水有沒有替鬍子增添色彩。他從紙箱上緩緩起身，伸展背部。活動身子讓他聞到自己的氣味。六個禮拜沒換褲子和襪子，也沒洗澡，臭氣讓他作嘔。

他不能一直去想自己有多髒。他腳邊有一頂發霉的鴨舌帽，翻了過來，裡面只有兩枚硬幣。

看著任務即將結束、看著自己的想法一一按照想像實踐執行，令人感到相當滿足。不過，凱恩覺得加上一點運氣的成分只會更刺激。艾爾頓不會曉得，在這一刻，決定他命運的人不是凱恩，而是丟擲的銅板。凱恩選了一枚二十五分錢，向上投擲，錢幣飛上空中，然後他用手接住，平壓在手背上。當銅板在他冰冷鼻息的霧氣中翻滾時，他決定了，如果是人頭，艾爾頓就得死。

他望著二十五美分，對比他骯髒的皮膚，這是枚閃亮的新硬幣，然後他露出微笑。距離郵務車停靠的三公尺外有一個熱狗攤，小販正在替一名沒穿外套的高個兒男子服務。大概是剛保釋出來，想用真正的食物慶祝一下吧。小販收下男人兩美金，然後朝他比了比掛在攤車下方的招牌。就在炙烤波蘭香腸的照片旁邊有一個律師廣告，還有電話號碼。

慘遭逮捕嗎？

慘遭起訴嗎？

快找艾迪．弗林！

高個兒咬了一「狗」，點頭離開的時候，艾爾頓正好從法院大樓搬出三個裝了郵件的灰色麻布袋。

三袋啊，那就是了。

就是今天。

艾爾頓通常只會拿兩袋甚至一袋郵件出來，但每隔六週，艾爾頓會抱出三個麻布袋。額外的那一袋就是凱恩期待已久的目標。

艾爾頓打開郵務車的後車廂門，把第一個袋子扔進去。凱恩緩緩靠近，右手伸了出來。

第二袋也上車了。

當艾爾頓拿起第三個袋子時，凱恩衝了過去。

「嘿，老兄，有零錢嗎？」

「沒。」艾爾頓如是說，然後把最後一袋扔上車。他關上廂型車的右側車門，然後握著左側車門，毫不在乎地用力甩上。時機是關鍵。凱恩迅速伸手，懇求銅板降臨掌中。車門順勢帶著凱恩的手，甩門的重力施加在凱恩的手臂上。

凱恩的時機抓得很準。他聽到金屬鉸鏈轉動夾到手的聲音，車門重重砸在手上。凱恩握著手臂，發出慘叫聲，跪了下去，然後看著艾爾頓雙手抱頭，雙眼圓大，詫異張大了嘴。考慮到艾爾頓甩門的力道跟車門的重量，凱恩的手臂應該斷了，嚴重骨折，多處斷裂，傷勢慘重。

但凱恩很特別，他媽媽總是這麼說。他再次慘叫。凱恩覺得他應該要好好演戲，至少得演好假裝受傷這齣戲。

「老天，小心你的手啊。我不知道你的手在那裡……你……對不起啊。」艾爾頓氣急敗壞地說。

他跪在凱恩身旁，再次道歉。

「我覺得斷了。」凱恩很清楚沒有。十年前，他多處骨頭都換成了鋼板、鋼管和螺絲。僅存的骨頭也加強過。

「該死、該死、該死……」艾爾頓說，他環視街道，不確定該怎麼辦。

他又說：「這不是我的錯，但我可以找救護人員過來。」

「不，他們不會治療我，他們只會送我去急診室，我會在床上躺一晚，然後他們會打發我走。我沒有保險。差不多十個街廓外有個醫療中心，他們會治流浪漢。帶我過去。」凱恩說。

「我不能載你。」艾爾頓說。

「什麼？」凱恩說。

「我不能讓乘客搭這輛廂型車，如果有人看見你坐在前座，那我飯碗就不保了。」

凱恩鬆了口氣，艾爾頓還努力想要遵守郵務士工作守則啊。只能仰賴這點了。

「讓我待在後面。這樣就沒有人看得到我了。」凱恩說。

艾爾頓望了望後車廂，然後又看著那側沒關上的門。

「我不知道……」

「我啥也不會偷，我只要手一動就想叫。」凱恩說著，又扶著手臂哀號一聲。

艾爾頓猶豫了一會兒，說：「好吧，但別靠近郵件袋，好嗎？」

「好。」凱恩說。

艾爾頓把他從路邊拉起，凱恩悶哼了幾聲，並且在他覺得艾爾頓太靠近自己的傷手時叫了出來。不久之後，凱恩坐在郵務廂型車的鋼板地板上，隨著車子往東邊前進，一路跟著搖擺的幅度發出適當的哀號聲。後車廂與駕駛座之間是隔開的，所以艾爾頓看不見他，大概也聽不到他發出來的聲音，但凱恩得以防萬一，於是仍一路哀哀叫。這裡唯一的光來自車頂兩面毛玻璃小艙窗。

他們才剛離開法院附近，凱恩就從外套裡掏出美工刀，割斷法院三個郵件袋的繩索。

第一袋，不對，只是普通的郵件；第二袋也是。

第三袋就中獎了。

這個袋子裡的信封長得不一樣，很好認。每個信封下方都有一行紅底白字，印著「**立即拆閱。重要法院傳票。**」

凱恩沒有拆信，反而把信封通通攤在車廂地板上，同時一邊過濾掉寄給女性的傳票，放回袋子裡。三十秒後，他面前擺著六、七十個信封。他用塞在衣服內層的數位相機拍攝，一次拍五個信封。他晚點可以放大照片，仔細看上頭的人名與地址。

任務完成，凱恩把所有的信件放回袋子裡，用新的束口繩帶把袋子一一綁回去。這種繩帶很好找，法院跟郵局用的是同一個品牌。

還有時間，凱恩癱坐在地上，看著相機螢幕上的信封照片。他在裡面能夠找到完美人選。他曉得，他感覺得到。興奮感讓他小鹿亂撞，彷彿有電流從他腳底一路上竄，直接打進他的心臟一樣。

經過曼哈頓交通的不斷走走停停後，凱恩花了點時間感覺到廂型車終於停靠下來，於是收起相機。後車門打開，艾爾頓探進車廂，想伸出援手。凱恩握著假裝受傷的手臂，伸出另一隻手握住艾爾頓伸過來的手臂，借力起身。其實可以很輕鬆、很快的，他所要做的只有站穩腳步，使勁一拉，再稍微施壓，郵務士就會被拖進車廂中。接著，一個流暢的動作，美工刀就能劃開艾爾頓的後頸，然後沿著下巴刺進頸動脈。

艾爾頓扶凱恩下車，小心翼翼陪他走進醫療中心。

銅板擲到的是字，不能動艾爾頓。

凱恩感謝他的救命恩人，然後目送對方離開。幾分鐘後，凱恩離開醫療中心，走上街道，查看廂型車有沒有折回來看他是否無恙。

連個影子都沒有。

這天傍晚，艾爾頓穿著他的慢跑服，離開他最愛的熟食舖，腋下還夾著吃了一半的魯賓鹹牛肉三明治，另一手抱著採購雜貨的棕色牛皮紙袋。一名鬍子刮得乾乾淨淨、打扮入時的高個男子出現在艾爾頓面前，擋住他的去路，害他必須停在一盞破碎街燈下的黑暗之中。

約書亞．凱恩喜歡傍晚的涼爽、舒適的西裝與乾淨的脖子。

「我又擲了一次硬幣。」他說。

凱恩朝著艾爾頓的臉開槍，然後迅速走進暗巷消失。如此迅速、輕鬆的處決讓凱恩感覺不到樂趣。最理想的狀況是他會等上幾天才對艾爾頓下手，但他實在沒那個閒情逸致。

他還有好多事要做啊。

1

我身後的法院長凳上沒有記者，旁聽席上沒有觀眾，沒有關切的家屬，只有我、我的客戶、檢察官、法官、速記員和書記官。噢，還有一位庭警坐在角落，偷偷摸摸用智慧型手機看洋基隊比賽。

我人在中央街一百號，曼哈頓紐約刑事法院大樓八樓的一間小法庭。

沒有別人來是因為沒有人關心。事實上，檢察官根本不在乎這個案子，而法官也在看完逮捕紀錄後就沒了興趣，上頭寫著「持有毒品及吸毒用具」。諾曼．福克斯檢察官已經擔任這個職務一輩子，而且再六個月他就要退休了，這明眼人都看得出來。他襯衫最上面的釦子沒扣，西裝看起來像雷根總統年代買的，而兩天沒刮的鬍碴則是他全身上下看起來唯一乾淨的東西。

首席法官大人克里夫蘭．帕克斯那張臉則看起來像洩了氣的皮球。他一手撐著頭，靠在法官席上。

「福克斯先生？我們還要等多久？」帕克斯法官問。

諾曼看看手錶，聳聳肩，說：「法官大人，抱歉，他應該馬上就會到了。」

女書記官整理了一下面前的文件。靜默再次入侵法庭。

「請容我聲明一下，福克斯先生，你是經驗老到的檢察官，我猜你應該曉得，天底下讓我覺得最煩的莫過於遲到了。」法官說。

諾曼點頭，再次道歉，帕克斯法官的嘴邊肉開始漲紅時，檢察官則拉了拉襯衫的領口。帕克斯枯坐愈久，臉就愈紅，他就是這麼生動的人。他從來不會提高音量或揮舞控訴的手指，只會坐在位子上生悶氣。他厭惡遲到是遠近馳名的。

我的客戶琴·瑪莉，五十五歲，當過流鶯，她靠過來壓低聲音說：「艾迪，如果那條子不出現會怎麼樣？」

「他會出現的。」我說。

我曉得條子會出現，但我也知道他會遲到。

我已經確保他會遲到。

這種狀況只能在諾曼當檢察官的時候成立。兩天前的五點之前，我提出聲請要撤銷罪名，排期主任卻已經下班回家了。不過，多年的執業經驗讓我曉得他們處理文件、安排聽審的速度有多快。排期人員會設法尋找空閒的法庭，但辦公室裡通常會有成堆的案子，所以我預測今天以前我們排不上聽審。一般來說，聲請審理通常會在下午兩點左右舉行，但檢察官和被告只能在開始前幾個小時得知該去哪間法庭。這不打緊。諾曼早上在傳訊庭有案子，我也是。我會詢問書記官是在哪間法庭審理，書記官會在電腦上查詢並告訴我當天的聲請會地點。得知確切的地點後，任何一個檢察官都會拿起手機打給他們的證人，通知他們該去哪裡。但諾曼可不是這樣，他不帶手機，他不相信手機，覺得手機會帶來有害的無線電波。我早上特別在傳訊庭找到諾曼，告知他下午聽審的地點。如果我沒有通知諾曼，他就得跟他的證人一樣，去白板查看，他也只能希望證人會去查。

白板位在法院大樓的一〇〇〇室，也就是書記官辦公室。辦公室裡除了有好幾排等著繳罰款的隊伍外，還有一面白板，上頭列了當天庭審與聲請聽審的場地。這片白板的存在是為了告訴目擊證人、警察、檢察官、法律系學生、觀光客和律師，法院大樓任何時間地點的庭審動態。在聲請開始前一個小時，我跑去一〇〇〇室，背對書記官，在白板上找到我的聲請場地，擦掉原本的場地編號，亂寫了一個新的上去。只是個小把戲，跟我那十年騙子生涯裡玩的漫長、冒險手法大相逕庭。當上律師以後，我允許自己偶爾使一下昔日的手段。

根據在這裡等電梯需要花費的時間，我猜我的手段足以讓諾曼的證人晚個十分鐘以上。

遲到二十分鐘後，麥克・葛蘭傑警探走入法庭。我聽到身後傳來開門聲的時候，並沒有立刻轉頭。我只聽到葛蘭傑踏在磁磚地板的腳步聲，急如帕克斯法官手指在桌面不耐的敲擊聲。接著，我聽見另一道腳步聲出現，因此轉過頭去看。

在葛蘭傑身後走進法庭的是一名中年男子，身穿昂貴西裝，在後方坐了下來。我立刻認出他，頭髮飄逸、上電視用的一口白牙、成天坐在辦公室的蒼白面容。魯迪・卡普是那種為了案子可以連續好幾個月出現在夜間新聞、法院頻道的律師，他的臉會登上雜誌封面，而他在法庭的技巧也名符其實。貨眞價實的訴訟明星。

我沒見過這傢伙，我們在不同的社交圈狩獵。魯迪一年會跟白宮高層晚餐兩次，我跟哈利・福特法官一個月會一起喝一次便宜的蘇格蘭威士忌。曾幾何時，我對酒精屈服，現在不會了，一個月一次，不會喝超過兩杯。一切都在掌握之中。

魯迪朝我的方向揮揮手。我回頭，看到法官瞪著葛蘭傑警探。我又轉回去，魯迪再次揮手。我這才發現他是在跟我打招呼。我也揮手，接著轉回身來，想要重新聚精會神。我想不透他為何會出現在我的法庭上。

「警探，歡迎你加入。」帕克斯法官說。

麥克·葛蘭傑是經驗老到的紐約警察。他走路一副跩樣，掏出手槍，吐出口香糖，黏在皮製槍套上，然後把槍留在檢察官桌下。法院不能攜械，執法人員應該把手槍寄放在保全那邊，但法院保全通常會對資深警探睜一隻眼、閉一隻眼。不過再怎麼資深，也曉得不該帶槍站上證人席。

葛蘭傑想解釋他爲什麼會遲到。帕克斯法官搖頭打斷他。免了，直接入席吧。

我聽到琴·瑪莉嘆了口氣。她漂金的頭髮現在已經露出黑色的髮根，她伸手掩嘴，手指都在顫抖。

「別擔心。跟妳說過了，妳不會回監獄的。」我說。

爲了出庭，她穿了新的黑色褲裝。看起來很不錯，讓她比較有信心一點。

我嘗試要安慰琴時，諾曼上場，按照腳本傳葛蘭傑上證人席。警探發誓後，諾曼要他簡單描述逮捕琴的過程。

那晚，他經過三十七街和萊辛頓大道，看到琴站在一間按摩店外頭，手裡有個袋子。葛蘭傑曉得她先前有賣淫前科。他下車，接近她，自我介紹且亮出警徽。他說，在那一刻，他看到吸毒用具從琴的牛皮紙袋上方冒出來。

「是什麼吸毒用具？」諾曼問。

「一根吸管。這是癮君子平常用來吸毒的東西。我看得清清楚楚，就從她的袋子上伸出來。」葛蘭傑說。

帕克斯法官一點也不訝異，但還是翻了個白眼。信不信由你，近半年來，紐約市警以持有吸毒用具爲名逮捕了五、六個非裔美國年輕人，就因爲他們持有汽水吸管，通常吸管還插在汽水杯裡。

「你當時怎麼做？」諾曼說。

「對我來說，看到一個人持有吸毒用具已經構成相當理由，瑪莉小姐有相關前科，所以我搜索她的袋子，在裡頭找到毒品。袋子底下有五小包大麻。所以我逮捕她。」

琴聽起來要去坐牢了，一年內再次犯下與毒品有關的罪，這次可不能再緩刑。她大概會坐上兩到三年的牢。事實上，我清楚她已經因爲這次犯法失去自由好一陣子了。她遭到逮捕後，在獄中待了三個禮拜，然後我才有辦法找到保釋擔保人替她出一張保釋保證書。

我先前問過琴遭到逮捕的經過。她老實告訴我，她每次都會告訴我實際的狀況。

葛蘭傑想佔她便宜，在他後座免費爽快一下。琴告訴他，她已經不賣淫了。所以葛蘭傑下了車，搶了她的袋子，看到裡面有大麻，他就起了個主意，要求從今以後要從她的收入裡抽百分之十五，不然就要當場逮捕她。

琴告訴我，她已經要把營收的一成交給十七分局的兩名巡邏員警了，顯然他們也沒做好該做的工作。這些條子認識琴，通常會睜隻眼、閉隻眼。琴雖然有前科，但她很愛國，她的產品是百分之百美國本土種植的大麻，從華盛頓州的有牌農場直送。琴多數的客人都上了年紀，抽大麻是爲了改善關節痛或舒緩青光眼症狀。他們都是她的常客，不會惹麻煩。琴要葛蘭傑走開，所以他逮捕她，編了一個故事。

當然，我在法庭上完全沒辦法證實這種事。我連試都懶得試。

諾曼一坐下，我就起身，清嗓並調整領帶。我讓雙腳與肩膀同寬，喝了一口水，然後站穩腳步。我想讓自己看起來自在點，一副準備好要跟葛蘭傑聊上至少兩個小時的模樣。我從我的位子上拿起一頁檔案，向葛蘭傑提出我的第一個問題。

「警探，你在陳述中說被告用右手拿著袋子。我們都曉得這是一個大牛皮紙袋，一手很難拿。我猜她應該是提著紙袋上方的握把，才能拿著袋子？」

葛蘭傑看我的眼神彷彿我在用愚蠢平庸的問題浪費他的時間一樣。他點點頭，歪嘴露出微笑。

「對，她握著袋子的提把。」他說，然後充滿信心地望向檢察官，讓對方知道一切還在他的掌握之中。我看得出來諾曼跟葛蘭傑為了今天花了不少時間討論吸管的合法使用方式。葛蘭傑準備得相當充分，他期待要跟我好好理論吸管議題，無論是不是用來喝汽水諸如此類的。

我沒再問，坐回原位。我的第一個問題也是最後一個問題。

我注意到葛蘭傑用狐疑的眼神看我，彷彿他被扒手偷了東西，卻又無法確定一樣。諾曼確認他不想再次詰問證人，於是葛蘭傑警探離開證人席，而我請諾曼讓我展示三項證物。

「法官大人，本案一號證物是袋子，這個袋子。」我高舉透明密封物證袋，裡頭有一個牛皮紙袋，正面有麥當勞的商標。我彎腰拿起我自己的麥當勞紙袋，高舉兩者比較。

「這兩個袋子尺寸相同，都是五十公分深。這是我早上吃早餐的時候拿的。」我說。

我放下兩個袋子，拿起另一項證物。

「這是被告袋子裡的物品，我客戶遭到逮捕那天所持有的東西。第二項證物。」

在這個密封證物袋裡有五小包大麻。通通倒進吃穀片的碗裡還裝不滿呢。

「三號證物是一般的麥當勞汽水吸管，這根吸管長二十公分。」我一邊說，一邊高舉。

「我今天早上拿的吸管跟這根一模一樣。」我拿出我的吸管，然後放在桌上。

我把大麻放進我的麥當勞袋子裡，高舉讓法官看。然後我提著袋子的提把，用另一隻手把吸管直直放進去。

完全看不見吸管。

我把袋子交給法官。他看了看，把吸管拿出來，又放進去。他重複這個動作好幾次，甚至把吸管直直擺在大麻上。我曉得這點，因爲我自己也實驗過。

「法官大人，我尊重速記官的內容，但我的筆記寫著，葛蘭傑警官對於吸管的證詞爲**我看得清清楚楚，就從她的袋子上伸出來**。辯方同意，如果袋子是往下摺或向下捲的，吸管的確可能露出來。不過，葛蘭傑警官在證詞中證實，我的客戶提著袋子的提把。法官大人，這麼說來，這就是壓死駱駝的最後一根吸管了[1]。」

帕克斯法官舉起一隻手。他已經聽夠我的說詞了。他在座位上轉身，將目光移到諾曼身上。

「福克斯先生，我已經檢查過這個紙袋，吸管跟其他的東西會落在袋子底部。我不滿意葛蘭傑警官表示能夠看到吸管從袋子上方伸出來的說詞。根據這點，他的搜索並不構成正當理由，所有的蒐證都不予採納，包括吸管。最後，對於近來某些執法人員將汽水吸管及其他無害用具歸類成吸毒用具的風潮，我必須表達我的擔憂。言歸於此，你沒有證據支持這項逮捕行爲，我在此撤銷所有罪名。福克斯先生，我相信你有很多話想對我說，但沒必要，恐怕你們已經太遲了。」

琴抱著我的脖子，差點把我勒死。我輕拍她的手臂，她放開我。等她收到律師費帳單的時候，大概就不會想抱我了吧。法官與工作人員起身離開法庭。

葛蘭傑衝了出去，一路上還用食指指著我。對我來說沒差，習慣了。

「我要期待你們什麼時候提出上訴嗎？」我問諾曼。

「沒這回事。」他說：「葛蘭傑才不會無端逮捕你客戶這種末端的毒販。這次逮捕背後也許有什麼你我永遠都不會知道的原因。」

諾曼加快腳步，跟著我的客戶離開法庭。現在這裡就剩我跟魯迪．卡普了。他鼓起掌來，臉上掛著看似真誠的笑容。

魯迪起身，說：「恭喜，真是……讓人刮目相看。我需要借用你五分鐘的時間。」

「幹嘛？」

「我想知道你是否願意擔任紐約史上最大謀殺案的助理律師？」

1 在英文中，稻草跟吸管都是straw。

2

凱恩看著身穿素色襯衫的男子打開公寓大門，站在原地，還驚訝到說不出話來。凱恩看到他露出困惑不解的神情，有點好奇這人在想什麼。他猜襯衫男以爲自己在照鏡子，彷彿有人惡作劇跑來按他家電鈴，還在門口擺了一面全身鏡。接著，男人發現這不是鏡子，他搓揉額頭，從門口退了一步，想要搞清楚自己到底看到了什麼。此時是凱恩與這個男人最接近的時刻。他一直在觀察這個人，拍他的照片並模仿他。凱恩上下打量男人，很滿意自己的努力。凱恩跟杵在門口的男人穿同樣的襯衫，染成同樣的髮色，還稍微修剪頭髮、刮了鬢角、上了點妝，才足以複製出男人兩邊太陽穴旁後退的髮線。黑框眼鏡一模一樣。就連左邊褲管下方的漂白水痕跡都如出一轍，距離褲腳十三公分，距離內側縫線五公分。還有同款靴子。

凱恩把視線焦點移到男人的臉上，默數三秒，然後男人才發現這不是在開玩笑，他望著的並不是自己的倒影。就算如此，男人還是望向自己的雙手，確定自己手上空無一物。因爲凱恩貼在大腿的右手握著一把上了滅音器的手槍。

凱恩趁著獵物不解的時候，用力推著男人的胸膛，逼著他回到室內。凱恩踏入公寓，將門在身後踢上，聽到大門甩在門框上的聲響。

「現在去浴室，你有危險了。」凱恩說。

男人高舉雙手，嘴唇動了動卻沒有發出聲音，他掙扎著想要說點什麼，什麼都好，卻什麼也沒說。男人只能從走廊一路退進浴室，直到他的大腿後側碰到琺瑯浴缸才停下。他高舉的手不斷顫抖，目光掃視凱恩整個人，眼中困惑與驚恐交織。

凱恩也忍不住仔細端詳著浴室裡的男人，注意到他倆外觀的些許不同。仔細看，他比這個男人瘦了八、九公斤。髮色相近，但有點差異。還有那道疤，男人左臉嘴唇上方有一個小疤。凱恩五週前所拍的相片裡沒有捕捉到這道疤，男人監理所駕照上的照片也沒有。也許這疤是在拍照後才出現的。不管怎麼說，凱恩都知道自己能夠複製這條疤痕。他研究過好萊塢的化妝技巧，快乾乳膠溶液幾乎能夠複製出任何疤痕。凱恩點點頭。他搞定了眼珠顏色，隱形眼鏡幫了大忙。他覺得自己可能會需要一點黑眼圈，也許把膚色調淺一點。問題在於鼻子。

但這是能夠解決的問題。

凱恩心想：**不完美，但也不會差到哪裡去**。

「這是怎麼回事？」男人問。

凱恩從口袋拿出一張摺好的紙，扔到男人腳邊。

「撿起來，大聲唸上面的字。」凱恩說。

男人雙腿顫抖著屈身撿起紙張，攤開後讀了起來。他望回來的時候，凱恩拿著一台小型數位錄音機。

「唸大聲一點。」凱恩說。

「你……你要什麼……都……都給你，不要……傷害……傷害我。」男人遮著臉。

「嘿，聽我說。你有危險。沒時間了，有人要來殺你。放輕鬆，我是警察，我是來替代你，順便保護你的。不然你覺得我為什麼要打扮得跟你一模一樣？」凱恩說。

男人從手指縫隙間再次望向凱恩，眯著雙眼，搖起頭來。

「誰會想要殺我？」

「沒時間解釋，但這傢伙必須相信我就是你。我們會送你出去，讓你去安全的地方，不過我需要你先幫我。你看，我外表像你，但我講話的聲音不像。快讀這張紙上的句子，我才能聽你的聲音。我要學你講話的節奏，搞清楚你是怎麼發聲的。」

男人開始大聲朗讀，手中緊握的紙張顫抖不已。一開始他猶豫了，前幾個字唸得含糊不清。

「停，放鬆一點，你現在很安全。你會沒事的。現在再來一遍，從頭開始。」凱恩說。

男人深呼吸，再試一次。

「飢餓的紫色恐龍吃掉了漂亮好心的狐狸、喋喋不休的螃蟹，還有瘋狂的鯨魚，然後開始販賣跟兜售。」他乖乖讀完，臉上浮現不解的神情。

「這什麼玩意兒？」他說。

凱恩停下錄音機，舉槍對準男人的腦袋。

「這個句子裡有英文所有的發音，能夠讓我知道你講話的語音範圍。抱歉，我騙了你。我就是要殺你的人。相信我，我也希望我們能有更多相處的時間，這樣會簡單一點。」凱恩說。

滅音器手槍的一發子彈打進男人上顎。這是一把口徑零點二二的滅音手槍。沒有子彈射出來的洞孔，沒有血跟腦需要清理，不用挖出牆壁裡的子彈。乾淨清爽。男人的屍體跌進浴缸。

凱恩把手槍扔進洗臉台，離開浴室，走去打開大門。凱恩查看門外走道，等了一會兒，沒看到人影，誰也沒有聽到任何聲響。

沿著大門出去的走廊對面有一間小小的儲藏室。凱恩打開儲藏室的門，拿出他之前擺在這裡的健身包和一桶鹼液，回到公寓，進了浴室。如果他能殺人棄屍，他會在別的地方完成這件事，更有效率。然而情勢不允許他這麼做。他不能冒險移動屍體，就算分屍也不行。在凱恩監控的五個禮拜裡，他觀察到男人才出門十幾趟。這位先生不認識大樓裡的任何人，沒有朋友，沒有家人，沒有工作，最重要的是沒有訪客。凱恩非常確定這點。不過，大樓裡的人都認識他，附近也有人認得他。他在大廳會跟鄰居打招呼，會跟商店店員閒聊之類的。點頭之交，但還是交流了。所以凱恩必須要看起來像他，聽起來像他，還要盡量維持男人生活上的例行公事。

不過有個例外，非常明顯的例外。男人生活中的例行公事就要徹底改變了。

在凱恩開始處理男人的屍體前，他得先對自己動手。凱恩花了點時間再次研究男人的臉，仔細研究。

鼻子。

男人的鼻子彎向左側，而且比凱恩的鼻子來得寬厚。他的鼻樑肯定幾年前斷過，大概沒保險、沒錢、沒打算把鼻子弄好。

凱恩迅速脫下衣服，整齊摺好擺進客廳，從浴室拿了一條浴巾，泡在洗臉台熱水裡，然後扭乾。洗臉小方巾也同樣做法。

他將濕答答的浴巾捲成七公分厚的條狀，把方巾蓋在右臉上，也確保蓋住了鼻子。捲起來的浴巾長度足以讓凱恩在頭上打結。

凱恩站在浴室，右手握著門把，把門朝自己的臉拉近，讓門邊碰觸到他的鼻樑。方巾會吸收門邊尖銳的衝擊力道，他的皮膚不會破裂。凱恩稍微向左調整頭的角度，然後左手擺在左臉上。他感覺到脖子的肌肉繃緊，抵著左手，同時也支撐著自己的脖子。這意味著衝擊力不會把他的頭撞向左邊。

凱恩數到三，先把門拉開，再反方向甩過來，門側重重砸在他的鼻樑上。他的頭沒事，但鼻子可慘了，光從骨頭發出的聲響就聽得出來。他只能用這陣聲響來判斷，因爲他什麼感覺也沒有。

繞在頭上的浴巾讓門不會撞擊他的頭，造成眼眶底部破裂性骨折。那種傷會讓他眼睛流血，大概需要手術修復。

凱恩解下頭上的浴巾，拿開方巾，通通扔進浴缸，蓋在男人大腿上。他望向鏡子，又看看男人的鼻子。

差了點。

凱恩拉著鼻子兩側往左邊扭。他聽到碎裂聲，是骨頭粉碎時發出的聲音。聽起來像是他把早餐穀片緊緊包在紙巾裡，然後用力一捏。他再次望向鏡子。

不錯。腫脹也有幫助，他可以用化妝品遮住勢必會出現在眼周及鼻子附近的瘀青。

他穿上擺在健身包裡的化學防護連身衣及其他護具，接著，把浴缸裡的男人脫個精光。扭開鹼液的蓋子時，一陣白色粉末噴出，這是高濃縮的粉末型態鹼液。浴缸水龍頭的熱水流得很快，沒多久就熱到讓人無法忍受的溫度。高溫讓男人的皮膚發紅，絲絲血流在熱水裡如紅色的煙般漂浮舞動。凱恩量出三杯鹼液粉末，倒進浴缸裡。

當浴缸水滿到四分之三時，他關掉水龍頭，從包包裡拿出一大片橡膠布，攤開來蓋在浴缸上。他拆開一卷封箱膠帶，開始用長長的膠帶把橡膠布封在浴缸上頭。

凱恩曉得各種消滅屍體而不留下任何與自己有關痕跡的方法，眼前這個處理方式效率特別高。這是根據鹼的水解過程，會溶掉生物的皮膚、肌肉、組織，甚至牙齒，直到分子階段。使用鹼液粉末混合足量的水，溶屍只需十六小時。然後凱恩就會有一浴缸的綠色及咖啡色液體，最後把浴缸裡的水放掉就大功告成。

留下來的牙齒和骨骼會漂得潔白且脆弱，鞋跟一踩就灰飛煙滅。凱恩知道解決骨粉最好的方案就是加進一大盒洗衣粉裡。洗衣粉與骨灰能輕易混合，任誰也不會想到要去看洗衣粉。

浴缸裡頭最後只會剩下那顆子彈，凱恩可以把子彈扔進河裡。

乾淨清爽，他就喜歡這樣。

凱恩相當滿意目前的工作，他對自己點點頭，然後走到公寓短短的走廊上。緊閉的大門旁邊有一張小桌子，上頭擺了一疊開封的信件，最上頭的信封上有一條紅底白字，也就是幾個禮拜前凱恩拍攝過的信封。這是載明陪審團義務的傳票。

3

我看到法院外頭的中央街上停著一輛黑色豪華轎車，駕駛站在人行道上，拉開後座車門等著。魯迪・卡普找我吃午餐，而我餓了。

司機把車停在距離熱狗攤不到三公尺的地方，攤販推車下方的廣告看板還貼了我的照片，超大一張，彷彿我需要全宇宙提醒自己跟魯迪有多不一樣似的。我們上車不久後，魯迪就拿出手機打電話。司機帶我們到南公園大道的餐廳。我連店名都唸不出來，看起來像是法文。魯迪下了車，掛斷電話後說：「我喜歡這個地方，全紐約最棒的熊蔥湯就在這裡。」

我連熊蔥是什麼都不知道。我相信跟熊應該沒有關係，但我還是配合演出，跟著魯迪進去。

服務生小題大作了一番，然後帶我們到後面的桌位，遠離繁忙的午餐人潮。魯迪坐在我對面。這裡是用餐巾、鋪桌布的高級飯店，背景有現場彈奏的輕柔鋼琴聲。

「我喜歡這裡的燈光……很有氣氛。」魯迪說。

這裡的燈光有氣氛到我必須就著手機螢幕的白光，才能看清楚菜單上的字，全是法文。我決定了，不管魯迪點什麼，我也跟著點就是了。這裡讓我覺得很不自在，我不喜歡在菜單不標價錢的地方點菜。這不是我會來的地方。服務生替我們點餐，倒了兩杯水，然後退開。

「艾迪，咱們直說吧。我喜歡你，我已經注意你好一陣子了。這些年，你打了幾場不錯的官司。大衛·柴爾德那樁？」

我點點頭。我不喜歡聊舊案，過往就留在我與客戶之間吧。

「而且你那幾件跟紐約市警局對槓的訴訟也很成功。我們做了功課，你的確有兩把刷子。」

他說功課的口氣讓我想到，也許他知道我在參加律師資格考試前，在外面有什麼名號。不外乎是那些說我是騙子的流言，但誰也不能證明什麼，我喜歡這樣。

「我猜你曉得我手上有什麼案子。」魯迪說。

我的確曉得，要不知道可難了。我每個禮拜都在電視上看到他的臉，快一年了吧。「你是那個電影明星羅柏·所羅門的律師。如果我沒記錯，下禮拜就要開庭了。」

「三天後就開庭，明天要選陪審員。我們希望你加入。你在準備的時候可以先接觸幾名證人。我覺得你的風格令人印象深刻，所以才來找你。助理律師，工作兩個禮拜，你就能夠打免費的廣告，宣傳效果超乎你的想像。整個案子我們可以付你二十萬美金。」

魯迪對我露出完美的白齒笑容。他看起來像是糖果店老闆，提議讓街童巧克力免費吃到飽一樣，表情非常親切。但我愈是保持沉默，魯迪就愈難維持他的笑臉。

「你說**我們**的時候，這個我們到底是指誰？我以爲卡普事務所就你一個老闆。」

他點點頭說：「的確如此，但若要打好萊塢明星的謀殺官司，場上永遠會有另一個玩家。我的客戶是電影公司，他們請我代表小柏，他們會出錢。孩子，你怎麼說？想成爲出名的律師嗎？」

「我喜歡低調。」我說。

他臉垮了。

「拜託，這是本世紀最大的謀殺官司，你覺得呢？」魯迪問。

「免了，謝謝。」我說。

魯迪沒料到我會有這種反應。他向後靠在椅背上，雙手環胸，說：「艾迪，全紐約的律師都擠破頭想坐上這個案子的辯護席，這點你很清楚。是錢的關係嗎？怎麼了？」

服務生端來兩碗湯，魯迪揮手退回食物。他把椅子拉向桌邊，身體靠向前，手肘撐在桌面，等待我的答案。

「魯迪，我不想這麼混蛋。你說的對，大部分的律師都會爲了這個機會擠破頭，但我不是大部分的律師。就我在報紙及電視上看到的消息，我覺得羅柏．所羅門殺了那些人。不管他多有名，不管他多有錢，我都不會協助殺人犯逍遙法外。抱歉，我的答案是不。」

魯迪臉上還掛著那個燦爛的笑容，歪頭看我，然後微微點起頭來。「艾迪，我懂。咱們爲何不把費用提高到二十五萬呢？」

「這不是錢的問題，我不替凶手辯護。很久以前我走過那條路，但代價太慘重，金錢完全無法彌補。」我說。

魯迪臉上出現豁然開朗的神情，他暫時收回笑臉。「噢，行，這樣咱們就沒問題了。聽著，小柏．所羅門是無辜的，是紐約市警栽贓他謀殺。」魯迪說。

「是嗎？你能證明嗎？」我說。

魯迪停頓了一下，然後說：「不行，但我覺得你可以。」

4

凱恩站在臥室的全身鏡前，望著鏡子看。沿著玻璃和鏡子邊框插放的是男人的照片，好幾十張，此時此刻，這位先生正在自家浴缸裡緩緩溶解。凱恩把照片帶來，他需要再多一點時間研究他的目標。其中有一張照片，只有這張捕捉到男人的坐姿，他特別留意這一張。畫面裡的男子坐在中央公園的長椅上，朝鳥兒扔麵包屑。他的腿是蹺著的。

凱恩從客廳搬來的扶手椅比照片裡的長椅還要矮上十幾公分，他吃力地要把腿蹺對角度。他不蹺腳的，感覺不舒服也不自然，但說到變成另一個人，凱恩可是完美主義者。這是成功的關鍵。

他還在讀書的時候就發掘了自己模仿的天分。下課時，凱恩會向同學模仿起不同的老師，同學都會笑到在地上打滾。凱恩從來不笑，但他喜歡別人的關注。他喜歡聽同學的笑聲，卻不明白他們在笑什麼，也不懂他們的笑與他的模仿有什麼關係。不過，他偶爾還是會模仿，這是他融入其他同學的方法。他自小常常搬家，新學校、新城鎮，幾乎每年都要換新環境。無論是因爲疾病還是酒精，他的母親勢必會失去工作。然後鄰近地區會張貼起海報，又有誰家的小動物不見蹤影。

通常這時就要搬家了。

凱恩發展出迅速認識別人的能力。他很會結交新朋友，因爲他有很多練習機會。模仿可以破冰。幾天後，班上的女生不再以異樣眼光看他，男生則會找他聊棒球。沒多久，凱恩不只模仿老師，也開始模仿名人了。

他坐直身子，再次把腿跨在另一條腿上，模仿照片中男子的坐姿。右小腿壓在左膝上，右腳向前伸。然而右腿卻從膝蓋上滑開，他開始咒罵自己。凱恩花了點時間複誦錄音機裡男人所唸的那句話，男人說完就吃子彈的那句話。他唸誦單詞，低聲細語，再慢慢提高音量。凱恩一而再、再而三播放錄音。他雙眼緊閉，仔細聆聽。錄音機的音質實在好得不得了，他聽得出男人口氣裡的恐懼。男人喉頭深處的顫抖在某些字詞上發散出漣漪。凱恩想要分離出這些詞彙裡的情緒，以充分的自信複誦，試驗在不恐懼的狀況下，這些話聽起來會是什麼樣子。錄音機捕捉到的聲音相當低沉。他降低八度，喝了點全脂牛奶，讓聲帶卡一點，奏效。經過幾次練習，聲調持續在他腦袋裡播放，他終於能夠充滿自信地重複那句話，或該說至少在不仰賴奶製品讓他生痰的狀況下，他也可以模仿得相當接近了。

又繼續播放練習了十五分鐘，凱恩的語氣已經跟男人一模一樣。這次，當他蹺腳的時候，腿穩穩跨在該放的位置上。

他滿意起身，前往廚房，走到冰箱旁。他倒牛奶的時候看到冰箱裡還有幾個討他喜歡的東西，培根、雞蛋、裝在噴擠罐裡的起司醬、一條奶油、幾顆看起來有點發軟的番茄，還有一顆檸檬。他認爲培根與雞蛋，也許加上幾片奶油煎過的麵包，能夠增加他的熱量攝取。凱恩需要胖幾公斤，才符合他受害者的體態。一切都得安排妥當，雖然瘦一點也許沒關係，他還是可以拍拍肚皮，但凱恩做這種事就是做得相當徹底。如果吃了油膩豐盛的一餐能夠讓他今晚更接近目標體重，那他就會這樣執行。

他用水槽下方找到的煎鍋來做飯。用餐時，他讀起擺在廚房餐桌上的《美國釣客》釣魚雜誌。吃完飯後，凱恩心滿意足地把餐盤推開。下一頓得看今晚狀況是否順利，而他曉得那可能是午夜之後的事了。

他心想：今晚有得忙囉。

5

熊蔥湯值得等待，嚐起來有青蔥、大蒜與橄欖油的味道，還不錯，真的很不錯。魯迪讓服務生把湯送上來之後，對話就暫停了。我們用餐，一語不發，等到確定他喝完後，我才放下湯匙，用餐巾擦嘴，全神貫注望向魯迪。

「我覺得你對這個案子有興趣。也許再了解幾項細節，你就能拿定主意了。我說的沒錯吧？」魯迪說。

「對。」

「錯了。」魯迪說：「這是東岸最熱門的案子。兩天後，我就要對陪審團提出開場陳述。我從這案子剛開始到現在，一直在努力保密辯方的說法。在法庭上，驚喜的元素相當重要，這你很清楚。此時此刻，你還不是正式的助理律師，我對你說的一切都不受律師與當事人的秘匿特權保護。」

「如果我簽保密條款呢？」我說。

「用來印條款的紙都還比較值錢。」魯迪說：「保密條款我都可以當壁紙了，你猜有多少份成功守住了祕密？大概不足以讓我擦屁股吧。這就是好萊塢啊。」

「所以你不會跟我透露其他的案件資訊？」我說。

「辦不到。我只能告訴你一件事，我相信這孩子是無辜的。」魯迪說。真誠可以假裝，魯迪的客戶是很有天分的年輕演員，他曉得該怎麼在鏡頭前演戲。不過，魯迪雖然虛張聲勢，具備各種說服人心的法庭技巧，他對我卻沒有隱瞞。我也許才認識他半小時，可能更久一點，但這話聽起來相當自然，感覺他是真心的。他說這句話的時候沒有任何肢體或言語的停頓，有意或無意都沒有。簡潔有力，語言就這樣飄送出來。如果要我賭，我會說魯迪說的是實話，他相信羅柏．所羅門是無辜的。

但這樣還不夠，對我來說不夠。如果客戶操縱了魯迪怎麼辦？人家是演員耶。

「聽著，我真的很感謝這份工作提議，但我必須——」

「等等。」魯迪打斷我。「先別拒絕。花點時間，睡一覺，明早再告訴我。你也許會改變心意。」

魯迪付了帳單，還多付了一大筆名人級別的小費，我們步出幽暗的餐廳，走到街上。豪華轎車司機下車替我們打開後座車門。

「需要我送你去哪裡嗎？」魯迪問。

「我的車停在巴士特街，就在法院後面。」我說。

「沒問題。介意我們順路繞到四十二街嗎？想讓你看個東西。」他說。

「可以。」我說。

魯迪從車窗望出去，他的手肘靠在扶手上，手指輕撫嘴唇。我思考起剛剛所聽到的一切。花不了幾分鐘，我就明白魯迪要我加入案子的真正原因。我不確定，但只要提出一個問題，立刻就能搞清楚這一切。

「我曉得你不能告訴我任何細節，但回答我一個問題就好。我猜能夠證實羅柏．所羅門是被執法人員栽贓的重要物證，並沒有在過去兩個禮拜裡憑空出現吧？」

魯迪一度沒有說話，然後他面露微笑。他曉得我在想什麼。

「你說的沒錯，沒有新證據，過去三個月裡什麼新的東西都沒有。所以我猜你想清楚了。別往心裡去。」

如果他們是要請我對付紐約市警，那辯方團隊裡就只有我一個人負責警方證人，只有我一個人負責對條子出擊。如果成功，那很好。如果陪審團那邊不滿意，我就準備走路了。魯迪可能需要花點時間向陪審團解釋我是一週前臨時加入的，而我對條子的任何指控都與我們的客戶無關，是我胡鬧，脫稿演出。在這種狀況下，無論發生什麼事，魯迪跟陪審團的關係還是好來好去。我只是一顆可以犧牲的棋子，要麼成功，要麼成仁。

聰明，還眞聰明。

我抬頭，看到魯迪指著車窗外。我靠過去，循著他的視線，直到我看見一面告示牌，那是新電影《致命渦流》的廣告。四十二街上的廣告看板並不便宜，這部電影看起來也不便宜，是那種大成本大製作的科幻電影。海報下方印著主角的名字：羅柏．所羅門與雅芮耶拉．布魯。我聽說過這部電影。過去一年，只要開過電視的美國人都會知道這部電影。這是一場價值三百萬的豪賭，主角是羅柏．所羅門與他的妻子雅芮耶拉．布魯。好萊塢新起壞男孩的謀殺案肯定會引發媒體瘋狂關注。命案死了兩個人，羅柏的保全主任卡爾．托澤和羅柏的太太雅芮耶拉．布魯。命案發生時，羅柏跟雅芮耶拉才新婚兩個月，剛拍完第一季他們專屬的實境節目。多數自以爲是的評論者都說這場審判的規模會比辛普森殺妻案加麥可．傑克森性騷擾案更大。

「廣告是上週立起來的。這是在聲援小柏，但這部電影已經束之高閣快一年了。如果小柏遭到定罪，那電影將繼續冷凍。就算經過漫長的訴訟過程，他全身而退，電影還是會繼續冷凍。唯一能讓電影發行、讓片商把錢賺回來的方法，就是告訴全世界，羅柏·所羅門是無辜的。小柏跟電影公司簽了後面三部電影的合約，報酬相當豐沃。這是他們叫好又叫座的系列。我們必須確保他能走完整個合約，如果不行，電影公司砸的大錢就放水流了，好幾百萬啊。艾迪，茲事體大。我們必須盡快得到對我們有利的結果。」

我點點頭，把頭轉回來。也許魯迪關心羅柏·所羅門，但他更在意的是電影公司的錢。不能怪他，畢竟人家是律師啊。

四十二街上的書報攤廣告都宣傳著即將到來的庭審。

我愈想愈覺得這個案子是場噩夢。光聽起來，電影公司和小柏之間就存在衝突。如果那孩子想認罪，或想跟檢察官討價還價談條件，但電影公司不答應怎麼辦？如果他是無辜的又怎麼辦？

我們離開四十二街，繼續往南，朝中央街前進。我回想起新聞是怎麼描述這個案子的——所羅門打電話報警，說他發現妻子和保全主任死了，而兩名員警回應九一一報警電話。

所羅門讓警察進屋，他們一起上樓。

二樓階梯平台上，有張小桌翻了過來，旁邊是碎裂的花瓶。桌子位在窗戶前面，窗口可以俯瞰屋後圍牆內的小花園。二樓有三間臥室，其中兩間空蕩黑暗。主臥室在走廊的盡頭，也是漆黑一片。他們在那裡找到雅芮耶拉和保全主任卡爾，或該說殘餘的他們。兩人赤裸倒在床上，已經氣絕身亡。

所羅門身上有太太的血。顯然檢察官手上掌握了更多鑑識證據，能夠證實所羅門的罪行，鐵證如山。

結案。

或我以爲這樣就結案了。

「如果羅柏沒有殺那些人，那眞凶是誰？」我說。

車子轉進中央街，在法院外頭放慢速度。魯迪從座位上靠向前，說：「我們聚焦在誰沒有犯罪上頭，這是警察栽贓，根本是教科書案例。聽著，我曉得這是重大決定，也很欽佩你在道德上的觀點，不過今晚還是好好想想吧。如果你決定接案，打電話給我。無論結果如何，我都很高興認識你。」魯迪一邊說，一邊掏出名片。

車子停了下來，我與魯迪握手，司機下車替我開門。我站在人行道上看著豪華轎車開走。我沒看過案件的檔案，只能猜條子認定羅柏就是凶手，吃了秤陀鐵了心要定他的罪。多數警察只是想把壞人關起來。愈駭人的罪行，警察愈有可能針對凶手扭曲證據。這不算犯法，在道德上也許說得過去，但警察不該操弄證據，因爲下次，他們很可能用同樣的手法對付無辜的人。

我認識一些警察，好警察。正直的好警察比辯護律師更厭惡操弄證據以符合需求的黑警。

我在巴士特街的轉角尋找我的藍色福特Mustang。然而，我到處找遍了都沒看見我的車，接著我看到拖車人員正把車子拉上拖車。

「嘿，那是我的車。」我穿過馬路朝著拖車跑去。

「兄弟，那你就該付停車費。」身材矮胖、穿著亮藍色制服的拖車人員如是說。

「我都有付停車費。」我說。

拖車男搖搖頭，給我一張罰單，指著我那正被拖上卡車的福特。一開始，我不曉得那傢伙在指什麼，但後來我看見了。塞在雨刷下面的是一個麥當勞紙袋，袋口差不多有三、四十根吸管冒出來。袋子上有用黑色奇異筆寫的筆跡。車輪落在拖車平板上，我跨上去，拿起紙袋，上頭寫著：

「你**遲到**了。」

我把紙袋扔進附近的垃圾桶，拿出手機，撥打魯迪名片上的電話號碼。

「魯迪，我是艾迪，我想好了。你要我對付紐約市警？管他的。我想以羅柏律師的身分查閱檔案，但有一個條件，如果在研究後，我還是覺得他有罪，那我就不接了。」

6

如果是其他季節，徒步走去卡普的事務所只要十分鐘。我那間已在房東不知情狀況下當成住家用的辦公室位於西四十六街，靠近第九大道。差不多五點半的時候，我圍上圍巾，穿好大衣，從辦公室出發，還有時間在路上吃片義式臘腸比薩、喝罐汽水墊胃，從容不迫。太陽已經下山，人行道結起冰來。如果我想安然抵達，我應該要慢慢走。我的目的地是時代廣場四號，昔日的康泰納仕大廈，傳奇的生態友善摩天大樓，總共四十八層，以太陽能運作。裡頭的人靠公平交易商品、有機咖啡和康普茶生存。雜誌出版社康泰納仕近幾年剛搬去世貿中心一號大樓。他們離開後，律師紛紛進駐。

六點五分，我走進大廳。入口跟接待櫃台之間是三公尺長打亮發光的白色大理石。天花板挑高了二點五到三公尺，是一層又一層錚亮的鋼板，彎折得很像巨大胸膛上的盔甲。

如果上帝有一座大廳，我想跟眼前這座應該相差無幾。

我走向接待區時鞋跟敲出穩定的聲響，目光所及之處，沒看見沙發或椅子。看來若是要等，就得站著等。整個空間似乎就是設計讓人發現自己有多渺小一樣。感覺好像過了很久，我找了位接待人員，把我的名字報給一位粉紅色皮膚的纖瘦男子，他身上的西裝看起來都要壓碎他那脆弱的胸膛了。

「有人在等您嗎？」他講話帶有英國口音。

「如果你是指我有沒有預約，答案是有。」我說。

他緊抿雙唇，應該是想展現善意，卻造成反效果。他看起來像吃到什麼噁心的東西，但努力不表現出來一樣。

「等等會有人過來接您。」他說。

我點頭道謝，然後緩緩在磁磚上漫步。我的手機在外套口袋裡震動起來，畫面顯示「克莉絲汀」，我老婆。過去一年半，她住在瑞佛海德，在一間小法律事務所工作。我們的女兒艾米在新學校適應得很好。我們分分合合了幾年，起因是我的酗酒，但最後一根稻草是因爲我接了一連串危害家人的案子。一年前，我跟克莉絲汀考慮要復合，但我實在不敢再冒險，至少在我結束律師生涯前不能這麼做。我多次考慮放棄執業，不過總有狀況讓我繼續下去。在我開始酗酒前，我曾經錯信客戶無罪而讓他逃脫，結果他一直都是加害者，某種程度上我也知道。判決過後他又再度傷人，受害者傷勢非常嚴重。我永遠忘不了這件事，每天都想盡辦法彌補。如果我選擇放棄律師工作不再幫助別人，我或許能撐個半年，但之後我又會良心不安。罪惡感是重達一百公斤的紋身，但只要我繼續替這些我信得過的客戶奮鬥，我就能慢慢擺脫這份重擔。這需要時間。我只希望克莉絲汀能在盡頭等我。

「艾迪，你明晚有事嗎？我要做肉丸，艾米想見見你。」克莉絲汀說。

眞稀奇。我通常只有在週末開車去看艾米，週間從來沒有受邀過。

「其實呢，我可能會忙一個新案子，大案子，但擠出幾個小時沒問題。要慶祝什麼嗎？」我問。

「噢，沒什麼特別的。七點半見？」她說。

「到時見。」

「七點半到，不要八點或八點半才到，好嗎？」

「保證不會。」

她好久沒有找我去吃晚餐了，搞得我緊張兮兮的。我希望我們一家能夠團圓，但我的工作惹了一堆麻煩上門。這幾年，我一直在問自己該如何讓工作穩定，因爲我所承接的案子帶來麻煩，而我的家人不該受到這種對待。最近我覺得自己該有所突破，女兒正在長大，我卻沒辦法每天見證她的成長。

該改變現狀了。

迴盪的腳步聲將我的注意力轉向一位身穿黑色套裝的嬌小嚴肅女性。她一頭金髮剪成俐落的鮑伯頭，隨著腳步聲而擺動，宣告她的到來。

「弗林先生，請跟我來。」她講話的口音隱約帶有一點德國腔。

我跟著她前往等候我們的電梯。不一會兒，我們就到了另一層樓，更多的白色磁磚帶我們通向玻璃大門，門上寫著「卡普法律事務所」。

門後是作戰情報中心。

辦公室很大，整個空間打通，右手邊是兩間玻璃牆隔出來的會議室。座位上是魯迪的律師大軍，正埋首在筆記型電腦螢幕前。這裡完全看不到一張紙。我在一間會議室裡看到一群西裝人士對十二名身穿普通服裝的人指指點點。他們在模擬陪審團。某些大型法律事務所喜歡在模擬開庭過程裡測試他們的訴訟策略，找一群以待業演員爲主的人來扮演陪審團成員，他們必須簽上又厚又嚇人的保密條款，以換得不錯的日薪。演員和律師不一樣，說到保密條款，他們通常都會怕。

我在另一間會議室看到魯迪．卡普，他一個人坐在長桌大位上。那位小姐將我帶過去。

「艾迪，坐。」魯迪比了比他身旁的位子。我脫下外套，擱在另一張椅子上，然後入座。

這間沒有主會議室那麼大，桌子只搭配了九張椅子，兩側各四張，一張是魯迪的大位。我環視會議室，看到一座擺滿獎盃的展示櫃，裡面有雕像、小人像，還有各種令人肅然起敬機構頒發的水晶獎座，例如美國律師協會。我猜魯迪讓客戶坐在這一側的用意是讓他們可以直接從座位上看到櫃裡滿滿的豐碩戰果。也許一部分是爲了打廣告，但我確定很大一部分是出於自我炫耀。

「案子的資料已經準備好了，你可以帶回去晚上看。」魯迪說。金髮妞出現，從桌子另一角拿起薄薄的金屬外殼筆記型電腦，放在魯迪面前。他把筆電轉過來推向我。

「硬碟裡有你所需的一切。我們不能讓任何紙張流出這間辦公室，記者一直糾纏我們的員工，所以我們必須格外謹慎。每個參與這件案子的人都有一台加密的蘋果筆電，這些機器無法連上外部網路，只能連上這間辦公室受到密碼保護的藍芽伺服器。你可以把電腦帶走。」他說。

「我比較喜歡看紙本。」我說。

「我知道你喜歡，我自己也比較喜歡紙本，但開庭前，我們不能冒險讓任何一張紙流出去。你明白的。」他說。

我點點頭，打開筆電，看到要求密碼的提醒。

「先別管那個。我希望你見一個人。凱能小姐，可以麻煩妳嗎？」魯迪說。

帶我過來的小姐一語不發地離開了。

我的手指敲擊拋光橡木膠合板會議桌桌面。我想快點進入正題。

「你怎麼會覺得是警察誣陷了羅柏．所羅門？」我說。

「雖然你會覺得很煩，但我不想說。如果我告訴你，你就會緊抓那條線索不放。我希望你能自己找出來。這麼一來，我們便能達成同樣的結論，告訴陪審團這件事，這樣我會比較放心。」他提到陪審團三個字的時候，目光短暫地瞥向旁邊會議室的模擬陪審團。

「很公平。好，模擬陪審進行得如何？」我說。

「不妙。我們開庭四次，三次判決有罪，一次六比六僵持不下。」

「分歧的點在哪？」

「三名陪審員覺得無罪。在模擬開庭之後的訪問裡，這三位陪審員表示他們無法相信警察，卻也不認爲他們會動手腳。我們要處理的狀況非常幽微，所以才找你來。如果你失敗，你就掰了。我們會拋下你，彌補傷害，繼續前進。你明白這點，對吧？」

「我想也是。我沒差。只不過我還沒決定要加入，必須看過案子之後才能決定。」

在我說完這句話之前，魯迪站了起來，他的目光望向門口。兩名身穿黑色羊毛大衣的大漢朝這邊走來，頭髮短短的，手大脖子粗。之後又是兩個同樣身型、同樣髮型、同樣粗脖子的人。後面跟著一位個子矮小的人，他戴著墨鏡，身穿皮夾克。其中一位壯漢打開魯迪辦公室的門，走了進來，然後替小個兒繼續開著門。他們團團圍繞的男子走進辦公室後，保全離開，帶上門。

就我對羅柏．所羅門在大銀幕上的印象，我以爲他身材應該跟我差不多，約莫一百八十幾公分，八十公斤。結果我眼前的人只有一百六十五公分，體重大概跟他保全的一條手臂不相上下。窄瘦肩膀上的皮夾克鬆垮垮的，鉛筆牛仔褲下的雙腿看起來跟牙籤一樣。深色的頭髮披在臉上，大大的墨鏡遮著雙眼。他走向會議桌伸出蒼白、骨瘦如柴的手時，我連忙起身。

我輕輕握手，不想傷害這孩子。

「魯迪，就是這傢伙嗎？」他一開口，我發現自己就認得他了。聲音鏗鏘有力，毫無疑問，這個人就是羅柏．所羅門。

「正是他。」魯迪說。

「弗林先生，很高興見到你。」他說。

「叫我艾迪就可以了。」

「艾迪。」他彷彿是在思索我的名字。他叫我的時候，我實在忍不住感到一陣低俗的欣喜。大家都說這孩子會是下一個李奧納多．狄卡皮歐啊。「叫我小柏。」

至少他握手還挺有力的，甚至感覺滿眞誠的。他坐在我身旁，我們其他人這才坐下。魯迪拿出文件擺在我面前，要我過目簽名。我快速讀了一下，是份很仔細的委託合約，要求我嚴格保密。我翻閱紙張的時候，注意到坐在右邊的小柏摘下墨鏡，用手梳了梳頭髮。他很帥，高高的顴骨，銳利的藍色雙眼。

我簽好合約，還給魯迪。

「謝謝你，小柏，跟你說一聲，艾迪還沒有同意接這個案子。他要先看過檔案才能決定。你瞧瞧，艾迪跟多數辯護律師不一樣，他遵從著……啊，我想法則這個詞太嚴厲了。這麼說好了，等艾迪讀完檔案，如果他覺得你有罪，他就會拍拍屁股走人。如果他覺得你是無辜的，也許會幫我們。這樣的律師感覺挺不錯的，你不覺得嗎？」魯迪說。

「我喜歡。」小柏如是說。他把一隻手搭在我肩上，我們一度互看了幾秒。沒有人開口，只有互望。我們兩邊都在試探，他想知道我是否懷疑他，我想知道他的說法，順便檢視他的雙眼。我的腦子沒有一秒忘卻他是才華洋溢的演員。

「我很欣賞你做事的方法。你想先讀檔案的資料，我沒問題。等到一切塵埃落定，檢方的證據就不重要了。對我來說不重要。我沒有殺雅芮，我沒有殺卡爾。凶手另有其人，是我……我發現他們，你懂嗎？渾身赤裸躺在我的床上，我每次閉上眼睛都會看到他們。那個畫面一直停留在我的腦海裡。他們對雅芮做了什麼。一切都……都……老天。沒有人該死得那麼慘。我想看到眞凶接受審判，我要的就是這樣。如果辦得到，我希望親眼看到他們爲自己的行爲被火燒死。」

無辜的人遭到犯罪指控是很悲傷的事情。我們的司法系統裡有太多冤案了，這種事他媽的天天上演。我看過夠多無辜的人遭受指控，說他們傷害所愛之人，多得我能分辨出誰說實話，誰說謊話。說謊的人不會有那種表情，很難描述，那是失落與痛楚，但其中還有別的情緒，肯定有憤怒與恐懼，以及最後面對不公義的怒火。這種案件我經手過很多起，我幾乎可以看到這股火焰在對方眼角不斷燃燒，彷彿野火。有人謀殺了你的家人、愛人、朋友，結果你卻站上被告席，讓眞凶逍遙法外。天底下沒有更不公平的事了，而這種表情普世皆然。同樣的表情會出現在奈及利亞、愛爾蘭、冰島，無辜的人面對子虛烏有的指控，這種表情在什麼地方都一樣。只要看過，一輩子也忘不了。這種表情很罕見，出現的時候，當事人額頭上就跟刺上了「無罪」二字一樣。我猜魯迪看到了，所以他才要我見小柏。他曉得我看得出來小柏是無辜的，而

7

在小柏的陪伴下，半小時很快就過去了。一壺咖啡讓他開口，我一邊聽，一邊也喝了兩杯咖啡。他是來自維吉尼亞州的農家子弟，沒有兄弟姊妹。六歲時，母親跟一個在酒吧裡認識的吉他手跑了，拋下小柏、他爸和農場。他小時候輕鬆適應那種生活，但沒多久就發現也許人生可以有不同的選擇。這個啓發出現在他十五歲那年的週六午後。他女朋友參加了一個戲劇課程，小柏搞錯時間，在下課前一個小時抵達教會禮堂接人。他沒有在門外等，決定進去看看。

這一天改變了一切。

小柏太震撼了。他從來沒有看過劇院表演，完全不明白其中的力量。這對他來說感覺很怪，因爲他很喜歡看電影，卻從來沒有想過電影是怎麼拍的，演員是怎麼演的。他接到女友後，展開連珠炮的提問攻勢，急切想知道關於演戲的各種知識。下禮拜，他就去報名了，六週後，他在社區劇院初試啼聲。之後，他就回不了農場了。

「我爹地，他爲我做了一件很特別的事。我十七歲生日那天，他賣了一些牲口，把一千美金交給我。老天，那時我以爲全世界的錢就這麼多。我從來沒有見過那麼多錢。主要都是十元和五元的紙鈔，沾滿泥土什麼的。你知道，貨眞價實賣牲口的錢。」

我猜小柏應該是百萬富翁，這很好猜，也許不止百萬。不過，當他提到父親給他的鈔票時，他的雙眼還是炯炯有神。

「我把錢摺得整整齊齊，一半放進皮夾，一半放在口袋。然後，他說他替我買了一張前往紐約的公車票，老天，這根本是我人生裡最棒的一天。當然也是最糟的。我知道這錢他攢了好幾年，而且他一個人沒辦法照顧農場。不過，這一切對他來說都沒關係，他只是希望我能出去闖一闖，你懂嗎？」

我點點頭。

「我能出去闖，都是因爲我爹地。頭七年，我在餐廳打雜、當服務生，到處試鏡。日子還過得去，成功機率小於五成。然後，就在天時地利人和的一天，我踏進了百老匯。前兩年很煎熬，老爸生病了，我必須兩頭跑。他撐到來看我的開幕夜，看到我在百老匯戲碼裡領銜主演。之後沒多久他就走了，他沒有捱到我接到來自好萊塢的電話。他會很開心的。」小柏說。

「他見過雅芮耶拉嗎？」我問。

小柏搖搖頭。「沒，沒見過。他肯定會喜歡她。」

他低頭，嚥了嚥口水，告訴我他的愛情故事。

他們在片場邂逅，那是一部獨立電影，片名叫《過火》，是個成長的故事。他們在電影裡沒有對手戲，但在片場巧遇，下戲後的時間都一起度過。那時雅芮耶拉已經在六部主流電影中飾演一些小角色了，她的演藝生涯已經展開，看來前程似錦。這部獨立電影是她第一次擔任主角，她指望這部電影能夠成爲黑馬，成爲她的代表作。結果如她所料。她的星運崛起，也順水推舟推了小柏一把。沒多久，他們就成了一對年輕的銀色夫妻，兩人領銜主演科幻史詩大片，還簽下實境秀演出。

「我們之間甜到不行。」小柏說：「所以這一切才不合理。我跟雅芮在一起很開心，事情非常順利。我們新婚。如果我有機會上台作證，我會問檢察官他們到底在想什麼？我怎麼可能會殺害我心愛的女人？這樣完全說不通啊。」他說。

他癱坐在椅子上，開始搓揉額頭，目光遠眺。我不用思索，隨便就能想得出一打理由，爲什麼他這種地位的人會想殺害新婚伴侶。

「小柏，既然我也許會加入這個案子，你應該要知道，我們每次見面都是爲了出庭做準備。如果我聽到你說不恰當的話，就必須點出來，這樣你在法庭上才不會說錯話，你明白嗎？」我說。

「當然、當然。我說了什麼？」他立刻挺直身子。

「你說你要問檢察官問題。你出庭是去回答問題的，作證就是這麼回事。最糟糕的狀況是，你問了那種問題，而檢察官還眞的回答了。檢察官也許會說你殺害雅芮耶拉．布魯是因爲你從她身上得到了所需的一切，或你不愛她了。或你愛上別人，不想把離婚搞得很複雜；或是你發現她另結新歡，而你不想把離婚搞得很難看；或是你醉了，你茫了，忽然吃醋；要不然就是她發現你最不爲人知的祕密……」

我停頓下來。我一提到祕密兩個字，小柏的雙眼就閃爍了起來，目光移去遠處，然後才回到我臉上。

這個舉動讓我不安。我之前滿喜歡這孩子的，現在我沒什麼把握了。

「我不希望我們之間有什麼祕密。魯迪，你也一樣。」小柏說。

我跟魯迪都想警告他，別告訴我們什麼可能有害他辯詞的事情，但來不及了。在我們阻止他之前，小柏全盤托出。

8

一個月前，凱恩花了一整天的時間才佔到這個車位。那天，他想辦法把車停在附近的停車格，開始守株待兔，等到他想要的車位空出來，他才把車開進去，然後將車留在那裡。現在，他坐在旅行車上，喝著壺裡的熱咖啡。他曉得一切都值得。這座位於時代廣場的停車場就在康泰納仕大廈對面。如果你停在八樓左側十個車位的其中一格，就能清楚看到對街的景象。這裡的高度足以讓人看清街上的狀況，以及在同一個視線高度上的卡普律師事務所辦公室，感覺那裡從不熄燈。只需一副小型數位望遠鏡，凱恩就能看見辯方團隊正在替庭審做的準備。他看著魯迪．卡普排練開場陳詞，以及合夥人的指教，甚至還旁觀了兩場模擬開庭。

更重要的是，凱恩觀察了卡普與陪審團分析師在會議室後方大板子上貼的好幾張八乘十相片。這些照片是從候選陪審員名單裡挑出來的。一週週過去，某些照片會換下，因為辯方會調整，找出較爲合適出庭的陪審員人選。那天傍晚，最後十二位人選出爐。

凱恩同步收聽魯迪．卡普私人辦公室裡的戰情會議。他用望遠鏡掃視事務所的內部裝潢，加上短短幾天的監視，掌握了藏匿竊聽裝備的最佳位置。此處存在風險，但不高。他那時看著魯迪從祕書手中接過包裝，打開盒子，檢視獎盃。一團扭曲的金屬，下方連著空心木頭基座。一個小小的青銅金屬牌上恭賀：魯迪．卡普，年度世界律師，ＥＹＬＡ。

附上的信條說ＥＹＬＡ是歐洲青年律師協會的簡稱，還有回郵地址。凱恩從裝在假獎座裡的監聽器聽到的第一句話就是，卡普要祕書寄一張感謝函去布魯塞爾的郵政信箱——這是凱恩申請的。

凱恩從對街停車場的制高點，看著卡普的祕書把獎座與其他豐碩戰果擺在一起。

那是三週前的事了。過兩天就要開庭，凱恩很有信心。模擬開庭的結果很有說服力。辯方團隊爭執不休。羅柏·所羅門的神經看起來逐漸崩潰。重點在於，電影公司很不滿意，他們給魯迪施加無比壓力。好萊塢希望所羅門得到「無罪」判決，但截至目前爲止，他們扔出來的錢還沒辦法買到這個結果。電影公司高層就是不懂出了什麼錯。

凱恩開心得不得了。

然後，他看到辯方選出來的最後十二名陪審員。這些人並不一定會成爲最終的陪審員，他僞裝的對象曾經多次出現在照片名單上，但今晚沒有。

凱恩曉得他必須動點手腳才能加入陪審團的行列。

想到這裡，他瞧見一位年輕的律師坐進卡普的辦公室。卡普給他一台筆記型電腦，要他簽合約。現在這位律師正在跟羅柏·所羅門交談。新的律師。所羅門把自己的人生經歷說給這位律師聽，想要哄騙他，想要讓他關切這個案子。

凱恩用力壓著耳機，仔細聆聽。

弗林，這個律師叫弗林。

新的玩家。他決定今晚要好好調查這個弗林的背景，他現在沒時間做這件事。凱恩拿出手機，這是一支廉價的拋棄式手機，他按下撥號鍵，打給手機裡唯一儲存的電話號碼。

熟悉的聲音接起電話。

「我在工作，你要等等。」

接電話的人聲音低沉渾厚，語氣裡帶著威嚴。

「不能等。我也在工作。我要你監控今晚警方的活動。我要去找一位朋友，不希望受到打擾。」凱恩說。

凱恩聆聽對方是否出現抵抗或不情願的情緒。兩人都明白這段關係的本質，這不是合夥或團體關係。握有權力的人是凱恩，過去是這樣，未來也會一直如此。

男人一度停頓，就連那短暫的靜默延遲都讓凱恩開始覺得厭煩。

「我們需要好好聊一聊嗎？」凱恩問。

「不，不需要。我會監聽。你打算去哪裡？」男人問。

「這裡跟那裡，我晚點會傳地點給你。」凱恩說完便掛斷電話。

凱恩生性謹慎，他的一舉一動都評估過風險。就算如此，有時生命還是會朝他扔出變化球。在他前往目的地的路上搞出什麼路障。他通常都能自己搞定，但偶爾也會需要別人的協助，而這個人要能進入某些資料庫、蒐集到一般人無法取得的訊息。這種人很好用，而這位仁兄也證實了自己的價值。

他們不是朋友，凱恩與這個人的關係超越了友誼。他們交談時，那個人只會假裝跟凱恩有同樣的信念，且裝出一副他對凱恩的任務有多麼努力的樣子。凱恩曉得這一切都是假的，這個人一點也不在乎凱恩的意識形態，他只在乎他的手法——也就是簡單的殺戮，還有隨之而來的快感。

「我不希望我們之間有什麼祕密。魯迪，你也一樣……」所羅門如是說。凱恩透過麥克風，聽得清清楚楚。他放下手機，聚焦在會議室裡。卡普背對窗戶。他看不見律師的臉。弗林坐在卡普右手邊，但也沒有面向窗戶，而是對著小柏．所羅門。凱恩靠向前，聽個仔細。

9

天底下沒有壞案子，只有爛客戶。我的恩師哈利．福特法官多年前如此教導我。後來一次又一次的經驗證實他說的沒錯。我現在坐在小柏．所羅門身旁的皮製辦公椅上，想起哈利的忠告。

「雅芮耶拉遭到謀殺那晚，我跟她吵了一架。所以我才出門，跑去喝酒。我……我……只是希望你們知道這點。免得有人提起。我們吵架，但老天幫幫忙，我絕對沒有殺她。我愛她。」小柏說。

「你們在吵什麼？」我說。

「雅芮想要簽第二季的《所羅門秀》，也就是我們的實境節目。我不喜歡鏡頭到處追著我跑，就是太……太超過了，你們懂嗎？我辦不到。我們爭執，沒有動手，我們**不會**動手，我從來沒有對她動手過。不過我們吵得很大聲，她很難過。我跟她說我辦不到，然後我就出門了。」小柏說。

他向後靠在椅背上，嘆了一口長長的氣，然後雙手抱頭。他看起來像鬆了好大一口氣，隨之而來的是流下來的淚水。我仔細端詳他。他臉上的表情說明三個字——罪惡感。不過這個罪惡感是來自他跟老婆最後的交談是爭執，還是另有原因，我就分不出來了。

魯迪起身，張開雙臂，示意要小柏過來擁抱。

兩個男人擁抱起來。我聽到魯迪壓低聲音說：「我明白，我明白，好嗎？別擔心，我很慶幸你告訴我們實話。一切都會沒事的。」

當他們終於分開後，我看到小柏雙眼泛淚。他吸吸鼻子，抹抹臉。

「好，我想我要說的就是這個，今晚先這樣。」小柏說。他低頭看我，伸出手，說：「謝謝你願意聽我說話。抱歉我太情緒化了。聽著，我的處境很尷尬。我真的很高興你願意幫忙。」

我起身向他握手。這次他握得相當有力，眞是出乎我的意料。我握著他的手，花了點時間仔細端詳這個人。他還是低著頭，我能感覺到焦躁讓他雙手顫抖。除去保全、時髦的服裝、保養過的指甲與口袋裡的鈔票，小柏．所羅門是受驚的孩子，很可能要面臨牢獄之災。我喜歡他，我相信他，但還是有一絲疑慮揮之不去。也許這一切只是在演戲，只是要說服我。這孩子很有才華，這點也是毋庸置疑，他的戲劇才華足以騙倒我嗎？

「我保證會盡力幫忙。」我說。

他的右手緊緊握著我的手，左手還疊在我的手腕上。

「謝謝你，我只有這個請求。」他說。

「謝謝，小柏。今晚先這樣吧。明早選陪審團的時候見。八點十五分，車子會去飯店接你。你睡飽一點。」魯迪說。

至此，小柏向我們揮手道別，離開辦公室。層層保全人員立刻包圍住他，眞是滴水不漏。長長的喀什米爾風衣方陣陪他走出事務所。

我轉頭面向魯迪。我們坐回原本的位子上。

「所以小柏和雅芮耶拉吵實境秀的事，你知道多久了？」我問。

「第一天就曉得了。」魯迪說：「我猜客戶最終會開口。看來你對小柏很有一套，他立刻就告訴你了。」

我點點頭，說：「你在一旁煽風點火也有加分效果。讓他覺得他能擺脫一點重擔，同時也能增加他的信心。」

魯迪臉一沉，望向辦公桌，雙手交握。過了一會兒，他才抬頭，從桌上拿起筆電給我。

「對小柏不利的證據相當驚人。我們有機會，很渺茫的機會。我會盡我一切所能讓這些機會帶來一點贏面。你今晚看看物證，你會明白我們要面對什麼指控。」

我從他手中接下筆電，打開電腦。

「要冷血殺害兩個人需要異於常人的特質，特別是要殺害自己的妻子和認識的人。毫無暴力紀錄的人忽然搞成這樣是很罕見的。小柏有精神病病史嗎？如果他的醫療報告裡沒有暴力傾向，也許可以把紀錄拿給檢方看。」我說。

「我們不會用他的紀錄。」魯迪不帶情緒地說。他在電話上按下按鈕，說：「我需要安排保全護送。」

我在魯迪的口氣裡察覺到什麼，他若不是不歡迎我對案子有這種看法，就是在隱瞞什麼事情。無論是什麼，我猜都不重要，或者檢方根本不會去查，也不會拿出來用。現在就先算了。

筆電主螢幕要求輸入密碼。魯迪在便條紙上寫好密碼交給我。

「這是密碼。我們必須確保你帶著筆電安然回到你的辦公室。所以我會請我們的一位保全團隊成員送你回去，希望你不介意。」

我想到寒風刺骨的室外，還要走回辦公室。

「保全人員有車嗎？」我問。

「當然。」

我望著紙條，密碼是「無罪一號」。

我闔上電腦，起身，向魯迪握手。

「我很高興你正式加入我們了。」他說。

「我說過我會先研究案情，然後再決定。」我說。

魯迪搖搖頭。「不，你告訴小柏你會幫他。你保證過會盡全力。你加入了。你相信他是無辜的，對吧？」

隱瞞這點似乎沒什麼意義了。「對，我猜我信吧。」

我心想：*但我之前也有錯信客戶的經驗。*

「你跟我一樣。遇到無辜的客戶，一眼就看得出來。你感覺得出來。直到今晚，我才遇到也有這種能力的人。」魯迪說。

「我不是小柏．所羅門，魯迪，你不用拍我馬屁。我知道你找他來是因爲你要我見他。你要我看著他的雙眼，測試測試他，做出決定。你知道我相信他。你這是在跟我玩把戲。雖然我相信他應該不是凶手，但我實在說不準他是不是在耍我們。」

他舉起雙手。「我承認我有罪，但這也改變不了我們眼前這噩夢般的場景，一個無辜的人。對，他能演，但他不可能靠演技逃過雙屍命案。」

辦公室的門開了。走進來的男人推開左右兩扇門，但他還是必須側身才進得來。他看起來跟我一般身高，大光頭，壯得跟他媽的會議桌一樣。穿著黑長褲，黑外套一路扣到脖子。他抱臂於胸前，雙臂交疊。我猜他比我大五、六歲，還是個鬥士。他的指關節和硬糖球一樣突出。

「這位是荷頓。他會確保筆電還有你的安全。」魯迪說。他彎下腰，從桌下拿出鋁製公事包，擺在桌上。荷頓走了過去，我們簡單打過招呼，他直接走向公事包。他打開釦鎖，掀開蓋子，將筆電擺進電腦形狀的凹陷處。我看著荷頓關上公事包，上鎖，然後從外套口袋裡拿出一副手銬。他把公事包銬在手腕上，拿起箱子，說：「咱們走。」

我謝過魯迪，正要跟荷頓出門時，魯迪向我提出最後一個忠告：「你看檔案的時候，請記得今天這裡發生的一切。想想你的感受。記住你知道這個年輕人是無辜的，我們必須保持他的清白。」

10

凱恩聽完羅柏．所羅門的自白後就中斷連線。他鎖上旅行車，換開另一輛灰色的福特轎車。他坐進駕駛座，面向停車場的出口斜坡。從這個位置他可以看到下方的街道，看到卡普事務所用來載人的大型黑色休旅車。

福特的引擎發動了起來。

凱恩一邊盯著前方的道路，一邊靠到副駕駛座打開置物抽屜。他掏出一把柯爾特點四五手槍，拉開彈匣，手指摸到嵌在彈匣裡的子彈。凱恩把彈匣卡回機匣裡，輕輕的撞擊聲在車內迴盪。接著是金屬機械轉動的喀啦聲，第一顆子彈上膛了。

紅色的雪芙蘭Corvette跑車經過前方的街道。

手槍收進凱恩外套胸口的口袋裡，這是它的新家。時鐘顯示七點十五分。

凱恩心想：隨時都會有動作。

他戴上貼合掌型的皮質手套。凱恩喜歡皮的味道，讓他想起一位故人。這位小姐經常穿黑色的騎士皮夾克、白T恤和牛仔褲。凱恩想起她密實的黑色小鬈髮、蒼白的皮膚、她歡笑時會發出的哼氣聲，還有她雙唇嚐起來的感覺。最重要的是，他記得那件騎士外套濃郁的皮革味，以及鮮血似乎先凝結在皮革上，才慢慢被吸收進去的畫面，彷彿外套是在緩緩啜飲一樣。

凱恩緊握方向盤。

他聽著皮革與皮革摩擦的聲音——手套握著方向盤。他想起女孩那件騎士外套也發出過類似的聲音，她那時正揮舞雙臂，想要攻擊他，眞是可悲。她沒有尖叫，一聲也沒有。她開口，但喉嚨裡沒有聲音，只有外套拉鍊發出來的叮噹碰撞聲，還有她朝他揮舞雙手時，皮革相互摩擦的聲音。凱恩當時覺得那種聲音可以說是一種呢喃。

上了漆的混凝土發出輪胎刺耳的煞車聲，緊接著一陣車燈掃過。凱恩抬頭朝聲音與亮光望去，看到一輛皮卡車開下斜坡。他不希望卡車擋住他的視線。凱恩開出去，朝下一條坡道移動，他停下車，監視攝影機捕捉到他的車牌，停車場的出口橫桿開始升起，他把車子往前開。

開上街的時候，一輛黑色休旅車經過他旁邊，停在康泰納仕大廈外頭。凱恩望望右邊，又看向左邊。沒什麼車。他緩緩將車開出來，盡量不引人注意。還有足夠的空間可以開到停下的休旅車旁，但凱恩不想這樣做。他繞到後頭，望出去，弗林跟卡普事務所雇用的保全惡霸正走出大樓，朝車子前進。凱恩望著這兩個人，覺得律師與保全差不多，足以構成肢體上的威脅。天色太黑，看不清楚他們的臉，但他能觀察他們移動的方式。小柏的保全陣仗太大了，實在分不清楚誰是誰，而且他們看起來都很像。眼前這位保全壯碩魁武，行動卻有點僵硬。保全眞的很難分，他們身材相仿，行動模式也類似。不過呢，弗林行動的時候卻像舞者或拳擊手，總是掌握平衡、充滿自信。他高也健壯，年輕時會健身。弗林的身段看來像個鬥士。

保全拿著那種公事包型的筆電盒。事務所對筆電的安全維護做得滴水不漏，沒辦法遠距駭入，要進入只能透過他們每位律師的個人密碼，但密碼會每天更新。如果他有時間處理電腦，他還是駭得進去，重點在於，他必須先取得一台，且不能讓事務所察覺。凱恩在卡普律師大樓有管道、有眼線，但他們都沒辦法讓他與筆電獨處，會引人疑竇。而且事務所每一吋辦公空間都有監視攝影機，要把電腦拿出來實在不可能。他就是想要這台筆電，裡面有所羅門案的資料。

想到能夠擁有裡頭的檔案，凱恩的皮膚似乎爬過一股電流，麻麻癢癢的。他脖子上的寒毛都立了起來。凱恩發出顫抖的嘆息。律師和保全上了車，開進巷子裡。

凱恩放開離合器，跟了上去。

此時此刻，這一邊的曼哈頓車流已經成了龜速慢爬。這樣的步調很適合凱恩，他想要那只公事包。

立在方向盤右手邊基座上的是一台智慧型手機，當然是沒有登記的。凱恩進入Google，搜尋「艾迪．弗林，律師」。他訝異發現前面幾頁都是新聞文章，是弗林過去的幾個案子。凱恩掃視每篇報導，認爲弗林在法庭上會是不容小覷的威脅。這個人很危險。他滑過好幾個頁面，似乎都是同一個案件的報導，只不過貼在不同的部落格或媒體網站上。艾迪．弗林的事務所沒有網站，凱恩只有在黃頁網站上查到地址和電話。

果然沒錯，二十分鐘後，休旅車靠向左側，就停在西四十六街邊。這裡就是凱恩在網路上查到的地址。凱恩把車停進左側的停車格，熄火。他從基座上抓起手機，放進外套裡，下車，打開後車廂。他先是到處張望，確保身後街上沒人。後車廂很乾淨，凱恩在毯子底下找到一整組他特製的廚房刀具，選了一把切魚刀和剁肉刀。兩把刀都裝在皮製保護套裡。毯子旁邊有已經打開的後背包。凱恩把兩把刀子放進後背包，拉上拉鍊，然後背在背上。那兩個男子就算死了，凱恩也還是需要公事包。他在許多年前就學會簡單快速肢解人體的方法，與其靠蠻力，不如靠熟練的屠宰技巧。如果他用剁肉刀剁斷死去保全的手腕，大概要砍個五到十下才能斷開。

手腕肌腱會吸收主要的衝擊力道，這個方法大概要花上三十秒。不過呢，凱恩計畫用五秒鐘清掉手腕上的軟組織，讓骨頭露出來，再用一點五公斤重的剁肉刀揮一下就能大功告成。所需時間預計在十五到十七秒之間。

凱恩戴上鴨舌帽遮住臉，關上後車廂，然後過馬路。

手銬著公事包的保全已經下車，正背對著凱恩站在街上，他的手伸得長長的，要拉開後座車門。附近的路燈沒有照到這麼遠，凱恩沒辦法仔細觀察保全。凱恩與他的目標只距離十五公尺。休旅車的車門開了，弗林下了車。他的肢體動作很好認。凱恩將手伸進外套裡，右手握住手槍槍柄，手指輕擱在扳機上。

十二公尺。弗林正在扣外套，準備走進辦公室。

凱恩聽到身後傳來車門甩上的聲音，他整個人緊繃起來。一位身穿藍色西裝的年長黑人繞過低矮的深綠色敞篷車，走上人行道，踏入街燈的亮光之中，就在凱恩前方不遠處。這個男人也朝弗林辦公室的方向前進。凱恩看不見他的臉，只看到對方腦後灰白的頭髮。

凱恩正要拔出武器將男人推開，同一時間，那男人揮手喊了起來。

「嘿，艾迪！」

弗林轉頭望向凱恩的方向，保全也跟著看過來。兩個男人都在階梯上，正要上去。凱恩低下頭，他可以透過帽簷看到他們的軀幹，卻看不見他們的臉。他不想冒險與對方四目相接，他不希望被人認出來。保全轉身時，掀開外套，握起隨身手槍。保全和弗林現在都面向凱恩的方向。

突襲的優勢沒了。如果凱恩拔槍，他們會看見。在這種距離下，就平均反應時間來說，保全至少能夠開兩槍。凱恩的首要目標就是保全。

凱恩的靴底在石板路上發出聲響。他心跳加速，血液衝上他的雙耳。他幾乎聞得到槍火在空氣中留下的煙硝味。甜美的顫慄沖刷他的脊椎。就是這一刻，這就是凱恩活著的目的，光榮的期待。他以流暢的姿態吐了一口氣、舉起手肘，然後迅速將右手從外套裡抽出來。

11

我踏上辦公室大樓的大門階梯第三層時，聽到街上有人叫我。我立刻感覺到荷頓緊繃了起來。開車過來的路上他都沒什麼說話，只有問我是否自在。對於我的閒談，他只提供了簡短、禮貌的回答。魯迪．卡普是好老闆嗎？是，荷頓是專案合作保全，但跟卡普事務所合作很輕鬆。跟事務所合作很久了嗎？對。是棒球迷嗎？不是。橄欖球迷？不是。好，我放棄，讓他專心看路吧，我不該打擾他。我站在進入大樓的階梯上，訝異發現他保護我的反應。他什麼都還沒做，真的沒有，但他已經進入備戰狀態，做足一切準備。我朝著聲音轉身，看到哈利．福特法官在人行道上向我招手。他那台經典敞篷老車就停在街上。

我準備向哈利揮手，就看見他身後的男子。那人戴著鴨舌帽，壓低帽簷遮住額頭，在強烈的街燈光照下，我看不清楚他的臉，帽簷也擋住了他的五官。此時此刻，他的臉似乎沒有那麼重要。我對他的右手比較好奇。他的手伸進外套口袋，好像準備拔槍。

我的眼角餘光瞥見荷頓，他也注意到同一個人，手還移到腰際的隨身手槍上。我口乾舌燥，發現自己呼吸短淺，身體僵住了。無論我內在有什麼原始的生存本能，現在都聚焦在逼近男子那隻放在外套口袋裡的手上。我的身體不需要任何分散注意力的功能，好比說呼吸或思考，我的每一吋肌肉與神經末梢忽然都進入高度戒備狀態，身上的所有能量現在全部灌注到生存模式之中。我停在原地。從外套裡伸出來的手若是握著一把槍，我已經準備好要撲向地面。

氣溫下降。我看到人行道上結了冰，在鈉光燈下，如同碎水晶般閃閃發亮。

男人走到哈利身邊，右手從口袋裡拔出，伸得長長的，指著我們的方向。他手裡握著閃亮的黑色物品。我聽到荷頓的手槍從皮套裡抽出來的空心吸附聲，而我內在的某個開關彷彿啓動了，立刻吸了一大口氣，整個人跪倒，用手護著頭。

一陣靜默，沒有槍聲，沒有火藥的閃光，沒有子彈打在我原本頭部位置後方的磚牆上。我感覺到一隻大手拍起我的肩膀。

「沒事了。」荷頓說。

我抬起頭。哈利站在那個鴨舌帽男旁邊，他們正盯著男人手裡的手機。哈利指向螢幕，然後沿著四十六街比向西方。男人點點頭，對哈利說了些什麼，接著拿起手機。就算距離這麼遠，我都看得到智慧型手機螢幕上顯示出類似地圖的東西。男人經過我的辦公室大樓，往西前進。

「老天啊，荷頓，你要害我心臟病發了。」我說。

「抱歉。小心爲上。」他說。

「艾迪，你到底在幹什麼?」哈利說。

我站起身來，拍拍外套，然後靠在扶手上。

「顯然是在展現我的謹慎小心。那人想怎樣?」

「只是觀光客，想問路。」哈利說。

我轉頭。那個男人繼續前進，手機握在胸前。他背對我。我看著他一路前進，然後將目光放回哈利身上。

「我們以爲那人有槍。他走路的樣子，看起來很果斷。你之前見過那個人嗎？」我問。

「不知道。他戴帽子，看不清楚他的臉。就算我看見了，也沒辦法描述給你聽，我沒戴眼鏡。」哈利說。

「那你是怎麼開車過來的。」我說。

「小心慢慢開。」哈利說。

荷頓拉著我的木頭椅子，走到我的辦公室外頭，把椅子擺在通往階梯平台的前門旁邊，然後又進來，看了看我的辦公室。哈利坐在沙發上，手裡握著一杯上好的蘇格蘭威士忌，他很清楚這酒品質有多好，同時冷眼望著這位先生。

「弗林先生，這裡沒有保全，我今晚就坐在外頭。早上我會請人送保險箱過來，你出門的時候，筆電必須放在保險箱裡，這樣可以嗎？」荷頓說。

「你是說，你要整晚坐在我的辦公室外頭？」

「計畫如此。」

「這個嘛，你也許注意到後頭有張床。我沒有公寓，我睡在這裡。我大概會徹夜工作，所以你別擔心，回家睡覺吧。我沒事的。」

「如果對你來說沒差，我就待在外頭。」

「沙發在那。你在沙發上會比較舒適。」

他朝沙發望了一眼。多年前，哈利跌在中間，壓壞了幾根彈簧。中央凹陷的沙發，彷彿一直提醒著我們那晚發生的事一樣，後來哈利每次過來，都會坐在邊邊，但壞掉的彈簧總讓他往中間歪斜，看似隨時都會摔進中央山谷。我多少感覺荷頓認爲坐在硬邦邦的木頭椅子上會比較舒服一點。

「若有人闖門搶電腦，在沙發上睡覺會很難讓我進行保全工作。我就在外頭，這樣可以嗎？」

我看了辦公桌上的公事包一眼，手銬還掛在握把上。

「我沒意見。」我說。

「兩位，不打擾了。」荷頓如是說，然後在身後帶上門。

「他有點緊繃啊。」哈利說。

「那傢伙才沒有什麼『有點』。不過呢，我有點喜歡他。看得出來他很專業。」我說。

「所以電腦裡有什麼玩意兒，需要這種層級的保全？」哈利問。

「我大可告訴你，但你今晚會喝得爛醉，記不得的，所以也許明早再聊就好。」

「爲此可以來一杯。」哈利說。

我替自己倒了兩指高的波本威士忌，坐進辦公桌後方，一杯就好，稍微放鬆一點。我需要保持腦子清醒，好研讀檔案。不過呢，至少現在我可以輕鬆一點。角落的立燈還有辦公桌上的綠色燈罩玻璃小燈讓我的小辦公室溫暖明亮。我向後靠著椅背，一腳擱在桌上，把杯子拿到嘴邊。我現在可以偶爾跟哈利一起喝點小酒。我已經很有紀律了，但這是我花了不少時間培養出來的，那時哈利也在一旁協助。

要不是哈利，我也不會成爲律師。多年前，我因車禍跟人鬧上法院，上場替自己辯護——保險詐欺出亂子。哈利是當庭法官。我跟對方的律師理論，贏了案子。後來哈利來找我，建議我該考慮把法律當職業。當然啦，接著就是法律學位，準備律師資格考試的時候，我還擔任哈利的書記官。他賦予我新的生命，遠離街頭行騙的勾當。現在的我在法庭上大展身手。

「家裡都還好嗎？」哈利說。

「艾米長得很快。我想她。也許狀況正在好轉？克莉絲汀打電話約我吃晚餐。」我說。

「很棒耶。也許你們能夠和好了？」哈利期待地說。

「不知道。克莉絲汀和艾米安頓在瑞佛海德。感覺她們拋下我，繼續前進了。我需要一份低風險又安穩的工作。穩定。無聊到不會替我或任何人惹上麻煩。克莉絲汀要的就是這樣，正常的生活。」

我雖然這麼說，但不確定是否依然如此。我們一直想要的是安穩的家。我的工作無法滿足這個願望，現在我則懷疑克莉絲汀的生活是否還有我的一席之地。我們之間有了距離，我只希望受邀去吃飯是我跟她再次拉近距離的方法。

哈利啜飲他的蘇格蘭威士忌，搓揉頭部。

「你在想什麼？」我說。

「公事包，還有坐在外頭走廊上那個看起來跟摔角選手一樣的傢伙。我在想這個。如果你想要找更穩定的工作，眼前這些看起來可不像。告訴我，你沒有惹上什麼麻煩。」

「我沒有惹上麻煩。」

「我怎麼覺得案情不單純。」哈利說。

我搖晃起玻璃杯中琥珀色的液體，拿到燈光下，接著喝了一口，再放回辦公桌上。

「我今天遇到魯迪．卡普了。他請我加入羅柏．所羅門的辯護團隊。」

哈利起身，一口氣喝完剩下的酒，然後把空杯放在我的杯子旁邊。

「這樣的話，我該告辭了。」哈利說。

「什麼？怎麼了？」

他嘆了口氣，雙手插進長褲口袋，望向地面，開口解釋。

「我猜你是今早見到他的，而你們之前都沒有聯絡過，沒有電子信件、沒有通過電話，我說的沒錯吧？」

「對，你怎麼知道？」

「魯迪找你的原因，他是怎麼說的？」

「我大概猜得出來。我是炮灰。我對付條子，如果陪審團認爲我沒有加分效果，魯迪他們就會撇下我，搞得一切跟沒發生過一樣。我是魯迪和陪審團之間的緩衝，這樣就算事情不如預期，他還是可以在陪審員面前保住名聲。這沒什麼，但我想幫這個小柏。我知道他是電影明星，但我喜歡他，而且我覺得他是無辜的。」

「我猜魯迪需要講一套你會信的說詞。該怎麼說呢？如果你相信這次合作你吃虧，那就更有說服力了。這能解釋他們爲什麼要在陪審員徵選前一天才來找你。」

這話讓我緊張起來。我坐直身子，專注望著哈利。

「哈利，別賣關子，快講清楚。」

「柯林斯法官週五的時候打電話給我，她說她覺得不太舒服。我不訝異。過去這一年，她一直在處理所羅門案的訴訟籌備工作。好幾十場證據調查聽證會、駁回聲請，什麼都有。兩個禮拜前，她跑去住飯店，這樣她才有空間好好工作。羅薇娜·柯林斯絕非聖賢，但她是不怕辛勞的法官。總之呢，我覺得是因爲壓力太大，這種案子很折磨人。」

哈利沒說下去，迷失在思緒裡。我沒開口。等到他釐清頭緒，他就會繼續說。

「週六一早，醫院來電。就在我們通過電話後沒多久，羅薇娜暈倒了。要不是有照三餐來的客房服務，她很可能就走了。一名服務人員發現她倒在地上，呼吸衰竭。眞是老天保佑，有人發現她，急救人員救了她一命。她可能是心臟病發什麼的，還在加護病房，情況嚴重，但穩定下來了。我今天才去看過她。看起來不太好。」

「其他的不說，光這件事就會影響到所羅門的官司。我找不到人能夠放下手邊兩個禮拜的訴訟，所以我接了下來。我就是審理所羅門案的法官。」

12

哈利離開我辦公室的時候相當生氣。他不喜歡企圖玩弄制度的律師。哈利是這麼想的，魯迪．卡普這是在質疑法官哈利的公正。法官與律師做朋友，這不成問題，法官不會因爲接任某個案子，就立刻拋下他們的律師朋友。律師跟法官在法院外頭照樣能夠保持友誼，某些檢察官和辯護律師也一樣。而當雙方在法庭上相見時，他們會照規矩來走。這一切都可以接受，除了一個情況——如果他們是對立的兩造，那他們的友誼在案件審理期間就得先停擺了。只要我是小柏．所羅門辯護團隊的一分子，我就不能跟哈利一起喝酒或社交。這件事讓他最爲光火。

我從公事包內取出筆電，打開電源，然後撥電話給魯迪．卡普。

「艾迪，你不可能已經讀完所有的檔案了吧？」魯迪說。

「還沒打開。剛跟我的好朋友哈利．福特喝了一杯。」

靜默。

我等待魯迪開口，卻只聽到電話另一頭傳來的呼吸聲。我有點希望他承認就好，卻也希望他繼續保持靜默，繼續尷尬下去。

「魯迪，我也許不該接這個案子。」

「不、不、不、不，別走。聽著，我的確是用了一點手段騙你接這個案子，但艾迪，你是傑出的律師。如果我們覺得你不夠好，我們肯定不會找你。」

「我現在該怎麼相信你的話？」

「聽著，我之前說的還是眞的。我們需要有人對付條子，從這個角度看，你能處理得很好。你之前就對付過他們。如果你失誤撞牆，我們還是會爲了在陪審團面前保住面子炒你魷魚。如果你碰巧是法官的好朋友，哎呀，也許他比較不會因爲你的行爲找我們碴。他的好朋友艾迪．弗林應該不會受到什麼波及吧，對不對？」

高招。紐約不乏優秀律師，許多律師都有整過證人席上警察的經驗，但少有律師是哈利．福特的好朋友。

「如果你認爲哈利會因爲我，讓你的客戶好過，那你就誤會了。」

「別擔心，我並不質疑法官的人格，他不會因此偏袒我們。我想說的是，如果陪審團不買單，福特法官也不會因此波及你或我們的客戶，但這種策略確實風險很高，我要說的只有這個。他不會持有偏見，這樣他才能保持公平的態度。」

換我說不出話來了。我想告訴魯迪，我就此抽身，我會請荷頓把電腦帶回去。這時，筆電螢幕要求輸入密碼。在我思索該怎麼回答的時候，我順手鍵入「無罪一號」，螢幕轉換。小柏．所羅門的照片出現在我眼前，小柏和雅芮耶拉，在他們上東區的華房裡，身穿聖誕毛衣，站在聖誕樹前面。照片上是兩名明顯相愛的年輕人，手牽手，彼此對望。眼神裡流露出對未來的期待，對彼此的承諾。如果我抽身，我就會因爲莫名其妙的原因讓小柏失望。

「我不喜歡被人利用的感覺。你要我加入這個案子，那就加碼。」

「我明白這一切讓你不高興，但我們的預算有限。也許可以提高一點，這樣才不會傷和氣。再加百分之二十五，如何？」

「成爲卡普事務所的合夥人如何？新進合夥人，福利全套，我挑我想接的案子。接下來六個月，我不用煩惱錢的問題。我要的只是一份穩定的工作，沒有什麼風險就好。」

「這是獅子大開口。」魯迪說。

「這是世紀大案子。」我說。

他停頓了一下。我聽得到他一邊思索一邊嘀咕。

「兩年資深律師的合約如何？你耕耘你的目標客戶兩年，就跟其他的資深律師一樣，然後就讓你升新進合夥人。艾迪，我能提供的就這麼多了。」魯迪說。

「我同意原本的金額跟這個條件。」我說。錢是有幫助，但我需要一份工作。克莉絲汀希望我能做朝九晚五的工作，不會替我及家人惹麻煩的工作。也許這樣能讓我們的關係走得更長久一點，同時對未來也有保障。

「就這麼說定了。」他說。

「好，關於這個案子，你還有什麼沒告訴我的？」

「沒了，我發誓。你看一下檔案。法官的事，我再次道歉。這種事不可能一直瞞你，只要走進法庭，你遲早會發現。聽著，我覺得小柏是無辜的，我知道，我感覺得到。你曉得這對我來說有多罕見嗎？我願意付出一切代價讓這孩子脫罪。看一下檔案，你會明白案子的狀況。早上跟我聯絡，我九點要去選陪審員。」

他掛斷電話。

我因此懷疑，魯迪到底願意付出多少代價來保住他的客戶。

我的手指在觸控板上滑動，主螢幕上顯示出一排檔案。沒有網路瀏覽器，沒有應用程式，這台筆記型電腦上除了檔案，沒有其他東西。總共有五個檔案，陳述與證詞、圖片資料、鑑識資料、辯方陳述、辯方專家。

我從桌上抓了一枝鉛筆，在指尖轉起筆來。這種動作多少能夠幫助我思考。轉筆能夠讓我活動雙手。我還不是律師的時候，幹過各種騙人勾當，具備某些需要扒人錢包、鑰匙或手機的能力。我的父親總告訴我，要一直活動雙手，也就是練習維持我的反射和手速。所以我想事情的時候，在指掌間把玩筆或圓片小籌碼都會有幫助。

前三個檔案是起訴案件的內容，註明「辯方陳述」與「辯方專家」的檔案則是卡普事務所找來的資料。多數律師會直接查看起訴案件的內容，打開「陳述與證詞」，仔細研讀字字句句。每份證詞都是一段案情，都是相關人等回憶的內容，加在一起就是整體的描述。檢方會想辦法讓陪審團相信這種描述。

但描述最大的缺點莫過於它們通常都不可靠。

我的手法不太一樣。眞正的案情在照片裡。犯罪現場的照片不會說謊，它們不是目擊證人，不會犯錯，不會隱瞞眞相，還能夠讓我想像檢察官的起訴內容，以及，如果我是檢察官，我會用什麼角度來對付小柏．所羅門。在謀殺訴訟裡，知道該怎麼辯護還不夠，你必須曉得檢察官會採取哪些動作，並計畫應對。

媒體瀏覽器載入照片，但第一個檔案不是照片，而是影片。我按下播放鍵。

螢幕轉黑了一下，我還以爲影片沒載好，然後我發現那是架設在某人住家前門外頭的監視錄影器畫面。我看得到下方的街道。一名身穿連帽上衣、黑色牛仔褲的男人走上前門的階梯。他低著頭，但雙眼無疑盯著手裡的 iPod 螢幕，他正在瀏覽螢幕上的列表，白色的電線連接耳機。男人在門口停了一會兒，然後開門時，他微微抬起頭，足以讓我透過粗糙的畫面看到蒼白的臉和厚重深色墨鏡的邊緣。接著男人從畫面上消失，應該是進屋了。

時間戳記標示晚上九點零二分。

小柏．所羅門在九點過後到家。

我關掉影片，回到照片上頭。從前幾張照片裡，我看得出來地方檢察官辦公室派人去過命案現場，頭幾張照片拍的是前門，眞聰明。

那是一扇普通的厚實木板門，最近才漆成深綠色。照片是當晚拍的，大門閃著新漆上去的光澤，門中央有寬寬的黃銅門把。特寫展示出門鎖完好無損，周遭沒有掉漆，門鎖和門都沒有受到任何損傷。

樓上房裡躺了兩具遭到屠殺的屍體，拍下完好正常大門的照片應該不會是紐約市警的重點項目，他們只想逮到凶手，他們在命案現場所待的每一分鐘都是爲了追緝眞凶。檢察官辦公室的人則有另一套思維。他們想要確保凶手落網的時候，罪名必定能夠成立。這種程序一部分是期待辯方指出一名不速之客闖入，殺害雅芮耶拉．布魯與卡爾．托澤，但這些照片能夠從根本駁斥這種說詞。

前門和門鎖都沒有受損。

我打開後面幾張照片，故事就此開始。一系列在走廊、客廳、廚房、樓上臥室、空房拍的照片，也就是沒有兩具屍體的屋內空間通通拍了。

整間公寓的裝潢都採同一風格，極簡現代風，所有的東西都是白、灰、米黃，偶爾出現一點不同的色彩，灰褐色沙發上擺著紫色的靠墊，紅色的抽象帆布畫掛在廚房牆上，灰藍色的印象派海景掛在客廳白色壁爐上方的牆面。每一吋空間都看起來乾淨整齊，彷彿是從型錄裡買來的房子。完全沒有生活的痕跡，看不出兩名年輕人住在這裡。也許這是因爲他們的職業沒辦法常常在家的關係。

我看了十分鐘照片，解開了幾個疑問。房子有後門，鎖上的，鑰匙還插在屋內的鎖孔裡。後門外頭有一扇裝飾用的金屬網格門，上頭有掛鎖。這兩扇門也沒有毀損的痕跡。

地毯幾乎是白的，地上看起來像是積了一天那種密實的雪，軟軟的，毛毛的，你會想把鞋子脫在門邊再進去。整間房子都鋪了這種地毯，一滴血都看得清清楚楚，但上頭沒有血。

眞正顯眼的是二樓樓梯平台的照片。一張翻倒的小桌，地上有只破碎的花瓶。小桌原本擺在周遭有裝飾凹壁的窗戶下方。爲了這種房子的原創巧思，人家可是肯花大錢的。下一張照片跟接下來二十幾張照片都是命案現場的照片。血腥謀殺會將它的故事寫在受害者身上，在他們的傷口、皮膚，有時也會在他們雙眸中留下印記。

我從來沒有看過這種場景。

紐約市警的鑑識人員先站在床腳拍了第一張照片。雅芮耶拉仰躺在床鋪左側，緊靠面向街道的窗口。卡爾躺在她身邊，在床鋪右側。被毯堆在卡爾旁邊的地上。雅芮耶拉只穿了褲子，其他什麼都沒有穿。她雙臂擺在身體兩側，雙腿併攏，嘴巴和眼睛都是張開的。她的軀幹是紅色的，肚臍裡有一小灘血。我看到她胸口有好幾處深色的斑痕，那是刺入的傷口。她下方的床單也是紅色的。她的脖子上有斑斑血跡，臉和腿上則沒有顏色。

卡爾躺在雅芮耶拉右手邊，全身赤裸，面向她。他雙腿彎曲，軀體彎向前。從這個角度看來，他的身體可以說是呈現天鵝的形狀。就我目前看來，他身上完全沒有傷痕，沒有利器的傷口，沒有瘀傷。他看起來相當平靜。彷彿他就是躺在她身邊死去一樣。等到我看到他後背的照片時，我才看見死因。他的後腦坍塌進去，後腦杓下方有一個小小的深紅色印子，但從傷口的形狀看來，一擊就足以致命。這大概也能解釋他身體呈現的姿勢，雙腿彎曲，有點類似胎兒的姿態，攻擊力道讓他的頭順著力量往前伸出去。

刑事辯護律師就跟警察一樣，看慣了生命駭人的結局，以及烙印在每具屍體上的暴行。這是人性。如果你常常從事某個行爲，同樣的意義就會逐漸遞減，同樣的衝擊也不會有第一次那麼巨大。

然而，目睹暴力死亡對我來說永遠都不會成爲家常便飯。我祈禱永遠不會，因爲那樣，某部分的我也會隨之死去。我需要保有這部分的自己，我歡迎那種傷痛。有人奪走一男一女在這個世界上的生命，他們這輩子所有的一切，以及他們的未來通通遭到剝奪。我的腦海裡閃過兩個字。

無辜。無辜。無辜。他們沒有做什麼壞事，不該落得如此下場。

啪。

我望向自己的手，發現我已經沒繼續轉筆。我一個不留意就折斷先前緊握的那枝鉛筆了。

無論我的工作需要承擔什麼，我對雅芮耶拉和卡爾都有責任。無論是誰讓他們身陷這種地獄，都必須接受懲罰。如果凶手是小柏，那他也必須面對法律的制裁。看著受害者，不知道爲什麼，我愈來愈懷疑小柏有沒有能力做出這種行爲。

不過，我後來想起來了，內心深處，我們都辦得到。

就我看來，死因並不像媒體報導的那樣。報紙和電視都說凶手出於吃醋的心理，瘋狂攻擊，將兩名死者碎屍萬段。我在照片裡沒看到這種景象。卡爾身上根本連刺入的傷口都沒有。我繼續瀏覽起後面的照片，看到臥室地板上的棒球棒特寫。用來擊球的那一端看來就是造成卡爾頭部傷害的主因。

我的腦袋開始播放起當時的狀況，卻和我所看到的景象兜不起來。凶嫌進入屋內。他偷溜進來，或用鑰匙開門，跑到樓上臥房，在床上發現雅芮耶拉和卡爾。卡爾應該是第一個受害者。先除掉最大的威脅，這樣才合理。木棒敲擊頭部的力道足以打破頭殼，但會發出聲音，非常大聲。若要小聲，出手就得輕一點。雅芮耶拉身上卻沒有自衛的傷痕，雙手和手臂都沒有切割與傷口。看來第一刀或第二刀就已經致命，或至少嚴重到讓她無法動彈。

現場感覺起來怪怪的。

照片還沒看完，還剩兩組。一組是小柏．所羅門的照片。他身穿紅色連帽外套、白色T恤、黑色長褲。外套的袖子上有血，手上也有，其他部位沒有。

最後一組照片讓我焦慮，拍攝地點是停屍間。卡爾．托澤一絲不掛躺在金屬檯面上。這是我第一次看到他脖子上有一道細細的紫色傷痕，差不多七公分長，可能是被細細的金屬棒打到，或是有東西突然繞住他的脖子，然後用力拉緊之類的。讓我焦慮的不是這點。這種紫青色的痕跡不至於要命，也可能是屍斑，就是心臟停止跳動後，血液卡在脖子周遭的脂肪上所產生的斑痕。

不，讓我焦慮的是之後幾張照片，特寫了他嘴裡的狀況。

他舌頭下方有東西。

鑑識人員轉換成影片模式，捕捉到這最後的重點。我按下播放，看著一把長長的金屬鑷子伸進卡爾嘴裡，出來時，尖端夾著某樣東西。我一開始沒看清楚。無論那是什麼，都擺在培養皿上，另一把鑷子開始拉開它。看起來像紙片，摺得小小的，有圓錐的樣子，大概跟筆尖差不多大小。兩把鑷子攤開紙張，鏡頭拉近。

這項物證沒有出現在報導裡，絕對沒有。

那不是紙張，那是一張鈔票，一元美金紙鈔，摺了好幾次。一元美金背面是美國國徽，四角是阿拉伯數字的1，背面則是英文拼出來的一，底下襯著像蜘蛛網的東西。這張紙鈔摺得相當精緻，四角還有形狀，有點像翅膀。中央是圓錐狀，然後有四隻翅膀向外攤開。中央的圓錐體摺得很精巧，很像昆蟲的胸廓及腹部。從蟲身往四角伸出去的是前後翼。

凶手把一張一元美金紙鈔摺成一隻蝴蝶，放在卡爾·托澤嘴巴裡。

13

凱恩放棄搶奪公事包後，繞著街廓走了一圈。他回到車上時，呼吸已經恢復平順。雙手不再感覺沉重，脈搏也沒有繼續於指尖勃動。他把後背包扔到副駕駛座上，開始等待。

二十分鐘後，他看到身著剪裁合身西裝的男子離開弗林的大樓，坐上敞篷車，駕車離開。脈搏又重新在凱恩的指尖跳動，他忽然注意到外套口袋裡的手槍。只剩保全和弗林了。現在保全應該會很謹慎。凱恩剛剛在最後一秒決定不要朝著街上的男人拔槍。他遲疑太久才伸手，保全逼他的。最終，他掏出手機問路。凱恩心想：這樣也好，不然保全會先朝他開槍。

那台筆記型電腦現在就在弗林的大樓裡，這個念頭讓凱恩咬牙切齒。凱恩再次望向大樓，看不出裡頭架設了何種監視錄影機，或裡面有多少人。也許還有坐在櫃檯的門房呢。

汽車引擎發出乾咳，努力對抗低溫。凱恩發動車子，緩緩沿著西四十六街出發。

下次吧，等他準備好。凱恩承諾自己，他會回來的。

現在，他還有別的事。

他往東開，朝東河前進。沿著四十六街，經過第二大道，然後是羅斯福路。路上車輛很多，他開得很慢。凱恩不是土生土長的紐約客，完全不是。不過，就算如此，他也幾乎沒有看衛星導航系統。曼哈頓就像一張棋盤，就算初來乍到，只要研究地圖五分鐘，你也會知道該怎麼走。地圖上的曼哈頓島看起來像電路板，只需電力就能運作。凱恩覺得這個「電力」不是人，不是提供電路板城市所需能量的曼哈頓居民，不是汽車，也不是地鐵。而是金錢。

曼哈頓靠綠油油的鈔票運作。

卡在車陣裡的時候，他查看後照鏡裡自己的映影。他的鼻子鼓起來，也許有點太鼓了，讓他整張臉看起來有點腫。他註記在心底，之後要稍微冰敷一下，讓鼻子不要這麼腫。而且，他需要多畫點妝。瘀青已經從薄薄的底妝透出皮膚了。這種瘀青任誰都會痛苦不堪，但凱恩不會。他很特別，他媽都這麼說。

他跟自己的身體不熟，他與身體之間存在著距離。

凱恩八歲的時候，發現自己跟其他人不太一樣。他從院子裡的蘋果樹上摔下來，摔得可慘了。他爬得很高，然後從最高的樹枝跌落地面。他倒在草地上，沒有哭。他從來不哭。過了一會兒，他起身，想再爬回樹上，卻發現左手沒辦法握住樹枝。他的手肘好像腫起來了。這很奇怪，於是他走進廚房，問媽媽爲什麼他的手看起來這麼奇怪。等到他進屋時，他的手肘已經腫成三倍粗，彷彿有人塞了一顆乒乓球在他的皮膚底下一樣。直至今日，凱恩都還記得他媽注意到他手腕時那扭曲的神情。她打電話叫救護車，最後等煩了，便用兩袋冷凍豆子包住他的手腕，然後讓凱恩坐上他們那台老車，一路開往急診室。

他媽從來沒有開這麼快過。

那段路程的回憶凱恩記得很清楚。收音機放著滾石樂團的歌，他媽臉上淚光閃閃，焦慮使她的聲音尖銳又激動。

「沒事的、沒事的，別擔心。我們會把你弄好，親愛的，會痛嗎？」她說。

「不痛。」凱恩說。

到了醫院，他照了X光確認多處骨折。在打石膏前，手腕還需要先治療一下。醫生解釋了這有多緊急，還說他們會想辦法用氣體麻醉減輕過程中的疼痛。小小的約書亞不肯吸從管子裡冒出來的怪味氣體，還多次扯下面罩。

治療過程中，他沒有哭叫，保持靜止不動的姿勢，充滿興趣傻傻聽著醫生拉扯他手腕碎裂骨頭時發出的低低喀啦聲。護士在他的T恤上貼了一張貼紙，上頭說他是勇敢的小病人。他告訴護士，他不需要治療，他好得很。

醫護人員一開始的驚訝是有原因的，但凱恩他媽曉得還沒結束。這不一樣。她逼迫醫院替她兒子進行檢測。他到今天都還不知道他媽哪來的錢支付這些檢測費用。一開始，多位醫生覺得他腦子有問題，他們用針刺他皮膚時，他沒有哭喊。他聽到他們說「腫瘤」這個詞，卻不懂這是什麼意思。沒多久，他們就排除了大腦增生組織的可能。凱恩的母親因此非常高興，但她依舊擔心，於是還有更多檢測。

一年後，約書亞·凱恩確診，他有罕見的基因問題，也就是先天性痛覺不敏感。他大腦的痛覺受器完全沒有功能。約書亞從來沒有痛過，也永遠感覺不到痛。凱恩回想起坐在醫生辦公室那天，他媽聽到這個消息時覺得開心也害怕。開心的是她兒子永遠也不會疼痛，但也因此害怕。凱恩想起他媽坐在醫生辦公室的那張椅子上，望著他。她穿著他從樹上摔下來那天同一件藍色洋裝，眼裡閃過同樣害怕的神情。

而凱恩享受過程裡的每一分、每一秒。

他聽到身後傳來的喇叭聲，催促他前進，將他的思緒拉回到現在。一個小時過去，凱恩抵達布魯克林。他熄火下車，將他的所在位置用訊息傳給他的聯絡窗口。

任何人打電話報警，凱恩都會提早接獲通知。

他經過好幾排看起來很類似的中產階級三層樓市郊房屋。起居空間就在車庫上方的一樓。新上的油漆遮蓋住周遭圍籬的鐵鏽。他抵達登記在瓦利．庫克名下的房子。

瓦利的臉出現在卡普事務所的白板上，他多次獲選爲他們的首要陪審團成員。他是活躍的自由派分子，會從他的私家偵探事務所撥款捐贈給美國公民自由聯盟，週末的時候還會去指導小聯盟打球。

凱恩不能指望檢察官反對瓦利加入陪審團，讓他留在名單上實在太他媽的危險了。再說，他霸佔了辯護律師挑選凱恩的一席名額。

一輛汽車與廂型車停在瓦利屋外車道上。一樓窗外有燈光灑落出來。三十多歲的棕長髮女子抱著奶娃兒走近。瓦利過去，吻了吻女子，然後消失於視線外。凱恩抽出魚刀，朝大門前進。

14

不到兩個小時，我就調閱完所羅門案剩下的檔案。很多都只是瀏覽過去而已。警方的證詞確認了證據鏈、內容繁多的鑑識報告、證人證詞。還有不少關鍵物證。

小柏・所羅門的報案電話，是在凌晨十二點零三分打去的。我手邊不只有文字紀錄，還有電話錄音。小柏的口氣聽起來非常驚慌，因爲淚水、憤怒、恐懼及失去所愛而哽咽不已。一切都記錄在他的聲音裡。

調度員：緊急報案中心你好，你需要消防、警力還是醫療協助？

所羅門：救命啊……老天……我在西八十八街兩百七十五號。我老婆……我覺得她死了。有人……噢天啊……有人殺了他們。

調度員：我這就請員警和緊急醫療小組過去。先生，冷靜點，你有危險嗎？

所羅門：我……我……不知道。

調度員：你在房子裡嗎？

所羅門：對，我……我剛發現他們。他們在臥房。他們死了。

（啜泣聲）

調度員：先生？先生？請你深呼吸，我要你告訴我，家裡現在還有沒有其他人？

（打破玻璃和某人絆腳的聲音）

所羅門：我在。啊，我沒看家裡……噢，見鬼……拜託快點派救護車來。她沒呼吸了……

（所羅門扔下電話）

調度員：先生？請拿起電話，先生？先生？

小柏告訴警方，那天下午他就出門喝酒，同時也嗑了點藥。他不記得自己去哪裡，但記得幾間酒吧，見了一些人，卻想不起來他們的名字。他在某間夜店外頭招計程車，剛過午夜才到家。走廊的燈沒開，卡爾不在廚房也不在客廳裡。他上樓找他，然後看見雅芮耶拉房門大開，立燈也亮著。他走進去，發現雅芮耶拉和卡爾都死了。

電話錄音、所羅門的說法，乍看之下都很合理。小柏嗑藥的時候，曾犯過一些無傷大雅的輕罪，他在酒精及藥物的影響下經常會失憶或不曉得自己幹了什麼。

作爲不在場證明，這種說詞實在站不住腳。不過我們確實沒有理由懷疑他的說法。直到我讀了肯恩．艾格森的證詞。他住在西八十八街兩百七十七號，四十三歲，是避險經理人。他表示那天晚上他九點到家，然後與他隔壁那位知名的鄰居小柏．所羅門打招呼。他看著小柏走上自家階梯。艾格森很清楚時間，因爲他老婆禮拜四晚上都會晚回家，而保姆九點就會離開。艾格森家二十三歲互惠保姆康妮．布考斯基，在確認了艾格森先生九點到家後，她就離開了。

我原本思考該怎麼扭轉這種局勢，尋找可以攻擊的點。然後我想起那段影片，屋外的監視器畫面。命案當晚的時間戳記，小柏的的確確是在晚上九點多進屋。

攝影機有動態感應。之後一直到凌晨零點十分警方趕來都沒有其他畫面。

小柏說他午夜才到家，但沒有他到家的畫面。等到凌晨零點十分，小柏開門讓紐約市警進屋，雅芮耶拉和卡爾早已斷氣身亡。

結論是什麼？小柏．所羅門對他到家的時間沒有從實招來。

鑑識報告會確定小柏的命運。小柏的球棒上有卡爾的血，上面還有小柏的指紋。小柏的衣服上有雅芮耶拉的血。最關鍵的來了，卡爾嘴裡那張一元美金摺成的蝴蝶上有小柏的指紋和ＤＮＡ。小柏告訴警方，他這輩子從來沒有看過紙鈔蝴蝶，他很確定自己沒有摺這玩意兒，更不要說還將其放進卡爾口中。

玩完了。

魯迪立刻接起我的電話。

「他完蛋了。」我說。

「我同意。」魯迪說：「但你沒有看仔細。紐約市警的鑑識人員植入了小柏的ＤＮＡ。」

「你怎麼這麼確定？」我說。

「因爲他們的檢驗報告顯示出不只一組ＤＮＡ圖譜。」

「等我一下。」我一邊說，一邊打開鑑定報告。沒錯，有份報告成功比對了一元紙鈔上的ＤＮＡ圖譜，分別標示爲A組與B組，A圖譜是小柏的ＤＮＡ，B圖譜則符合資料庫裡一份已存樣本——名爲理查．潘納的男子。

「等等，魯迪。流通的紙鈔上肯定不只一組ＤＮＡ，我很訝異他們沒有發現上頭有二十組呢，但這樣也不代表紐約市警植入了小柏的ＤＮＡ啊。」

「不，眞的有。那組符合理查·潘納的ＤＮＡ證實了實驗室動過手腳。」魯迪說。

「怎麼說？」

「我們調查了一下這個理查·潘納。資料深埋在鑑識檔案庫裡。他是遭到定罪的連環殺人魔。一九九八到九九年間，他在北卡羅萊納州殺害了四名女性。媒體稱他爲『教堂山絞殺手』。他落網、定罪，上訴失敗，沒多久就在二〇〇一年伏法。」

我沒有等魯迪說下去。我點開拆開的紙蝴蝶照片。第一張照片是紙鈔的背面。我注意到美國老鷹的圖案上有點變色，看起來像是和筆一起塞在口袋而沾上的。我沒有看得太仔細，我想看看另一面。我再次點擊，這次找到我想看的畫面。在鈔票正面，就在喬治·華盛頓右手邊有一組序號。序號只有在三種情況下會產生。第一是紙鈔新設計出爐的時候，其他改序號的原因也跟鈔票的變革有關。每張紙鈔上都有兩組簽名，華盛頓的照片在中央，簽名一左一右。左邊的是美國財政部司庫的簽名，右邊則是財政部長。卡爾嘴裡的紙鈔有羅莎·古馬塔奧托·里奧斯和賈克·盧的簽名。序號符合二〇一三年賈克·盧授命成爲財政部長時的序號。

魯迪替我開口

「理查·潘納不可能碰過那張鈔票。印鈔時，他已經死了十二年。」

「而且沒有潘納的指紋，只有ＤＮＡ。」我說。

「沒錯。」

「如果紙鈔上只有小柏的指紋也就算了，但上頭有小柏和潘納的ＤＮＡ……我在想鑑識人員是先把鈔票弄乾淨，然後才植入小柏的ＤＮＡ，結果不知怎麼著，不小心植入了潘納的ＤＮＡ。」我說。

「你說到重點了，只有這個解釋說得通。家用清潔劑就能殺光ＤＮＡ，要弄掉可不難。再說，二〇一三年之後有多少人碰過這張錢？沒有幾千也有幾百人吧。他們想要栽贓小柏卻搞砸了。他們把紙鈔弄乾淨，卻在植入小柏ＤＮＡ過程中出錯。不知什麼原因，潘納的ＤＮＡ出現在實驗室裡。只有這個解釋，咱們逮到他們了。」魯迪說。

說是說得通啦，但我還是覺得怪怪的。某種程度上而言，蝴蝶算是一種象徵，可能對某人很重要，也許是對凶手或受害者來說很重要。而警方破壞了這項物證。紐約市警想用這隻蝴蝶嫁禍小柏，植入他的ＤＮＡ，結果卻弄巧成拙。

「潘納應該是在別的州比對ＤＮＡ的，樣本怎麼會出現在紐約市警的實驗室？」

「不曉得，反正就是出現了。」

我聽著魯迪對電話批評起警察的腐敗、這項物證可能引發多大的媒體風暴，以及這會是小柏辯白的關鍵契機。三十秒後，我放空了，腦中開始重播在卡普事務所時，坐在小柏身邊，聽他抗辯自己的清白。我想知道那一刻我是否允許自己相信小柏。他是才華洋溢的演員，這點毋庸置疑。不是每位電影明星都會演戲，小柏是練家子，他演技精湛。還有另一件事讓我不安。在多數案子裡，如果警方針對嫌犯植入證據，通常都是因爲他們相信嫌犯有罪。我是看不出來在動態感應監視器下，怎麼可能有人進出屋子而不入鏡，再加上鄰居的證詞。

「魯迪，我相信小柏的說詞。我實在沒辦法騙你或騙我自己。他說他是無辜的，這我相信。我不能讓其他的狀況誤導這個判斷。如果你允許的話，我想找我的調查員進行調查。我們還是沒找到殺害雅芮耶拉的凶刀。告訴我，小柏怎麼解釋打死卡爾的球棒？」

「他說他把球棒擺在門廳。沒錯，他有保全團隊，但他老爸總會擺根球棒在大門旁邊。小柏有樣學樣。那是他的球棒，因此解釋了為什麼上頭都是他的指紋……」

「但無法解釋為什麼上頭會有血。我必須好好研究這點。」我說。

「你的費用已經匯進你的帳戶了。如果你想花點錢做調查，別客氣。我要忙選陪審團的事情。早上打電話給我。有時間就睡一下。」他說完就掛斷電話。

我在手機上瀏覽起聯絡人，直到我找到註記為「問你個屌」的電話號碼。我按下通話鍵。我沒有特別看時間，我找的這個人習慣隨時接電話，因為工作需要。電話接通，傳來一個女性的聲音，沙啞，還帶有一點中西部的口音。

「艾迪．弗林，法律界的騙子。我還在想你什麼時候會打電話給我呢。」

聲音的主人是前聯邦調查局探員哈波。她從來沒跟我說過她的名字。想到這裡，我不確定我有沒有再追問過她。我跟哈波一年前認識，之後她跟夥伴喬．華盛頓一起離開聯邦調查局。他們在曼哈頓開了一間私人保全和偵探事務所，總體來說經營得不錯。我們第一次見面時，她把我的腦袋壓在我的車頂上，幾個月後，我們追緝同一個壞蛋，她不只救了我一命，也救下多位探員同事的命。我是可以自己研究小柏的案子，但我想要哈波的協助。她第六感很強，我相信她的判斷，如果她認為小柏有罪，那我也許會再考慮一下。

「跟妳聊天，我也很高興。抱歉我沒有保持聯絡，我一直在等適合的案子。我需要調查員，可以介紹什麼人才嗎？」

「介紹你個屌，你的客戶是誰？」

我還沒開口就料到她的反應了。我還是告訴她了。

「我加入了小柏．所羅門的辯護團隊。我們要證明紐約市警陷害他，妳得幫幫我。」

她大笑起來，然後說：「超會編故事的，下次你就會說要替殺人魔查爾斯．曼森辯護囉。」

「我是認眞的。一小時後，卡普事務所的保全人員會帶一台筆電去妳公寓。妳研究檔案的時候他會在旁邊等。東西很敏感，如果資料在開庭前外流……」

哈波的笑聲消失在她的喉頭。

「艾迪，少來。你是認眞的？」

「我是認眞的。看來我們只有一、兩天能夠好好研究這件事。妳看一下檔案，然後打電話給我。早上咱們從命案現場開始，除非妳要從別的地方著手？」

「看完檔案我再打給你。就我在電視上看到的，一切證據都指控所羅門就是凶手。這你知道，對吧？這案子看起來穩輸的。」

「報紙我都看了，也聽了ＣＮＮ法律專家分析案情。他們認爲開庭前，結果就確定了。也許他們說的沒錯，但我跟小柏談過，魯迪．卡普也見過小柏。我們都覺得他不可能殺人。我們要做的只是說服十二個人，讓他們覺得我們是對的就好。」

15

凱恩手腕一翻，反手握刀。他走到停在車道的廂型車旁，彎下腰，用刀捅進駕駛座後方座位的輪胎。空氣從輪胎壁上嘶嘶排出，廂型車也歪向一邊。凱恩把鴨舌帽向下壓，將刀子收回口袋，踏上前門階梯，按下電鈴。

過了一會兒，瓦利前來應門。這是凱恩第一次認眞看他。仔細看，這位先生可能將近四十歲。太陽穴附近頭髮稀疏，臉部漲紅。凱恩在對方的鼻息中聞到酒氣，上唇的紅色漬印說明這位先生剛喝了一大杯紅酒，因此也解釋了爲什麼看起來堅毅的面容上帶著紅通通的神情。

男人看到凱恩後表情放鬆了下來。無論他在等誰，都不符合凱恩目前的外貌。

凱恩操起南方口音，他常這樣。不曉得爲什麼，南方口音會讓凱恩說的話具有可信度，別人都會相信他。

「抱歉打擾了。」凱恩說：「我剛好經過，看見你廂型車的輪胎沒氣。也許你已經知道了，但怕你沒注意到，我想我就當個好鄰居吧。」

凱恩轉身。他非常小心，圍巾圍得很上面，遮住自己的臉，目光也壓得很低。這招似乎見效了。

「噢……好，謝謝。」瓦利說：「啊，你說的是哪顆輪胎？」

「這裡，我帶你去看。」凱恩說。

瓦利步出家門，跟著凱恩走向廂型車車尾。他蹲下來，將輪胎看個仔細，此時，凱恩站在他身邊。附近沒有路燈，屋裡的燈光也照不到車道後方。

「老天，什麼玩意兒戳爆了輪胎。」瓦利說。

他用手指摸進破洞裡，輪胎感覺是堅硬銳利的東西劃破的。他正要起身，說：「嘿，謝謝你……」然後愣在原地。他彎著膝蓋，雙手高舉，十指分開，望著凱恩的槍。凱恩確保瓦利看清楚槍口直直對著他。

凱恩再次開口，溫暖蜜糖般的南方口音消失，彷彿從來不曾存在過。他的語氣現在平板也嚴厲。

「別說話，別亂動。我叫你過去時，我們就一起走去我的車上。我會問你幾個問題，然後你就能回家。如果你給我找麻煩，或你不回答，我就必須去請教你太太。」

沉重的呼吸在槍口上方凝結成霧氣。瓦利很慌張，雙腿開始顫抖，目光直盯著凱恩看。他望著凱恩隱藏在陰影裡的面孔。凱恩幻想那道看似從自己眼裡消失的光，只有眼前的男人看得到，只有這個人看得到黑暗中的兩個小光點。

「站起來，咱們走。」凱恩說：「還是我去請教你老婆？這問題不難。朝你的臉開槍，跟一刀插在你孩子的眼睛上，哪個會讓她更傷心？」

男人站直身子。他寬大的喉結上下移動，用力嚥下自己的驚恐。凱恩示意要他走在前面。瓦利乖乖聽話。

「車道走到底右轉，沿著街道前進，走到那輛福特車的副駕駛座車門旁邊。我距離你五步。敢跑，你就死定了，小孩也一起陪葬。」

他們靜靜走向街道的盡頭，凱恩在外套下緊握手槍。街上沒有其他人，太冷了，太晚了，誰會出來散步？瓦利轉向右邊，乖順前進。他停在凱恩車子的副駕駛座門邊。

「你想怎樣？」瓦利說，恐懼有如鼓擊，在他胸膛波濤洶湧。

凱恩解鎖車門，要瓦利慢慢上車。兩個男人同時上車，凱恩現在坐進駕駛座，槍口依舊對準瓦利。兩個男人同時關上車門。瓦利望著前方，渾身顫抖，喘著大氣。

「手機拿來。」凱恩說。

瓦利的目光往下移了半秒鐘，凱恩注意到了。瓦利望著凱恩左手握著的槍，手槍低低靠在他的腹部，槍口對準瓦利，此時瓦利正弓著身，好從褲子口袋裡掏出手機。

「慢一點。」凱恩說。

瓦利從口袋裡拿出手機，手指滑過螢幕，螢幕亮了起來，但他還在發抖的手讓手機掉到地上。他彎下腰，車內沒有開燈，所以凱恩只看得到地上手機螢幕的亮光。螢幕的光線足以讓凱恩看到瓦利的腿抽了一下。凱恩僵直身子，想要伸手，但來不及了。瓦利猛一坐直，用力將彈簧刀斜插進凱恩右腿側。瓦利扭轉刀刃，傷口開始流血，不過凱恩還是握住瓦利的手腕。凱恩握得很用力，瓦利無法把刀子拔出來。

凱恩用槍管撞擊瓦利的頭頂，第二下用槍托重擊對方的太陽穴。瓦利終於鬆手。凱恩看著男人氣若游絲，努力吸氣。多數私家偵探都會攜帶防身用具，凱恩在讓瓦利上車前，竟然沒想到要替他搜身。凱恩把槍口對準瓦利的側腦，用冷淡的神情低頭望向大腿上的刀子。

「這條褲子就這麼毀了。」凱恩說。

「你……你……有什麼毛病啊？」瓦利如是說。他扶著頭頂，痛苦地把空氣大口吸進胸腔裡，想要搞清楚眼前到底是怎麼回事。凱恩對大腿上的刀子沒有反應，沒有痛苦猙獰的表情，沒有尖叫，沒有咬緊牙關。他根本一點也不在乎這個嚴重痛苦的傷勢。

「你在想我爲什麼沒有慘叫？手機拿來，不然我就讓你叫得很慘。」凱恩說。

這次，瓦利緩緩彎腰，撿起手機，交出去。凱恩放下手槍。瓦利斜眼看著凱恩，他的手遮在面前，等待手槍扣下扳機。

「可惡，我花了不少工夫才把褲子弄得跟眞的一樣。」凱恩說：「別擔心，我不會對你開槍。」他把手槍收進外套裡，又說：「但刀子就不還你了。來，我的給你。」

凱恩的動作快到瓦利看不清楚。他還是很害怕，彷彿已經料到凱恩會出擊一樣。凱恩的刀子在他頭殼上刺出一個大洞，鮮血直流。凱恩發動車子，把瓦利的頭推到置物抽屜的下方，然後把車開走。凱恩打開頭燈，儀表板亮起時，燈光在凱恩腿上插著的金屬刀柄上映出橘色的光芒。他不敢把刀子拔掉，擔心會失血過多，他得找個安靜的地方包紮傷口，順便處理瓦利的屍體。

十五分鐘後，他抵達商業區，附近有鐵路機廠、工廠與修車廠。這裡晚上都關門了，某些地方甚至已經關閉了好幾年。凱恩把車開到一處空地，旁邊是廢棄工廠，他一直開到後方圍起鐵絲網的地方。這裡沒有街燈，沒有監視器。他下了車，更換車牌。通常換車牌只要五分鐘，今天可不一樣，大腿上的刀子讓他很難蹲下，而且那條腿使不上力。凱恩將瓦利手機上的指紋擦乾淨，扔在鋪著石子的停車場。他把瓦利的屍體拉下車，拖到手機旁邊。車廂裡有一桶汽油，他把汽油倒在屍體和手機上，點火，花了幾分鐘欣賞火焰燃燒。他四處張望，沒有其他人。這附近要到河邊才有風景，屍體在這裡可能要躺上一個禮拜才會有人發現。警察來時，至少也要再等一個禮拜才能從牙醫紀錄比對出死者身分。這時間足夠讓凱恩完成工作了。

警方會知道瓦利應該要行使擔任陪審員的義務嗎？也許吧。明天他沒出現，他就會收到傳票，要求他解釋爲什麼沒有出席行使陪審員義務。這種作業至少也需要幾天的時間。

一個小時後，凱恩把車開回卡普事務所對面的停車場。他等了幾分鐘，靜待感應燈光熄滅，地面恢復黑暗。他先從後座拿出一個急救箱，用裡面的銳利剪刀剪開長褲，露出深埋在大腿裡的刀子刀柄。凱恩每次看到自己身體受重傷都會非常好奇。他一點感覺也沒有，但他曉得肌肉深處可能受傷了。他剛剛更換車牌的時候，走路有點跛，但他不曉得是不是因爲刀子還沒拔掉的緣故。說來幸運，他曉得這一刀沒有傷及大動脈，不然他在回曼哈頓的路上就會失血過多了。

他曉得他得加快動作。引擎還沒熄火。凱恩關掉車燈，把汽車點煙器按下去加熱。

紗布和繃帶已經準備好，凱恩拔出刀子，用繃帶壓在傷口上，血流很穩定。他很慶幸。如果血流跟他的心跳節奏同步噴射出來，他曉得他就得去醫院了，還要被問東問西。

點煙器向上彈起。

凱恩接下來要做的事情會讓正常人扭動、尖叫、痛苦咬緊牙關，然後暈倒。不過，凱恩就只有專注，確保他把點菸器壓進傷口裡時，東西不會滑開而已。他固定住點菸器，等到血流停止，才把點菸器放回原處，開始穿針縫合。他的動作很專業，這不是他第一次縫合自己的皮膚，感覺都一樣，皮膚有點癢癢緊緊的感覺，但沒有不舒服。最後他用很多紗布和膠帶包紮傷口。他下車的動作啓動了感應燈。他用外套遮著腿，上了他的另一輛車，脫掉染血的破褲，換上擺在座位底下的乾淨黑色牛仔褲和運動衫，戴上紐約尼克隊的鴨舌帽。

等到凱恩回到公寓時，他已經累了。他在鏡子前面緩緩寬衣，檢查那條腿，沒出多少血了。希望到了明天，血流就會止住。

明天可是他的大日子啊。

16

「熱脆烘焙屋」就在西八十八街與百老匯街的交叉口，咖啡不錯，鬆餅更棒。我的車還在拖吊場，所以我一早就搭地鐵出門，避開上班人潮，因此有了吃早餐的時間。我吃了一疊鬆餅配酥脆的培根。爲了等哈波，還喝了兩杯咖啡。八點十五分，已經出現工地工人、辦公室上班族和觀光客的排隊人潮，正等著他們的早餐貝果。

我沒看到哈波，倒是先看到荷頓。他從前門進來，看到我，走到一半我才瞧見他身後的哈波。這並不是因爲哈波個子嬌小，是荷頓的關係。他若站在一輛一九五二年的別克汽車前面，你會根本看不到車。哈波比平均身高矮一點，纖瘦苗條，頭髮紮成馬尾。她穿了牛仔褲、綁帶短靴，皮夾克一路拉到脖子。荷頓還穿著同一身西裝，提著同樣的公事包，鏈子銬在手上。

「我九點半要換班。到時候雅尼會過來。今晚我來値班前，他都會看著這個手提箱。」荷頓說。

「你也早安。」我說。

「艾迪，別怪荷頓。他睡在我的沙發上。換作是你，也不會有什麼好話。」哈波說。

「妳是說，他眞的會睡覺？我以爲他就關機，然後有一條線可以連著插座充電。」

「相信我。」荷頓說：「如果魯迪．卡普覺得那樣做可行，那我的屁眼就會連著一條充電線。」

荷頓眞的熱絡了起來。我猜這是哈波的功勞。他們都曾是執法人員，有很多共同點。

哈波坐在我對面，荷頓坐在她旁邊，兩人都點了貝果。我覺得我咖啡還沒喝夠。

「所以檢察官答應我們這次的小搜查任務了？」哈波問。

「對。我跟助理檢察官談過，他擺平了紐約市警。媒體持續關注，對影迷來說，那棟房子已經變成某種紀念館了。警察局局長特別指派了一組人員，在屋外二十四小時輪班。不然大家肯定會闖進屋內，將物品搶走當紀念，順便替八卦雜誌拍照片。值班員警曉得我們要過去。」我說。

哈波點點頭，然後用手肘頂了頂荷頓，這位先生則對她微笑。我看得出來荷頓對哈波有意思，那傻呼呼的笑容就跟高中小男生一樣。

「跟你說過進去不成問題。你該更有信心一點。」哈波說。荷頓則高舉雙手，表示認輸。

我讀過檔案的報告，哈波也看過了。經驗告訴我們，無論看過多少張命案現場的照片，效果都沒有實際身歷其境來得好。我需要身處命案現場、地理位置、房間擺設之中。再加上我想確保魯迪與條子沒有錯過任何蛛絲馬跡。

「所以，這個案子，妳怎麼看？」我說。

哈波的臉立刻沉了下去。她的目光在桌面上飄忽，同時清起嗓來。

「這麼說好了，我沒有你那麼確定。我覺得我們的客戶要解釋的事情太多了，他可能也說不清楚，而他還沒有誠實開口。」她說。

「妳覺得，關於命案，他說了謊？」

這時，他們的餐點上桌。我們沒有說話，直到女服務生離開，哈波才說：「他隱瞞了什麼，重要的東西。」

他們吃早餐時，我們沒有交談。他們吃得很快，荷頓幾乎一口氣就吞下他的貝果，哈波則吃得像只是爲了眼前的辛苦旅程添加燃料一樣。他們都沒有品嚐食物。我喝著咖啡，等他們吃完。

哈波用紙巾擦嘴，然後向後靠在椅背上。她想到了什麼。

「我滿腦子都是那隻蝴蝶。」她說。

「我知道，小柏的指紋和兩組DNA。魯迪認爲DNA證據是警方栽贓的。我覺得他說的可能沒錯。」

她和荷頓一起點頭，她說：「對，但不確定紐約市警的實驗室裡怎麼會有潘納的DNA，這很難兜。我更在意的是蝴蝶本身。我昨晚想摺一隻，顯然一元美金摺紙術**還真有這麼回事**。YouTube上有好幾支教學影片。我趁看檔案的空檔研究，學了四十五分鐘，還是摺不出來。不管是誰摺的，肯定花了不少時間，還是在命案前就摺好的。這是很冷血的行爲，玩弄屍體，也發出某種訊息。」

「我也想過這點。我不曉得檢察官會怎麼扭曲蝴蝶的重要性，但我猜他們會說這展現出小柏不是在吃醋憤怒下動手殺害卡爾和雅芮耶拉。跟妳說的一樣，這是冷血的行爲，展現出殺人的意圖與預謀。」我說。

「摺蝴蝶很奇怪，好像是什麼儀式一樣。感覺重點在凶手，而不是受害者身上。也許我把這件事看得太重要了，但我還是聯絡了我在調查局行爲科學部門的好朋友，他會查一下資料庫。調查局對儀式謀殺都有紀錄，有一個組專門研究行爲模式。也許摺蝴蝶符合某人的犯案模式。」哈波說。

荷頓點了點幾張紙鈔，用指頭分開鈔票。他把公事包擺在大腿上，點錢的時候，長長的鏈子發出碰撞聲。

「魯迪已經試過了。我們一整組人花了好幾天追查類似的作案模式卻沒有結果。調查局不肯跟我們談，所以我們在新聞報導和警方聯絡人裡尋找，什麼也沒找到。也許妳跟妳的朋友運氣會比較好。」荷頓說。

女服務生收走盤子，留下帳單。

「我來付。」我邊說邊擺下一疊紙鈔。

哈波跟荷頓都唱起反調，荷頓的抗議尤其大聲。擔任過警察的人還是不習慣讓辯護律師請客。只不過呢，看來那僅限他們吃公家飯的時候。

「我來出。」荷頓說著，一手把哈波的二十元紙鈔塞回去給她。「早餐算卡普事務所的，我可以報帳。」

他把我的那疊錢整理好，扔下他的鈔票，然後把我那面額不一的錢還給我。荷頓留在桌上那疊鈔票最上面的一元紙鈔吸引了我的注意力。華盛頓的肖像朝下。鈔票背面是美國國徽，全知之眼在金字塔頂端；紙鈔另一邊則是盤踞在星條盾牌上的老鷹，一爪握著橄欖枝，另一爪則是弓箭。此時，我的腦袋深處開始運轉。純粹的直覺告訴我，卡爾嘴裡那張紙鈔就是全案的關鍵。

我們三個人轉過街角，走上西八十八街。這條路會一路抵達河邊，但我們沒有要走那麼遠。我們經過一座教堂、兩間五金行和一棟旅館。然後，我們看到對街的那棟屋子。三層樓的褐石華房。顯眼的犯罪現場封鎖線圍在門口。屋外有一名制服員警，正在前門階梯上休息。員警比荷頓矮小，但也是個壯漢，大光頭，脖子粗壯。街上大概有十幾人，都著黑衣，有人把T恤、鮮花與雅芮耶拉的照片擺在屋外的柵欄上。這群人準備了摺疊椅和雨衣，他們會在這裡待上一整天，也許好幾天。屋子對面的樹下擺了蠟燭。眞人大小的雅芮耶拉海報包裹著樹幹，用繩子與膠帶固定。

我們走上階梯，員警起身，點點頭，手指壓在嘴唇前面。他的目光遠眺到我肩後，向我使了個眼色，說：「警官，請進。」

我點點頭。外面的影迷都在悼念雅芮耶拉，我沒看到小柏的T恤或海報，如果員警讓群眾曉得我們替小柏辯護，場面可能會變得很難看。員警拉開封鎖線，稍微打開大門，讓我們一次一人側身擠進。我聽到影迷跑過來、在階梯上發出的急切腳步聲，大家都想一窺屋內的狀況。

「退後。」員警說。我們都進屋後，警察在身後關上門。「該死，這些孩子都瘋了。」他說。

哈波走向員警，伸出手，面露微笑，說：「嗨，我是哈波。」她在調查局待太久了，對執法人員還是很有好感。

員警手插進外套口袋，說：「婊子，退後。你們啥屁都不准碰。半小時後就給我離開這裡。」

「哈波，歡迎來到辯護律師的世界。」我說。

17

這天早上，凱恩在離開公寓前，拉開了蓋在浴缸上的防水布。他伸手扯掉塞子，打開蓮蓬頭。不到一分鐘，他就淘洗出白色的脆弱骨頭。他把骨頭及牙齒蒐集好，用毛巾包起來，將它們砸得粉碎。之後，他將粉末倒入洗衣粉盒裡，蓋上蓋子，把子彈放進口袋，打算晚點扔到河流或排水溝。大功告成。他沖了澡，替腿上的傷口更換新的繃帶，穿好衣服，化好妝，檢查冰枕是否足以舒緩他臉部的腫脹，然後穿好外套，上街去了。

沒多久，凱恩就加入了等著排隊進入中央街刑事法院的安檢人龍之中。隊伍有兩排，凱恩排的這一條，人手一個信封，信封上有紅色的邊條，警告他們必須行使陪審員的義務。

兩條隊伍都移動得很快，不一會兒，凱恩就從冷風中走進室內。雖然遭人捅了一刀，但他沒有跛行。不痛代表他不用改變走路的姿態。有人替他搜身，要他把外套放進X光掃描機裡。他今天沒有帶包包，沒有帶任何武器，這實在太危險了。安檢過後，有人引導凱恩前往電梯區，要他去他的樓層找負責庭警。人擠人的電梯總讓凱恩不適。人很臭，鬍後修容水、體香劑、煙味、體味。他低著頭，把鼻子埋進厚厚的圍巾之中。

他感覺到內心期待波濤洶湧，他壓抑住自己的情緒。

電梯門打開，一出來是一條白色的大理石磁磚走道，凱恩跟著人群走到接待櫃檯旁那位圓臉庭警面前。他裝出一副有點困惑的模樣，等待著對方叫他去檢查傳票和證件。他四處張望，用手指敲擊皮帶頭。庭警請凱恩前面的那位女士去櫃檯右手邊的寬敞接待室。凱恩脖子後方開始出現電流般的酥麻感，好像有人拿著發燙的燈泡靠近他的皮膚一樣。這種美好的焦慮感對凱恩來說是額外的甜頭，他喜歡這種刺激。

「先生，傳票與證件。」庭警說。她擦了亮紅色的口紅，門牙也沾染到了顏色。

凱恩把證件與傳票遞出去，目光越過庭警的肩膀，望向她身後右方的空間。她掃描傳票上的條碼，檢查證件，只看了凱恩一眼，就把證件還給他，說：「去那邊找位子坐。馬上就會播放介紹影片。下一位……」

凱恩拿了證件，放回皮夾裡。證件不是他的。這張紐約州駕照屬於昨晚消失在自家浴缸的那位先生。凱恩抑制住想要在空中揮拳歡呼的慾望，證件檢查不是一直都這麼順利，凱恩的目標選得很好。有些時候，就算有乳膠、染髮、化妝的加持，凱恩還是沒有辦法成功複製目標的長相。北卡羅萊納州就是一例。證件上的照片是十幾年前拍的，就算是目標本人，長相和證件上的照片也有所差距。那次庭警看著凱恩，又看了駕照，比對了整整兩分鐘，甚至還找主管來，最後才讓凱恩過關。紐約今天對凱恩微笑，真是謝天謝地。

接待室看起來很老舊，天花板上還有菸垢，這是當年陪審員還能一邊抽菸，一邊等待命運安排時所留下的痕跡。凱恩加入候選陪審團的行列，差不多有二十人，每個人都坐在椅子上，座位扶手可以拉出連著的小桌面。另一位庭警走過來，交給他兩張紙，一張是問卷，另一張則是陪審員須知，也就是陪審團工作問與答。

牆上有一台七十五吋的大電視，面向座位。凱恩填完問卷，發現自己可能答得太快了。他望向其他人，他們還在咬筆的尾端、思考答案呢。這份問卷是用來篩選陪審員的，認識出庭被告、人證等相關人員者通通出局。上頭也有一些一般問題，用來判斷答題者是否帶有偏見。這些問題對凱恩來說都不成問題，他已經練習多次，能在紙上呈現中立的態度。

就在凱恩放下筆沒多久，電視打開了。他坐直身子，雙手放在大腿上，仔細看著說明影片。影片很短，十五分鐘而已，多位法官與律師向他們介紹訴訟的概念，讓他們曉得誰會出現在法院裡，各自的角色是什麼，當然也期許典型的紐約陪審員要提出公平的決定。他們必須保持開放的心胸，除非結案，不然不能跟任何人討論案情，要留意物證。每位陪審員每天能夠領四十美金的報酬，由法院或他們的雇主提撥。如果訴訟超過三十天，法院則酌情每日增加六美金酬勞。這裡提供午餐，但不補助車旅費或停車費。

在影片旁白暫停說明以轉換場景的時候，凱恩望向坐在身邊的男男女女。他們很多人都專注在自己的手機螢幕上，有些人的確在看影片，有些人顯然已經打起瞌睡。凱恩又望向螢幕，這時，他看到了那個人。

那人身穿米黃色的西裝，站在進入接待室的凹室下。他禿頭，腦袋周圍剩下的頭髮已經慢慢轉白。他過重，但沒有非常胖，大概比標準體重多出十到十五公斤這樣。眼鏡掛在鼻尖，差點就要從臉上滑掉了。他低著頭，望向手機螢幕，肥肥的拇指滑過螢幕，手機的亮光打在他的雙下巴上，讓他看起來更像一九五〇年代恐怖電影裡的反派。凱恩也因此能夠看到男人深色的雙眼，那是很深的咖啡色，接近黑色了。那雙眼睛小小的，冷酷無情，而且目光根本沒有停留在手機螢幕上，反而輪流掃視可能入選的陪審員，在每個人身上停頓四秒，最多五秒，專注地檢視，然後打量起下一個人。

也許只有凱恩注意到他。凱恩之前就看過他了，也曉得他叫什麼名字。接待室裡的其他人都沒有看到這個人。這人喜歡這樣，凱恩很清楚。男人身穿一套沒有特色的西裝、白襯衫、淺色領帶，看起來已經很久沒有買過新衣服了，西裝至少穿了十年以上。他的面容也毫無特色。你可能在地鐵上跟這位先生對坐一小時，卻在出車廂十秒後，就完全想不起來他的外表特徵了。

他叫阿諾·諾瓦薩利奇。卡普法律事務所請他擔任所羅門一案的陪審團分析師。過去一個月來，夜復一夜，凱恩坐在停車場，看著阿諾在卡普事務所辦公室的軟木板上移動候選陪審團的照片。一整組人馬負責調查名單上的每一位預備陪審員，替他們拍照，刺探他們的生活，研究他們的社交媒體帳號、銀行戶頭、家庭背景，以及信仰。被凱恩偷竊身分的男子就出現在那面板子上，昨晚他在廠房後面停車場焚燒的男人也是。

怎麼說阿諾都是凱恩最嚴峻的考驗。如果天底下有誰能在陪審員人選裡看出凱恩是身分竊賊，那肯定就是阿諾了。他一個一個檢視候選陪審員，看哪些人嚴肅看待這份任務，哪些人不當一回事。

忽然，凱恩留意到阿諾小小的眼珠子馬上就要望向他了。他為此深呼吸，覺得好熱。汗水是凱恩的大敵，妝容可能會花掉，露出他眼周的瘀青。凱恩專注看著螢幕，心不在焉地拉下圍巾，解開襯衫領口的鈕子。

然後他感覺到了，阿諾的目光停留在他身上。他想回望，確認一下，凱恩全身上下的神經與本能都想叫他轉頭看阿諾，但他沒有轉頭，保持脖子與頭部的僵直，看著螢幕。他用餘光瞥向阿諾，他不確定，但他覺得阿諾好像放下了手機，嚴厲望著他。

凱恩在座位上變換坐姿，他覺得自己好像在警察的泛光燈下一樣，僵住不能動，暴露在外。凱恩希望影片立刻結束，這樣他才能轉過頭去，他才能查看阿諾到底在做什麼。每一分每一秒都是煎熬。

終於，影片結束了，凱恩望向阿諾。他卻看著凱恩右邊的人，他已經檢視起下一個對象了。凱恩從襯衫口袋裡拿出蜜桃色的紙巾，輕點起額頭。出汗的狀況沒有他擔心的那麼多，紙巾上只有一點點粉，而且擦落的妝跟紙巾顏色差不多。這次他可是有備而來。

凱恩聽到庭警從後方走到前面，靴子的腳步聲迴盪在鑲木地板。她轉身面向大家。在她身後，凱恩看到另一排陪審員人選等著要進來。

前方的庭警向大家開口。

「各位先生、女士，感謝你們配合。請各位將自己的編號寫在問卷上方，投入後面的藍色盒子裡，跟著我的同事吉姆前往法庭。各位離開前，請記住，這裡是候選陪審員集合廳，如果你沒有獲選成為陪審團的一員，請回到這裡等待庭警通知。就算沒有入選也不能擅自離開。謝謝。」

凱恩立刻收拾東西，快步往後走。通常排得愈前面，入選陪審員的機率就愈高。他把問卷投入盒子裡，站在一位身穿厚重綠色外套、留著一頭棕色鬈髮的中年女子後方。她轉頭對凱恩微笑。

「好興奮啊，對吧？」她說。

凱恩點點頭，就是這一刻了。他可以策劃，可以努力，甚至在陪審員篩選中動手腳，增加辯方挑選自己的機率，但現在只能指望一點好運了。他之前曾經走到這一步，但還是失敗了。他提醒自己，好運是他創造的，他比集合廳裡任何一個人都要聰明。

18

大門到鋪滿整間房子的白色地毯之間有三公尺的硬木地板。我們花了一點時間在門口踏墊上把鞋底抹乾淨。員警靠在門上看著我們。我們進去前，我先用小小的黑色相機照下大門兩點鐘方向的位置。之後我在門廳到處查找，卻都沒找著防盜警報的面板。

「這。」哈波說。

她沒找到面板，但找到原本警報器擺放的位置。大門右邊牆上有四個螺絲孔，護牆板上還有一層薄薄的粉末。

「警報器在哪？」我問。

「大概是警方拆走，拿去檢查了吧。」哈波說。我在心底註記，之後見到魯迪要問問他。

就算我們之中還有荷頓，門廊也寬到可以三個人並肩行走，直到經過擺在左側牆面的桌邊時，他才不得不停下。我跟哈波讓他先走，然後一起繞過桌子。那張桌子看起來很像古董，也許是花梨木材質，上頭有盞沒開的檯燈，室內電話旁是網路路由器和一疊未拆信件。階梯在右邊。

荷頓左轉，我想是去廚房了。空間比我看照片推測的還要大，從這裡完全看不出房子發生過什麼事。我望向客廳，沙發和座椅被扯爛，內裡通通散落在座位上。警方報告裡少了一件物品，警方也一直質問小柏這個問題，因爲他們找不到用來殺害雅芮耶拉的凶刀。

一樓有書房、一個堆滿箱子的房間，以及浴室和兩間客臥，沒什麼特別的。整片的落地窗讓我清楚看到後院，不大，有圍牆，雜草叢生。我沒看到梯子，但不管怎麼說，後門都是從內部上鎖的，凶手不可能從那邊離開命案現場。

主臥室位於二樓。我們上去，哈波打頭陣。

二樓少了擺在階梯平台窗下那張翻倒的桌子。我在命案現場照片上看過，旁邊還有倒地的破碎花瓶。

所有的祕密都藏在主臥裡。哈波進去後停住腳步，從外套領口拉出T恤蓋在自己鼻子上。

「裡面都是灰塵，灰塵會逼死我的鼻竇。」她說。

我再次看到極簡風格的傢俱。床邊桌上有一盞閱讀燈，然後是梳妝台。這兩件傢俱都是白色的。梳妝台的鏡子上還有一圈四十瓦的燈泡，很像劇場化妝室那種。這張床有古董圓形床頭架，鍛鐵漆成白色，旋扭成花朵裝飾的部分則是紅色的。

床墊還在原位。雅芮耶拉出血的那側床鋪上有紅色、咖啡色的圓形痕跡，而卡爾那邊我沒看到有血跡。哈波忍住了一個噴嚏。這地方空了一整年，屋裡瀰漫著霉味，很多灰塵，還有另一種味道，聞起來像鏽味及壞掉的起司，也就是血的味道。

我閉上雙眼，無視哈波的存在，在腦袋裡回想鑑識人員所拍攝的命案現場照片。我想起掉落地板的床單、角落的球棒，還有雅芮耶拉與卡爾躺在床上的姿勢。

「警察沒有找到凶刀，對嗎？」哈波說。

我閉著雙眼說：「沒有，他們比對過屋裡所有的刀，上頭都沒有血跡，也與刀傷不符。他們檢查過院子、閣樓，一度把房子都拆了。我猜測他們甚至打撈過水溝。找不到就是找不到。

我們也因此有對抗的機會。我們可以爭論，殺害雅芮耶拉的凶手離開時把凶刀一起帶走了。」

我聽到哈波跨越臥房的聲音。地毯下的地板發出聲響。我睜開雙眼，緩緩巡視著床鋪周圍。地上一滴血也沒有，唯一的血跡位在角落，從球棒上流下來的。

哈波拉下T恤，從牛仔褲後口袋裡掏出一小瓶水。她扭開瓶蓋喝了一口，忽然打了個噴嚏，咳嗽起來。肯定是嗆到了。她想用手擋住從嘴裡噴出的水，水卻從她的指間流出來。

「該死，抱歉。」她道歉，同時把衣服拉回去遮住嘴巴。

「妳沒事吧？只是水，別擔心。」我說。

我走過去，看到地毯上有一小塊濕掉的痕跡，床上還有幾滴水。我蹲下來，用手帕壓著地毯，把水擦乾。

「艾迪，抱歉。」她說。

「沒事的。」我說著，正要起身抹去床墊上的水滴，但我停下動作——那顆水珠很完整，沒有被床墊吸掉。哈波立刻用手掌抹去水滴。我摸了摸床墊，完全是乾的。

我們一起望向床上的血跡，然後互看了對方。

「真他媽的。」哈波說。

我點點頭。她又從水瓶裡倒了一點水在床墊上。好幾顆大粒的水珠聚在床上。

我們靜候。

三十秒後，水珠還在原位。哈波點開手機，我聽到數位相機的快門音效。

「我們需要床單。」哈波說。

「我早想到了。」我邊說邊打開衣櫥。兩座內嵌式衣櫥擺的全是雅芮耶拉的衣服，第三座衣櫥則是亂塞的亞麻床單、被套。我想它們原本應該摺得很整齊，但警察為了尋找殺害雅芮耶拉的凶刀，把東西翻得亂七八糟。我拉出一條床單，鋪在床墊的血跡上，然後對摺。哈波躺下來，我躺在她身旁，四目相接。她面露微笑。一年前的案件結束後，我就沒有見過她。我跟她曾經長時間相處，密切工作、交談，她開車時，我坐在副駕駛座，覺得自己小命不保。

那段日子裡，我都沒有注意到她的雙眼這麼美。

「啊，嗯哼。」一個聲音說。我坐起身，看到荷頓站在門口清嗓。

「打擾兩位小睡還是從事其他活動了嗎？」他說。

我們從床上滾開。哈波把床單拉開，揉成一團，經過我身邊，把它塞回櫥櫃裡。她漲紅了臉，但嘴角揚起微笑。

「我們正在研究怎麼拯救小柏．所羅門。看來他可能還是無辜的。」哈波說。

她手機響了，走去階梯平台接電話。她講電話的時候，我跟荷頓尷尬對看了幾眼。哈波講完電話，回到臥室，正要開口，荷頓卻搶先說話。

「我不累，我想我可以打電話給雅尼，跟他說我能繼續值班。只是要確定我們之後還是會去喝一杯？」他說。

哈波退了一步，伸手撫摸頭髮，但她的頭髮已經整齊綁在腦後。

「當然。」她說：「兩位。剛剛喬．華盛頓來電，他跟調查局的窗口聯絡上了，可能有所斬獲，我們現在得走了。」

「去哪？」荷頓說。

「聯邦廣場。機率不大，但我們也許會找到這樁命案的另一個嫌犯。」

19

凱恩跟著隊伍走進法庭。陪審員人選從側門進入，他立刻看到空蕩蕩的旁聽席及長凳。候選人員可以坐在那邊，這部分的程序還不會有觀眾及媒體。凱恩看到魯迪．卡普坐在辯方桌，旁邊是小柏．所羅門。阿諾．諾瓦薩利奇坐在魯迪身旁的角落。所羅門一臉茫然。

檢察官臉上掛著笑容。凱恩仔細研究過這個人，亞特．派爾。凱恩看過他這半年來舉行的記者會，他比想像中的還高。淺藍色的訂製西裝肩部有點鬆，白襯衫、黃領帶，從外套胸口口袋裡露出來的是同樣花色的黃色手帕。髮色淺咖啡，臉曬得黝黑，雙手細皮嫩肉，綠色雙眼閃著光芒，看起來是很有趣的人物。他舉止緩慢優雅。這種人會輕吻老奶奶的臉頰，且在冰冷嘴唇碰觸到她皮膚那一刻，靈巧的手指就伸進她的皮夾裡。他是土生土長阿拉巴馬人，主要在南方工作，而且總是負責起訴。雖然有人多次施壓，但他從來不參加地方檢察官、州長或市長選舉。派爾沒有政治野心，他喜歡的是法庭。

凱恩覺得自己排進隊伍的時機抓得剛剛好。前二十位候選人員坐在第一排的位子上，凱恩坐在第二排開始的地方。卡位第一排會看起來太積極。他曉得律師會懷疑那些急著想當陪審員的人，通常這種人都有自己的計畫。凱恩不能讓任何人知道他有目的。

他就座，第一次仔細望著法庭前方。他盡力了，但他還是發現自己難掩詫異。原本應該負責本案聽審的金髮女法官沒有坐在法官席上，出現在那裡的反而是昨天在艾迪．弗林辦公室外從綠色敞篷車走下來的男人。凱恩一度僵住了。他不敢動，免得法官看到他。他不喜歡驚喜，無法接受這個情況。要是法官認出他來怎麼辦？他想到昨晚的交談。凱恩問路的時候用的是自己講話的聲音，而不是他所練習的聲音，不是他現在的聲音。而且他也盡力用鴨舌帽遮臉了。

候選陪審員一一入席，法官看著他們動作，目光落到凱恩身上，凱恩回望，心跳直衝天際。凱恩看著法官轉向律師的方向，沒認出他來。他微微打了個冷顫，想讓神經放鬆下來。

只剩一步之遙的距離啊。

選擇陪審員的過程開始兩個小時後，法官才進行到第二排。問題在於，法官不是從凱恩的那一側開始。陪審員從觀眾席選入陪審席的方式主要都是看法官喜好。凱恩看過好多次不同的流程，不過只要是隨機進行，法官就不會引起太多注意。某些法官會從名單裡隨機挑選陪審員的證件號碼點人，某些法官認爲陪審員人選本就是隨機入座觀眾席，所以按照座位點名選人其實已有足夠運氣成分。自我介紹爲哈利．福特的法官正是採用這個方式。

法官先是介紹起陪審團的角色，也解釋刑事法庭如何進行。凱恩已經聽過內容，卻覺得解釋得非常清楚。

接著開始篩選。候選人員先發難，半數成員說自己訂好假期，也付了錢，或要去看病、有生病的家人，因此，這些人跳過了。

接著換律師上場。

檢方與辯方一一向他們問話，然後接受或否決人選。辯方可以有十二次先制性反對陪審員的機會，無須說明迴避理由，之後，他們必須提出某人不適合陪審員工作的原因。辯方完全沒有提問就拒絕了一位女性，多位候選人員似乎都遇上了這種命運，而此時辯方只剩最後一個無理由迴避的機會。檢方只剔除一人，因爲這個人是小柏．所羅門多年的影迷。

凱恩把指甲嵌進皮膚裡，不是想追求痛楚，他不會痛，而是這個動作能讓他停下慌忙的雙手。他不想展現出焦慮，現在不行。

此時，檢方與辯方已經選好十位陪審員，只剩兩席。陪審席還有四張空椅，兩張是正式的陪審員，兩張則留給候補人選。一名男子站上證人席接受提問，他說他是布萊恩．戴爾，已婚，沒有小孩，星巴克經理，六年前從喬治亞州的薩凡納來到紐約。魯迪．卡普沒有提問，阿諾已經研究過布萊恩，而魯迪接受他加入陪審團的行列。凱恩注意到這可是頭一遭。之前的候選人員，辯方都先提問才接受。凱恩心想：他們肯定很希望布萊恩加入。他回想起自己鏡頭下的布萊恩照片，這個男人與凱恩身高相仿，體重也差不多，纖瘦、健壯，身高一般，骨架也相似，尤其是鼻子。凱恩最後在布萊恩及他現在所扮演的角色之間做出選擇。

「檢方有問題嗎？」福特法官問。

「法官大人，只有一、兩個問題。」派爾如是說，他站起身，扣好外套鈕釦。凱恩喜歡聽派爾的聲音，聽起來就像淋在手槍槍管上的蜂蜜。

「好的，戴爾先生。我看到你有幸得到婚姻的祝福？」

「對，我結婚十六年了。」布萊恩說。

凱恩看著派爾大步走向證人席。他的步伐裡帶有一絲得意，但看起來很不錯，不是傲慢，而是應有的優雅。

「眞棒，天底下最重要的關係莫過於夫妻關係了，請問你太太怎麼稱呼？」

凱恩壓抑著想揚起的笑容。他知道派爾早就掌握這點了。這是一支舞，派爾準備好要帶著布萊恩跳華爾滋，一路跳出陪審團，而布萊恩渾然不知。

「瑪莎・瑪莉・戴爾。」

「我必須說，眞是個好名字。好，想像你今天回家見到瑪莎・瑪莉。你一踏進家門就聞到美味的家常菜，瑪莎・瑪莉在爐子前面忙了個把小時。你洗把臉，跟她一起坐在餐桌旁，而這時瑪莎・瑪莉問你今天打哪去了。請你想像一下，如果你不回答瑪莎・瑪莉，戴爾先生，你能想像這種場景嗎？」

「可以，但我一定會告訴瑪莎・瑪莉我去了哪裡。我們的婚姻裡沒有祕密。」

「那我要先祝福兩位了。不過請你想一下，你沒有回答瑪莎・瑪莉的問題，你覺得她會對你的緘默起疑嗎？」

「噢，會的，先生。」

「如果瑪莎・瑪莉指控你跟另一位女性不恰當的接觸，如果你不消除她的恐懼，她可能會設想最糟糕的情況，會不會這樣呢？」

凱恩看著布萊恩點點頭。

「她肯定會覺得不好的事情發生了，情有可原。」布萊恩說。

「她當然會。如果有人遭到指控，犯下某樁駭人的罪行，而他不肯開口，選擇不對陪審員堅持自己的清白，你會覺得這個人很可疑嗎？」

「派爾先生，我當然會。」布萊恩說。

派爾魅力無邊，他直接邁著步子走到證人席，拍拍布萊恩的肩膀，說：「戴爾先生，感謝你對法庭的服務，請替我向瑪莎・瑪莉打聲招呼。」

他轉身，走回檢方的座位，一邊轉頭對法官說：「戴爾先生有因迴避請求，他無法做出公正的判決。」

「准許。」法官說。

凱恩覺得派爾是他見過最厲害的律師。他眼睜睜看著派爾用辯護律師的手法幹掉了辯方最中意的人選。選擇陪審團最重要條件就是公正。

「我做錯什麼了嗎？」布萊恩攤起雙手，一臉尷尬。

「戴爾先生，請去等候室稍作休息。我相信庭警會跟你解釋。」法官如是說。「在此提醒在座的候選人員。我一開始就解釋過了，被告無需證明什麼。如果被告選擇不作證，這是他們的權利，各位不能因爲這個決定而有所影射。」

一名庭警接近布萊恩，好聲好氣哄他離開證人席。凱恩鬆了小小一口氣。這一票，他差點選擇布萊恩的身分，還好他沒選，眞是如釋重負。到頭來，決定的關鍵是瑪莎・瑪莉。她身高將近一百八十公分，體重差不多一百四十公斤，布萊恩在她身邊根本是小矮人。

凱恩曉得他沒辦法把這對夫妻一起塞進浴缸。

「按照順序的下一位陪審員人選請上來。」法官說。

凱恩起身，跟著庭警走上證人席。

20

前往聯邦廣場聯邦調查局紐約調查部的路上，哈波告訴我們她搭檔喬・華盛頓偶然間找到的資訊。荷頓開車，哈波坐副駕駛座，我在後座。我靠向前聽哈波的說法。要說服陪審團你的客戶沒有殺人是一回事，不過如果你能讓他們知道你的客戶沒有殺人，同時指出眞凶另有其人，這樣可簡單多了。

哈波正在向荷頓解釋情況，我只有聽的份。

「我離開調查局的時候不是很愉快。我的搭檔喬則是好聚好散，他比較懂人情世故。所以他聯絡之前的朋友，請對方搜尋暴力犯罪緝捕計畫和國家犯罪情報中心，結果什麼也沒查到。他朋友忽然靈機一動，聊到行爲分析二組，剛好有位探員可能幫得上忙。」

聯邦調查局的行爲分析二組專門研究成人連環殺人犯。這個部門是全球執法機構裡對連環殺人魔了解最深的單位。暴力犯罪緝捕計畫跟國家犯罪情報中心可以連上全美各個執法單位未破案件的資料庫。

「那位探員是誰？」我說。

「她是分析師，名叫佩姬・迪雷尼。喬說她這個月在紐約調查部，正在協助當地探員分析康尼島殺手。」哈波說。

「她跟咱們的案子有什麼關連？」我說。

「也許沒，也許有，命案現場太乾淨了，我不喜歡這點。如果是所羅門下的手，那他可眞是第一次殺人就上手。屍體上沒有ＤＮＡ，受害人身上沒有抵抗痕跡，所羅門身上也沒有抓傷或刮傷。他殺了兩個人，一切乾乾淨淨，反而在卡爾嘴裡留下一張紙鈔，上面還沾了自己的指紋跟ＤＮＡ？我無法相信，實在太怪了。但話說回來，我也不是全然接受咱們客戶的說詞。」

「案子有諸多疑點，想想作案凶器吧。」我說：「小柏居然能夠在不離開房子的狀況下把凶刀藏起來，卻把他殺害卡爾的球棒留在臥房，上頭還有他的指紋，然後打電話報案說他發現了屍體？說不通，對不對？但檢察官不會這麼想。那是小柏的球棒，本來就會有他的指紋。他們會說他不希望命案現場看起來太完美，不然就像精心策劃的一樣。而蝴蝶大概只是爲了故弄玄虛，或是他想傳遞什麼病態的訊息。他搞砸了，留下自己的ＤＮＡ，一個小失誤。不管怎麼說，他們都會強調是小柏計畫好的。」

哈波把頭靠在座椅靠墊上，抬頭望著天花板，思索了一下。

「艾迪，這也有可能。但若是如我所說，檢察官已經抓到凶手了呢？咱們先看看佩姬怎麼說吧。我把凶手的作案特徵列了一張表，聯邦調查局注意到清單上的幾項，不然他們不會答應跟我們見面。」

荷頓在聯邦廣場放我們下車，停好車後跟我們在雅各布．Ｋ．賈維茨會議中心大廳見。他決定在大廳等我們，筆電讓我帶著。荷頓覺得裡頭應該是安全的。在經過重重搜身程序，我的鞋子和筆電都用X光掃描後，我和哈波才終於能前往第二十三層。我讓哈波帶路。她曾有兩年時間駐點在此，曉得這裡是怎麼運作的。

就算如此，我們在接待處等她的聯絡對象時，還是引來兩名探員的白眼。我們等了又等，

等了又等，二十分鐘後，就在我已經準備要拋下哈波時，一位身穿褪色灰色牛仔褲、黑色針織衫的女人朝我們走來。佩姬．迪雷尼看起來五十出頭，保養得還不錯。她身材很好，頭髮隨著年紀變淺。她戴眼鏡，向外揚起的嘴角讓她始終帶著歡迎的神情。

她跟哈波握手，望了我一眼，辯護律師最終都會得到這種目光。我們跟隨她沿著窄長的走道前往會議室。一台蓋上的筆記型電腦擺在桌上。我和哈波在同一側入座，迪雷尼則坐在對面的電腦前方。她摘下眼鏡，擺在桌面上。

「私家偵探的生活過得如何？」迪雷尼問。

「自己當老闆挺不錯的。」哈波說。

我沒開口，這不是我的世界。執法人員有他們自己的連結。我讓哈波施展她的魔法。

「喬．華盛頓要我跟妳打聲招呼。」哈波說。

「他一直很懂禮貌。我很慶幸你們一起工作。喬是好人。好，我猜你們沒有多少時間，咱們直接切入正題。我看了一下妳列出來的特徵。」迪雷尼打開電腦，把螢幕轉向桌子中央，這樣我們雙方才能看到哈波的信件。

「多數特徵都無法作爲搜尋條件。」迪雷尼說：「我們盡可能核對了各個犯罪現場的細節，但僅查閱明顯類似的地方。凶手使用某種特定武器，或在屍體上留下特定痕跡、寫下訊息，或似乎是依循某種脈絡形式，這些都可以算是特徵。我們可以透過凶手重複作案的特徵鑑定出他們的受害者。有時，特徵是故意留下的，好比說凶手在展演什麼幻想。在其他狀況下，特徵是無意識的行爲。如果發展出模式，或能提供可能的觀點，我們就會將其列爲可能的特徵，登錄進暴力犯罪緝捕計畫系統之中。」

「暴力犯罪緝捕計畫查不到我們案子所需的資料。」哈波說。

「系統不是完美的，不是每個執法單位都會使用這項計畫，有些警察天生就不是幹行政職的料。這個系統仰賴執法人員輸入資料，且在遇上新案件的時候要主動來查詢系統。而且，當然，凶手可以改變模式。對了，如果破了案，資料就不會進入系統。這套系統是設計用來協助警方逮捕暴力罪犯、調查身分不明者及失蹤人口用的。我們不會把逮捕後立刻定罪的罪犯細節登錄上去。這就是系統最大的缺點。」

哈波雙手環胸向後靠，說：「這怎麼會是缺點？結案的命案肯定跟此案沒有關係。」

「系統沒有冤案的空間。」我說。

這是我們坐下來之後，迪雷尼第一次注意到我的存在。她愣了一下，然後點點頭。

「他說的沒錯。國家冤案登錄中心的研究告訴我們，在美國每二十五名遭到定罪且判死刑的人裡，就有一人是無辜的。每年翻案的謀殺案就有五、六十起。很多案子都沒有進入我們的資料庫，很多特徵都沒有繼續追蹤，這還沒算到很多無辜之人只是因爲沒有律師或無法翻案。喬聯絡的那位探員認識我，他覺得我也許會對妳寄來的內容感興趣。我是還不知道啦，但我很慶幸你們來了，妳清單上的最後一個特徵，一元美金……」

她沒說下去。我有種感覺，她想繼續說，但她曉得自己該住口了。這兩個女人之間劍拔弩張。如果哈波對案子有什麼想法，她就會實地走訪，看看理論能夠通往何處。她思考迅速，不管做什麼，似乎都充滿實際的能量，哈波就跟火一樣；而迪雷尼顯然比較像是深沉的思想家，靜靜思索，就跟硬碟一樣，嗡嗡嗡運轉解決問題。

哈波保持沉默，我也沒有說話。我們都消極催促迪雷尼繼續說。她不肯開口。我曉得她會想盡辦法什麼都不透露，但從我們這邊得到各種訊息。哈波也清楚這點。這是典型的聯邦調查局手法。

「我得看看妳提到的紙鈔。」迪雷尼說。

「我們只有照片。」哈波說。

「你們有帶來嗎？」迪雷尼說。

哈波點點頭，但為了強調她的立場，她雙手平放在桌面上。我坐在原位，想要置身事外，這是哈波的遊戲，她曉得該怎麼玩。

沒有人動作，沒有人開口。

最後，迪雷尼搖搖頭，露出微笑。

「可以讓我看看嗎？不然我幫不上忙。」她說。

「咱們先說好。我們會讓妳看照片，如果有關聯，妳就把妳手邊的資訊分享給我們。大家都把手裡的牌擺在桌上。」

「我辦不到。我的資訊牽涉到高度敏感的調查工作還有——」

我起身，發出巨大聲響，椅腳在磁磚地板上刮出聲音。哈波才離開椅子三公分，迪雷尼就舉起了一隻手。

「等等，我不能透露全部，但能提供部分細節，前提是我覺得和此案有關。我不曉得你們正在處理什麼樣的案子，如果美金特徵不符合，那我也不用了解更多資訊。請坐下。讓我看看照片，如果是我在尋找的東西，那我會盡量讓你們參與。」

我跟哈波對望一眼，一起坐下。我打開公事包拿出筆電，按下電源，找到一元美金紙鈔摺成的蝴蝶照片，把電腦轉過去，這樣大家都看得到。

迪雷尼看了整整五秒鐘，然後說：「不，看起來無關。你們有鈔票攤開的照片嗎？」

我的心臟微微下沉。我眼睜睜看著哈波成了洩了氣的皮球。她垂頭喪氣，下巴靠在桌上。

我嘆了口氣。我一度還抱持微小的希望，也許這一切能告訴我小柏．所羅門是無辜的呢。

「當然。」我點擊控制板，點開後面兩張照片讓迪雷尼看。哈波咕噥地說：「抱歉，至少我們刪除了一個可能。」

我點點頭，然後迪雷尼的反應吸引了我的注意。她眼周及額頭的肌肉緊繃了起來，嘴裡唸唸有詞，整個人愈來愈靠近螢幕。她伸手，在桌子後方傾身，她恢復坐姿時，手裡拿著一本畫家的素描簿。老舊的素描簿看起來頗有歷史，幾頁邊角都捲起來了。她翻開本子，在中間找到一頁，然後急切地望回螢幕。

「我必須了解你們正在調查的案子，所有資訊，現在就告訴我。」她說。

哈波說：「什麼？妳有所斬獲？」

她沒搭理哈波，從包包裡拿出一枝鉛筆，在本子上動起筆來。她仔細望著螢幕，然後將注意力放在本子上，開始畫畫。她沒回答哈波，反而提出問題。

「你們對連環殺人犯有什麼專業認知？」迪雷尼問。

我感覺到皮膚上爬了一層雞皮疙瘩。

「只有從報上讀到的，沒什麼。」我說。

「通常是白人男性，二十五到五十歲，獨行俠，社交障礙，智商不足，一般都有某種精神疾病。」哈波說。

這符合我僅有的認知。我從座位上稍微起身，看到迪雷尼在本子上草草記下美國國徽的橄欖枝葉。她再次抬頭，我看到她的鉛筆停在一把箭上，嘴裡喃喃有詞，她在數。她的鉛筆碰觸到紙張，又繼續畫了起來。

「妳所說的一切都是錯的。」迪雷尼說：「行爲分析小組稱他們爲重複犯，他們可以是任何種族的人，任何年齡都有可能。他們很多都結了婚，家庭人口眾多。社交技巧拙劣及智商不足的確是很合理的假設，但不見得如此。他們大多因爲受害者的選擇而長時間沒有落網。多數重複犯的受害者之前都沒有見過他們。就算是最拙劣的重複犯，在落網之前可能也會作案好幾年。不過，還有那百分之一，他們擁有高度社交技巧，智商過於常人，無論是何種腦內結構讓他們殺人，這些徵兆連他們最親密的朋友都察覺不到。我們不常逮到這種人，最好的例子就是泰德·邦迪。跟你們在電視上看到的不同，這些凶手完全不想落網，完全不想。某些凶手會竭盡全力確保自己逍遙法外，其中手法包括掩飾自己的殺戮。其他的凶手，雖然也不想落網，卻暗自希望有人能夠注意到他們的作品。」

迪雷尼將螢幕轉過去。她放大紙鈔背面的照片，聚焦在國徽邊上。我先前以爲是變色、沒放在心上的地方，現在霸佔了整個螢幕，國徽上有三處看起來像染到墨水的痕跡，箭、橄欖葉還有老鷹頭部左上方那團星星裡。

「我們在看什麼？」我說。

迪雷尼把素描本轉過來推向我們。她畫的是國徽，上頭有橄欖葉、箭頭、老鷹頭上的星星，其中幾處還用鉛筆強調顏色。

我望回螢幕。卡爾嘴裡紙鈔蝴蝶上的一枝橄欖葉、一根箭頭、一顆星星都染了紅墨水。

「我在一元美金上看過這種標記三次。我把它們標示在這張素描裡。」迪雷尼說：「我們找到的第一張摺得小小的，塞在死者腳趾頭之間，她是兩個孩子的媽。第二張擺在廉價汽車旅館中廂型車銷售員屍體旁的床頭櫃上。最後一張握在斷氣的餐廳老闆手裡。我覺得這是一種模式，『百分之一凶手』的特徵。無論你們調查的是什麼案子，也許都跟行爲分析小組所謂的『鬼魅』有關。我覺得這個凶手可能是調查局歷史上最精明的人，沒有人見過他，我們只有紙鈔上的印記，所以一些分析師覺得他根本不存在，但還是有人相信他存在，而他們稱他爲『一元殺手』。所以你們最好快點把掌握的案情告訴我。」

21

凱恩用右手壓在聖經上，讀著字卡上的誓詞，彷彿他字字句句都是眞心。書記官把聖經拿開，凱恩依照吩咐說出自己名字，然後坐在證人席上。

卡普與他的陪審團分析師諾瓦薩利奇湊在一起竊竊私語。最後，法官清了清嗓，卡普才起身提問。對凱恩來說，問的問題是什麼並不重要，他曉得該如何回應卡普。他清楚辯護律師要找的陪審員該有何種特質。

「就你所知，有沒有什麼事情會妨礙你加入陪審團服務的行列？」卡普說。

這是鬼扯的問題，凱恩心知肚明。他覺得卡普也知道這點，他們只是想觀察他的反應。

凱恩把目光移向一旁，停頓了一下，眨了幾下眼睛，然後才望回卡普，說：「沒有，我想沒有。」回答並不重要。重點在於，凱恩讓辯方看到他思考。凱恩曉得辯方喜歡會思考的陪審員，檢方也不見得會討厭這種人。

「謝謝。辯方接受這位陪審員。」卡普說。

派爾在座位上轉身，與身後的助理檢察官短暫交談後，起身望向正在聽其他人交談的凱恩。陪審團是活生生、會呼吸的生物。當然，他們來自個體，但湊在一起就成了野獸。凱恩必須馴服這頭獸。

派爾起身後，大概停頓了三、四秒。對凱恩來說，這跟幾分鐘一樣。場內鴉雀無聲，窸窣的紙張聲消失，人群發出的白噪音靜止下來。派爾檢視凱恩。他們的目光交錯，時間之短連半秒鐘都不到，但在這電光火石間，他們之間有所交流。凱恩覺得他們好像達到某種共識。

「法官大人。」派爾說：「檢方沒有問題，我們也接受這位陪審員。」

法官要凱恩去陪審席找個位子坐。他起身，離開證人席，走向保留給陪審員的位子。他坐在第一排倒數的位置上。

一個小時又過去了，辯方與檢方又選出另外十五位可能的陪審員人選。派爾跟面對凱恩的時候一樣，又對七位陪審員保留席位。凱恩轉頭望向陪審席，加上額外的座位，總共坐了二十名陪審員。

派爾拒絕了一位人選，這人曾是童星，也許跟小柏．所羅門之間有什麼遙遠的關聯。

派爾沒有坐回位子上，反而望著坐滿的陪審席。他仔細檢視這二十個人，然後拿起筆記本，走向法官。

「法官大人，檢方感謝麥基太太、馬可太太、威爾森先生及歐康納先生的貢獻，他們的協助到此爲止。檢方很滿意我們有陪審團了。」

頭髮花白的男子從凱恩右邊四個位子起身，開始沿著座位往外走。這位先生擦過其他嬌小女性陪審員的膝蓋，但凱恩必須起身，走到座位外頭，讓他出來。凱恩左手邊的高個女性站去一旁，讓凱恩及解散的陪審員從前排出來。

「所有的陪審員請盡量往右手邊移動，各位，挪一挪。」福特法官說。

男人離開後，凱恩回到陪審員席，卻發現自己的位子被高個女人佔了。她在凱恩之前回到橫排座位上，然後跟著其他聽從法官指令的陪審員一起往右移。凱恩坐進她暖了半小時的位子，她則抬頭望向他，露出客氣的微笑。凱恩沒有回應這個笑容。她五十多歲，赤褐色頭髮，身穿淺藍色毛衣。派爾拒絕的幾位女性從凱恩後方那排離開法庭。

「各位先生、女士，你們就是我們的陪審團。」法官說：「前後排的頭六位是正式陪審員。」

凱恩轉頭張望。

「從你們的右邊開始算。」法官說：「其餘四位，後排的小姐及兩位先生，還有前排的先生，你們是候補。」

高個女人佔走的不只是凱恩的座位，也搶走了他在陪審團的一席之地。她看起來很樂，而凱恩現在成了候補。他會旁觀訴訟過程，卻不能進入陪審團評議室，也不能在陪審團裡投票。這一切都是因爲他身邊這位高個小姐。

凱恩看著書記官帶著陪審員宣示，替他們分發號碼。凱恩得到十三號，其餘的候補人選則是十四、十五、十六號。

法官警告他們，別看報紙，別看新聞，生活裡所有的媒體都不要看，然後法官請陪審員管理人進來帶著他們發誓，確保他們遵守規矩。陪審員管理人通常都是看照陪審團的庭警。

搶了凱恩席位的毛衣高個女子，也就是第十二號陪審員，她轉過頭對凱恩低語，說：「太有意思了，對不對？」

凱恩只有點點頭。

她操著紐澤西口音。凱恩在她的鼻息間聞到早上的多根香菸，這讓他想起自己的母親。他想專注在回憶上，什麼都好，讓他不要一直去想自己失敗了，沒有進入陪審團，想到自己所有的準備……

現在全部煙消雲散，就跟風中的灰燼一樣。

法官開口了，打斷凱恩內心升起的憤怒。

「檢辯雙方，我們先前計畫篩選陪審團需要兩天時間，現在提早結束。我建議咱們不要浪費出庭的時間，明天一早就開始。」福特法官說。

「法官大人，我們準備好了。我的客戶急著想要洗刷污名，這樣警察才能去找出眞正的凶手。」卡普說。

法官揚起眉毛，望了卡普一眼。凱恩曉得所羅門的律師會把握任何機會，向陪審團灌輸客戶是無辜的訊息。凱恩猜測如果陪審團聽得夠多次，也許某些陪審員就會開始相信。

擔任陪審團管理人的庭警帶他們一一走出法庭，進入寒涼的米黃色走廊。凱恩排在毛衣女子身後，然後停下腳步。女性庭警沿著隊伍，給陪審員發送表格與手冊，說明他們該如何在進行陪審團義務時讓雇主滿意，以及他們該怎麼申請陪審員酬勞。

藍色毛衣女子靠在牆上，用虛假的笑容對著凱恩，且伸出手。雖然笑容很假，凱恩還是感覺得到她散發出來的精力，廉價卻無遠弗屆。她就是那種會替老人烤蛋糕，然後告訴老人她花了多少心力，老人應該心懷感激的人。

「我是布蘭達，布蘭達·柯沃斯基。」她說。

凱恩向她握手，給她自己的假名。

「這是我第一次擔任陪審員，很興奮。我曉得我們不該討論案情，但我只是想跟人家說，能夠替這個城市盡一份義務，感覺眞是太好了。你懂我的意思嗎？我覺得擔任陪審員就是盡了好公民的部分責任。」

他點點頭。

庭警把手冊及表格交給布蘭達，然後也交給凱恩。

「對表格有問題可以問我。我們不會支付或核銷停車費。明天早上請八點半在這裡集合。祝各位今天愉快。」庭警說。

凱恩接下手冊與表格，臨走時還向布蘭達揮手道別。今天凱恩太折騰了，事情如此順利，結果他居然還是無法進入陪審團。他今晚想用刀子割割腕，不是要自殺，只是想切東西，想在刀鋒劃過他的層層皮膚時，感受那詭異、搔癢的感覺。不會痛，只會感覺皮膚上的血溫溫的。

「今天先這樣啦，我猜咱們明天見囉。」布蘭達說。

凱恩停下腳步，轉頭回來面向布蘭達。他揚起燦爛的微笑，使了個眼色說：「說不定在那之前就再見了呢！」

22

我跟哈波久久無法言語。如果迪雷尼說的是眞的，那小柏・所羅門就是無辜的了。而雅芮耶拉與卡爾其實是連環殺人魔的手下冤魂。

媒體會愛死這條新聞。

想到這裡，我就心跳加速。我們可以傳喚迪雷尼和她的檔案。她可以展現她的一元魔法，讓陪審員看到其中的模式。她是經驗老到的高階調查局分析師，這會是小柏無罪釋放的門票。我想立刻打電話給卡普，但我腦袋裡有個東西把我固定在座位上，時候未到，還要再多問一點。我需要冷靜一下，但我實在太他媽興奮了。哈波也難掩笑容。她動用的人脈有了成果，眞不錯啊。

「我們可以把一切都告訴妳，但有條件。我們的客戶這個星期就要開庭，我們要傳喚妳跟妳的檔案。我們需要妳出庭作證，把妳剛剛告訴我們的話再說一遍。」我說。

「恐怕辦不到。」迪雷尼說。

「什麼？」哈波說，她用力拍向桌面，電腦都彈了一下。

一開始，我以爲調查局只是有所保留，她的確需要我們的資訊，而我們需要她出庭作證。我以爲這只是交易過程，後來，我發現這不是交易。迪雷尼沒辦法出庭把剛剛的內容告訴陪審團，我們根本無法申請傳票要求她作證。

「因爲還在調查，對不對？」我說。迪雷尼癟嘴，然後點點頭。

「妳不能出庭討論案情，我們也無法逼妳出庭，否則妳就是在庭上直接對凶手宣布你們掌握的案情資訊。」我說。

「對。好，現在我需要了解你們正在調查的案子。」迪雷尼說。

她什麼資訊都沒有提供給我們，沒有名字，沒有細節，只有紙鈔上的幾滴墨水印，這樣不夠。我確定還有更多資訊能夠連結起這些命案，肯定不止這幾滴墨水。就算迪雷尼能夠出庭，這樣也不足以說服陪審團。結果就是，我們手上的資訊足夠登上頭版，但湊不出完整的報導。

「我們不能透露客戶的保密資訊。」我說。

「放屁。如果你們的案子與我的調查有關，那麼也許我就是你們客戶無罪釋放的唯一希望。向我有所保留，對你的客戶一點好處也沒有。」

「妳能保證妳會協助我們的客戶嗎？」我說。

「無法，但你們只有這個選擇。」

「不，是妳只有這條新的線索。我以爲我們說好了，妳需要一個名字，我們需要三個。」我說。

迪雷尼用手肘頂在桌上，手掌捧著臉，然後嘆了口氣。

「我不能讓你們看我的案件檔案，但我可以把速寫放在桌上一分鐘。」她說。

我伸手去口袋裡拿出一疊紙鈔，抽出一張一元紙鈔，直接在鈔票上開始複製速寫上的墨水印記。

「我不能讓你們看安妮．海陶爾、德瑞克．凱斯或是……最後那個叫什麼名字去了？」她一邊說，一邊望向天花板思索。

我明白了。

「是不是小柏．所羅門？是嗎？」我說。

她猛然把頭轉向前，嘴巴張開，直直盯著我看。我覺得我好像看到她嘴唇顫動。她一度忘了我們的小遊戲，正在思考這個名字所帶來的重量，以及環繞這名字的聚光燈。

她終於闔上嘴，搖搖頭，說：「不，不，是凱倫．哈威，是這名字才對。我不能讓你們看這些檔案的資料。」

我在自己的紙鈔上複製出國徽染色之處，摺好，收起來。之後又拿起筆電。我跟哈波起身，向迪雷尼握手。哈波先握，那只是出於禮貌，正式的握手，簡短又專業。

迪雷尼帶著我們離開會議室，穿過走廊，回到接待處，然後她轉身離開。我們等電梯的時候，我端詳著剛做記號的那張紙鈔。

「剛剛那是怎麼回事？」哈波問。

「我不曉得。如果她說的沒錯，那還有個變態正逍遙法外。他們在玩某種遊戲。我們必須仔細研究。我們必須想辦法在小柏的案子上傳喚迪雷尼出庭作證。」我說。

哈波變換站姿，一手扠腰，用不解的眼神望著我。

「你聽到她說的話了，你自己也附和她，我們無法逼她作證。案子還在調查中。」

電梯門開了，我們走進，哈波按下一樓的按鈕。

「我們有辦法逼她作證。」我說。

「逼個屌，根本不可能。說啊，給我驚喜。我跟你打賭辦不到。迪雷尼絕對不可能拿她的案件情報出來作證。

「她不能作證的唯一原因是因爲案件還在偵辦，我們要做的就是替她結案就好。」

驅車前往卡普事務所的路程不長，沒有人開口。荷頓駕駛，我跟哈波坐在後座，各自在手機上研究起新聞報導。

二〇〇一年十一月，有人在安妮·海陶爾位於麻薩諸塞州春田市的客廳裡發現她的屍體，她的喉嚨傷口深砍見骨。她的孩子應該要去跟孩子的爹歐莫·海陶爾一起過週末，結果卻跑去距離老媽家兩個街廓的歐莫姊姊家待著。歐莫告訴法庭，他那時發了一筆橫財，他在球賽下注得了近百萬美金，甚至還登上當地報紙。他花了點錢買毒品，那天下午嗑到茫掉，他姊夏安發現小孩在客廳玩微波爐，於是把小孩帶回家過夜，讓歐莫好好睡一覺。所以當晚的命案，歐莫沒有不在場證明。他欠安妮差不多一千美金的贍養費，她已經請律師追討。在安妮腳趾之間找到的紙鈔有歐莫的指紋。我想起國徽上的老鷹，爪子裡握著橄欖葉與箭。開庭時，歐莫的律師表示，那個禮拜，他的客戶已經把錢還給安妮，而眞凶則用那筆錢來嫁禍歐莫。

陪審團不信。

二〇〇八年的一段文章證實歐莫在獄裡遭到謀殺。

德瑞克的案子也同樣簡單明瞭。德瑞克是個愛家男人，一妻三子，在德拉瓦州威明頓市中心的自家場地展售廂型車。他偶爾需要出差，去見客戶或供應商。在路上，德瑞克會化身爲德蕾亞。二〇一〇年夏天，就在紐澤西紐瓦克三公里外的一間酒吧裡，身爲德蕾亞的他惹上了麻煩。修車廠兼職員工彼得·提姆森發現他的約會對象是個男人，非常不滿，威脅要勒死德蕾亞。他尾隨德蕾亞回汽車旅館，在床上勒死「她」，還在床邊桌上留下有自己指紋的紙鈔。目擊證人作證他們看到提姆森威脅人的舉動。結案。

「凱倫・哈威的案子不太一樣。」哈波說。

「我還沒查到她，怎麼說？」我說。

她用拇指滑過螢幕，拉到報導的開頭。「她的狀況跟其他人不同。新罕布夏州曼徹斯特的餐廳老闆。五十好幾，離婚，事業有成。一九九九年死於看似搶劫的事件。腹部中槍，頭部近距離兩槍。收銀機遭到破壞，但沒有打開。唯一遺失的是半張一元紙鈔。屍體遭人發現時，她握著一半。另一半出現在洛迪・羅德的公寓裡，他是當地樂團的貝斯手。嗑藥，還有一堆持械搶劫的前科。當地警方接獲匿名線報，突襲他的公寓，發現了撕了一半的紙鈔，還有作案用的點四五麥格農手槍。羅德的指紋沒有出現在紙鈔上，但他還是難逃法網。」

「他認罪了？」

「二級謀殺。二十五年後可以出獄。」

我想到小柏的指紋出現在卡爾嘴裡的蝴蝶紙鈔上。

荷頓把車停在卡普事務所外頭。我跟哈波下車進入室內，荷頓可以在大廳等候。我們還在調查部的時候，魯迪留了一通訊息給我，他說陪審團遴選已經結束，明天就開庭。辦公室裡鬧哄哄的，祕書、律師、律師助理……每個人都看起來很忙碌、到處奔走。

會議室裡有魯迪、小柏和一個背對我坐著的男人，我只希望我這輩子都不用再見到這位先生。上次遇見他是幾年前的事，他害我跟聯邦調查局惹了不少麻煩。光從背影我就認得出他。我到哪都認得那顆醜陋的大禿頭，阿諾・諾瓦薩利奇。分析陪審團是件骯髒活，而阿諾最爲齷齪。我之前曾經玩過阿諾的遊戲。

「嗨，阿諾。」我說。

他起身轉頭，看到我，下巴都闔不上。這傢伙還是比健康體重肥上二十公斤，還是穿單色西裝，還是靠在司法遊戲裡作弊賺取骯髒錢。

「你還是會讀陪審員的唇語喔？」我問。

他沒有回答，反而向魯迪抗議。

「我拒絕跟這個人合作，他是……他是……」

「騙子？你好意思講這種話？」我說。

「好，夠了。阿諾，請你坐下。艾迪，阿諾是我們這次出庭的陪審團分析師。他想盡辦法測試這些人，得到了不錯的結果。他是怎麼得出這些結論的我不過問，也跟你無關。讓阿諾做他的工作，你做好你的工作，努力就會有收穫。沒時間吵架，明天就要開庭了。」魯迪說。

哈利肯定把時程提前了。很好，我很期待開庭。我把注意力從阿諾身上移開，向大家介紹哈波。

魯迪拍拍小柏的肩膀，從桌子中央拿了一瓶水給他。小柏接下，扭開瓶蓋，猛灌起來。他今天嚐到法庭的滋味了，雖然我不在場，但還是看得出來這場官司對他來說變得真實了。他看起來緊張、動搖，駝背坐在桌旁，緊握著空水瓶，然後扭絞起來。

我從筆記本上撕下一張紙，列了物品清單。

「這案子你有比較清楚了？」魯迪說。

我與哈波對望一眼，決定先開口。

「哈波會跟大家報告我們的發現，但沒錯，事情的確更清楚了一點。我們有很多工作要做，如果成功，我們也許就能贏。首先，我需要你請律師助理去幫我買點東西。」我把清單交給魯迪。

他接下清單，我看著他望向清單，眉頭愈來愈糾結。

「上頭有很多怪東西。三百六十五公分寬的塑膠膜？玉米糖漿？艾迪，這是在搞什麼？」魯迪問。

「很難解釋。我們覺得凶手另有其人，也許有線索。哈波剛剛帶我去見聯邦調查局的分析師。這個案子及調查局正在調查的連環殺人案之間有所關連，我們還沒有太多具體資料，連結還很薄弱，稱不上是合理懷疑，但我們正在研究。同一時間，我要你幫忙傳一個叫蓋瑞・奇斯曼的人。我等等把他公司地址給你。把他列進證人清單裡，交給檢察官。別擔心，我不需要真的叫他起來作證，只要他出現在旁聽席裡就好。」

哈波在腦袋裡爬梳這個名字半天也想不出來，問道：「這個蓋瑞・奇斯曼是哪位？」

「他是伊利諾伊州甜美鄉有限公司的老闆。」

「他跟這個案子有什麼關係？」魯迪問。

「沒關係，這樣才讚。相信我，蓋瑞・奇斯曼會讓檢方的說詞露出大洞。」

23

傍晚七點左右，氣溫下降，凱恩的呼吸在他面前結成白色霧氣，但他覺得溫暖。他花了一個小時，在廢棄修車場把雪佛蘭 Silverado 皮卡車清洗乾淨，搞得一身大汗。他倒是沒花多少時間就用鐵撬打開門鎖，拉開鐵捲門，把車停進來，然後拉下鐵門。頂多五分鐘吧。他大腿上的刺傷感覺緊緊的。

角落有一個生鏽的大油桶，先前的主人用它來點火，上方還有一個鋁製網架。他從車上吸取了一點汽油，倒進桶子裡，點了一根火柴扔進去。

凱恩站在燃燒的汽油桶前，脫下襯衫，扔進火焰之中。他檢查褲子口袋，掏出一元美金，然後脫下褲子，扔進油桶之中。他看著那張一元好一陣子，也將其扔進火焰之中。在皮卡車後座的袋子裡有一套新的衣服。凱恩沒辦法肯定，但他覺得自己看見火焰之中冒出綠光，也許是桶子底下的銅，或什麼化學物質。他想起費茲傑羅筆下的《大亨小傳》，主角蓋茲比會隔著黑水望著綠色的燈光。美國夢，遙不可及，隨著每一波烈焰離他遠去。

凱恩曉得這個夢，他的媽媽常提起，她一輩子就爲了追求這個夢，最後還是失敗。在他認清事實之前，他也同樣追逐過這場幻夢。美國夢跟錢無關，美國夢追求的是自由，眞正的解放。

他不喜歡大腿緊緊的感覺。他檢查包紮，拉鬆一點，吞了雙份抗生素，用電子體溫計量體溫，三十七度，正常得很。

對於一個從未感受過痛的人來說，凱恩對疼痛了解甚多。痛感是重要的生理功能，預警系統。大腦的訊號會用頭痛、肌肉痠痛、感染告訴你有問題囉。如果凱恩不仔細監控自己的身體，很可能會毀了它。

他聽到拋棄式手機震動起來，他接起電話。

「幾個孩子發現你扔在布魯克林的屍體，已經報警。別擔心，認屍還需要一點時間。」對方說。

「我需要把時程往前提嗎？」凱恩問。

「他們不會立刻把屍體跟候選陪審員聯想在一起，也許永遠都不會。他是自由派的私家偵探，現在大概有很多更適合的嫌犯及動機出現吧。不過，你動作還是快點比較好。我看你今天下午也挺忙的。也許你該冷靜點。」

「我會謹記在心。」凱恩說。

然後他聽到電話另一端的男人嘆了口氣。

「已經發布那輛雪佛蘭的全州通查令了，車子你清好了嗎？換好車牌了？」

「當然，你才該冷靜點。他們追蹤不到車子的。今天下午的事情，你聽說了多少？」

「我認識一個局裡重案組的人，他會告訴我狀況。我會持續監控無線電。如果他們有什麼突破，我會讓你知道。」

「你最好確定會告訴我。如果我知道你有什麼瞞著我……你曉得後果的。」凱恩如是說。

24

我需要兩個小時冷靜一下，讓我的腦子思考一下眼前的狀況。等到卡普事務所的會議結束後，我看得出來大家都同樣需要休息一下。大家剛才都仔細聆聽，魯迪也聽了，但這個說法還是讓他挑起眉毛。最後，大家都同意，我們沒有足夠證據將這個案子推給身分不明的連環殺人魔，還不夠，但魯迪喜歡我另一個論點，所以他派了兩名律師助理帶著公司信用卡及我的購物清單去曼哈頓採購。夠好了。會議當中一直沒有開口的人是小柏，我讀不懂他的心情。他大多只是望向窗外的時代廣場。我猜他大概是想盡量看看風景吧，彷彿知道自己接下來三、四十年會在監獄裡，再也看不到如此景致了。

會議結束，大家同意明早開庭前再見，要研究魯迪對陪審團的開場陳詞。我同時也承諾哈波，晚點會打電話給她，等她跟荷頓約會結束之後。

一開始，她不承認那是約會，最後，她點頭，說：「對，是約會。我知道這樣釣男人很不專業，但我想說那又怎樣？如果魯迪不爽，那他可以開了我。」

「妳不要亂講話，荷頓會以為妳要跟他開別的東西。」我說。

我們笑了一會兒，感覺真不錯，沒多久電梯門就開了，瞬間彷彿又扛上一百公斤的背包，回到現實世界中。

「我會聯絡幾個附近的執法人員，關係比較好的。喬認識很多條子，我跟附近的警察關係比我跟調查局的人好得多，所以我也會打幾通電話。治安官、副手、警探，他們之間負責的範圍大概可以橫跨半個美國。我想把一元美金的細節告訴他們，看有沒有什麼漏掉的資訊。」哈波說。

手機響了，是克莉絲汀。

「嗨，聽著，我在城裡。我過來找幾個老朋友。我今晚不想煮飯，我們改去吃中國菜怎麼樣？」她說。

「當然好，我不曉得妳要來曼哈頓。」

「我今天沒上班，所以我想去見幾個人。艾迪，我用不著向你報備行程。」

「抱歉，我不是這個意思。我……中國菜聽起來不錯。我只是以爲今晚可以見到艾米。」我說。

「這個啊，你就只能見我了。一個小時後老地方見？」

我曉得還是別跟她吵比較好。克莉絲汀主宰我與艾米共度的時間，而且我實在也沒想跟她吵，爭論只會讓事情惡化。不，我今晚必須營造出好印象來。我終於有辦法離開原本的生活，在魯迪那邊穩定工作，不接風險高的案子，不會有神經病客戶，沒理由擔心什麼瘋子會爲了對付我，朝我的家人下手。一直以來，克莉絲汀想要的就是這樣，我想要的也一直都是這樣。

「當然，到時見。」我說。

我還有時間去領車。我不想把車留在拖車場，我本來就決定今晚要開車去瑞佛海德，跟艾米、克莉絲汀共進晚餐。

我招了計程車，往北邊去，在尖峰時間往七十六號碼頭前進，也就是曼哈頓拖車場。我找到管理員，把罰單給他，付了罰款，他將鑰匙、拖吊編號及地圖交給我。我終於找到我的車，雨刷夾著另一個麥當勞紙袋。我扯下紙袋，扔進後座，然後咒罵起葛蘭傑警探。

混蛋。

半小時後，我開車前往中國城。我停好車，跑了兩個街廓，抵達宰也街。南華茶室從外面看起來不起眼，裡面其實也沒多厲害。紅色絲絨包廂，美耐板桌面，餐具排排擺，唯一的不同就是沒有刀叉，只有筷子。看起來眞的沒有多特別，但厲害的是食物，還有歷史。中國城在這裡慢慢擴張，茶室一九二〇年代開張，整個紐約找不到跟他們一樣的餃類與港式點心。

我遲到了，克莉絲汀已經坐在包廂裡，點了茶水。她看見我的時候沒有微笑，只有揮揮筷子，然後把注意力放回她的蒸餃與醬油上頭。我因爲剛剛跑了一段，有點上氣不接下氣。我的胃感覺好緊，我這才發現自己很緊張。我想告訴她卡普事務所的工作，卻不曉得該如何開口。我口乾舌燥，這感覺跟我們第一次約會時一模一樣，這是恐懼的滋味。我第一次邂逅她的時候，就知道她很特別，我不能搞砸。唉，如今，搞砸就是我的強項。這是我最後的機會。

她剪了頭髮，長久以來，我所熟悉的柔軟深咖啡色秀髮現在剪成了鮑伯頭。她看起來不一樣了，曬得比平常還要黑。我坐在她對面，服務生問都沒問，就替我送上啤酒。

「聽說你又喝酒了。」克莉絲汀說。

「等等，我很抱歉我遲到了。但點啤酒的人是妳，不是我。」

「哈利跟我說了，他說你已經可以控制自己了。他覺得偶爾在他的監督下跟你喝點小酒，好過你覺得自己再也不能喝酒而發狂。」她稀鬆平常地說，一邊講一邊吃起白色的蒸餃。

我高舉雙手，做出投降的姿勢。

「嗨，我遲到了，我道歉。我們可以重新開始嗎？」

克莉絲汀喝了一大口茶，靠向椅背，用紙巾擦嘴，瞪著我看。然後她揮揮手，說：「我只是今天有點煩躁。最近如何？」

我把所羅門案說給她聽。一開始，她很生氣。她眉頭糾結，脖子漲紅。我曉得她這些跡象代表什麼。

「我以為你該冷卻一下，遠離眾矢之的，這種案子會吸引別人注意。我們都曉得你吸引來的人大多都會帶來危險。」她說。

這話不假，這也是我們分開的確切原因。我的工作會帶來麻煩，而我的家人對我來說實在太重要了。如果因為我，她們出了什麼事，那我實在不曉得該怎麼辦。之前有過千鈞一髮的狀況，遭殃的是我們的女兒。

「這個案子不危險，還讓我得到了一個好機會。我馬上告訴妳，但聽著，妳還沒告訴我艾米的近況。通通告訴我。」

「艾迪，她很好。她一直擔心的數學考試也考過了。她在西洋棋社交了幾個新朋友。有個男孩，但他們只是朋友，目前還是朋友。她很開心，而且她似乎滿喜歡凱文的……」

凱文，克莉絲汀跟她老闆走得很近。他協助她在瑞佛海德安頓下來，把她介紹給鎮上有頭有臉的人。他甚至還當起了她公寓的水電工。我沒見過這傢伙，但我想在他臉上動手腳。

「好，我很慶幸她很好。她還會閱讀嗎？」

「每晚都讀。她甚至讀了幾本你一直送她的廉價偵探小說。」

我點點頭，感覺真不錯，我敢打賭凱文只會讀法律程序和冷氣歷史的書。我跟艾米的閱讀口味一直很像。

我吃了點東西，沒碰啤酒。我在爭取時間，想要鼓起勇氣談我們的關係。我們已經分居許久，在那之後沒多久，雙方就不會再說要讓事情好轉的話，因爲太痛苦了，但我的生活眞的要由黑轉紅了。這是我彌補一切的機會。這種工作是我們夢寐以求的，穩定、安全，每晚下班回家，可以不用擔心誰會來踹開我家大門。

我不曉得該怎麼開口。食物讓我噁心，我感覺到額頭滿是汗水。

「我有了工作。」我忽然脫口而出。「在卡普事務所，一般的訴訟、一些犯罪官司，沒有危險，沒有爭議，朝九晚五薪水高。克莉絲汀，我走出來了。所羅門案是最後一個大案子。我要妳跟艾米回家，我們可以搬回皇后區的老地方……」

她開始雙眼泛淚，雙唇顫抖。

「或是，妳知道，我們可以找個新地方，全新的開始。我現在可以養活妳和艾米了。妳甚至不用工作。這就是我們一直希望的生活。我們又可以是一家人了。」

她抹去臉頰上的一滴淚，把紙巾扔向我。

「我等過你，你扯出一堆破事，酗酒、戒酒，我都等了。然後是那些案子，艾迪，你已經做出你的決定。你的工作把我們推上火線。現在那些事結束了，我該跑過來迎接你，是不是？」

「不是這樣的。人家來找我，他們需要協助，我不能置之不理。如果我讓他們入獄，那我算什麼？如果我讓這種事發生，我會良心不安。這不是選擇，這種事從來就沒得選，我沒得選。」我說。

「但我的確可以選。我不想要這樣……這種生活。我不想要我的丈夫不能跟家人住在一起，免得家人會受傷。艾迪，我試過了，我等過了，我已經等膩了……」

「妳不用再等了。我說了，我有工作，很安全，事情可以恢復成原本的樣子了。」

「回不去了，我已經想清楚了。我本來今晚想要你來家裡看看艾米，但下午我曉得我必須跟你說這些話。我已經演不下去了，所以我決定跟你約在這裡，因為我不希望艾米看到我們這樣。艾迪，我受夠了，我等夠久了。我跟凱文已經交往了一陣子，他要我們搬過去跟他一起住。」

這一刻，我不是跟克莉絲汀一起坐在包廂裡，我不在茶室，甚至不在中國城。這一刻，我看見自己害怕的畫面，這是我這幾個月來的夢境。我躺在帝國大廈路邊，克莉絲汀站在觀景台上，距離我八十六層樓之遙。她從包包裡拿出婚戒，扔過圍欄。我躺在人行道上，我曉得戒指朝我扔來，愈來愈快，愈來愈快。金色的指環直向我飛來。愈來愈近，我都看到了。但我無法動彈，無法呼吸，我只能用指甲緊嵌石板之間的空隙，硬撐在原地。

戒指重擊胸口的時候，我醒了過來。

此時此刻，疼痛感非常眞實。撕裂、掏空的痛楚讓我無法呼吸。我的確預見了這一刻到來，因此感覺更可怕。

「別——」

「艾迪，我已經下定決心了。我很抱歉。」她的語氣變得冰冷。

「我很抱歉，眞的、眞的很抱歉。狀況會改善，我會改變，這份新工作……」但話語消失在我的喉頭。我已經失去她了。我內在有個東西驚醒，我用酒精抗衡的那些痛楚，現在通通怒號席捲上來，讓我奮力一搏。

「他沒有我這麼愛妳。」我說。

克莉絲汀點出幾張紙鈔，擺在桌上，手還放在上頭好一會兒。她在猶豫，但不是為了帳單猶豫。我什麼都不敢說。我曉得她內心對我還有愛。我們共享了太多過去。她迅速眨了幾下眼睛，搖搖頭，起身從包廂出去。「我曉得凱文愛我。他會照顧我和艾米。短時間內別打電話來。」

她打算離開，我卻迅速伸出手，拉住她的手腕。她停下腳步。我的舉動真愚蠢，我還是放開了她。

我聽著她遠去的腳步聲。她走得愈遠，聲音愈小。我看著面前桌上的啤酒。美樂啤酒，冰涼，金黃，凝結的水珠流到瓶底。我想喝，喝個十瓶，再喝伏特加、威士忌，能夠麻痺痛苦的東西都好。我握住酒瓶，把酒拿到嘴邊時，看到克莉絲汀留在桌上的錢。

壓在一疊紙鈔之上的是金色的戒指。

我把酒瓶放回桌上，搓揉太陽穴。感覺我的每條血管裡都有一輛載貨列車高速行駛。

我起身，拿起戒指，放進口袋之中。

雙腿帶我走回車邊。往停車場的路上，我全程沒有抬頭，一次都沒有。上車後，發動引擎，我絲毫沒有印象自己是怎麼走出餐廳的。我想吐。我彷彿吞下了一整顆吹滿氣的氣球，卻無法將其吐出。

開車回四十六街的路上似乎也是同樣狀態。我轉進街上，渾然不知自己是如何回來的，或者開了多久。我把車子停在辦公室外頭，下了車，走向辦公室的階梯，鑰匙在外套口袋裡發出碰撞聲響。我低著頭，鼻息朝著雙腿噴出陣陣白煙。

在葛蘭傑警探把我向後推之前，我都沒有注意到他。

我絆了一下，但穩住陣腳。好幾扇車門甩上的聲音，好多人。我環視周遭，左邊有三個壯漢，右邊有兩人。右方有個傢伙手持警棍。葛蘭傑向後退上階梯，目光直盯著我。他們就等著我回來。我只瞥了他們一眼，並且在看到警棍之前，我就曉得他們是警察了。因爲他們的姿態，他們的打扮。他們穿著Levi's或普通牛仔褲，靴子，襯衫紮進褲子裡，寬鬆的外套遮蓋他們肩背的槍套。

我扭動肩膀，把厚重的外套脫下。也許是因爲冷風，也許是因爲恐懼帶著腎上腺素有如爆發的詛咒般沖刷我的身體，我開始顫抖，我感覺到自己緊握的拳頭動搖了起來。

我身後玻璃碎裂。碎片撞擊我的後背，我曉得有人拿警棍砸我的車。

葛蘭傑的聲音聽起來幾乎可以說很溫暖。他等了四十八小時才搞這種把戲，接下來的三個字實在難掩他的愉悅。

「別打臉。」他說。

混帳東西。

我沒傻等著，他們已經開始動作了。我可以跑，但我知道我跑不遠。他們不想殺我，要是我跑，他們也許就會朝著我的後背開槍。他們可以說示警後，嫌犯還是跑了。

這種事天天發生，歡迎來到紐約。

率先出動的是我右邊的大傢伙，頭髮短短的，深色的眼睛如豆，鬍子濃密，看不到脖子，拳頭比碗大。他高我七公分，出拳範圍大概還多出我十幾公分。顯然是這群人之中塊頭最大的，是個難纏的傢伙。

他舉起右拳，手肘拉過肩，彷彿是要一拳砸在嫌犯臉上一樣。他面目猙獰，眼睛瞇得極小，嘴唇打開，露出咬緊的牙齒。其他人站在後方看戲。

我看著他彎曲膝蓋，拳頭瞄準我的太陽穴。這一拳很沉，他準備打暈我，讓其他人可以在我的肋骨、膝蓋、腳踝上跳舞。半小時之後，他們就會去灌冰啤酒，有說有笑，祝賀葛蘭傑復仇成功，回想替我上了這永生難忘的一課。

但今晚沒這回事，想都別想。

大姑娘出拳，我向後退。他也許是個大傢伙，但速度不快。事實上，這根本沒關係。肌肉自會起作用。當一拳背後帶著如此重量的時候，速度根本不用快。

我運氣眞好。

我在地獄廚房最地獄的愛爾蘭拳擊俱樂部裡打過六年的速度袋，一個禮拜打六天。那地方基本上是紐約最嚴厲的拳擊俱樂部。

我右手出拳，速度非常快，一邊出快速拳，一邊後退。他碰不到我，大傢伙甚至沒注意到這些。我的髖部沒有動，這一拳沒有帶著多大重量，不需要，我只是要有時間穩住陣腳而已。大拳頭是明顯目標，我曉得它要往哪打，以及出拳的速度。我的拳頭保持垂直，彷彿是得意到在空中揮拳那樣，但這個動作不帶善意。我將手腕微微下壓，這樣我的中指掌關節才會跟手肘成一直線。堅固的骨頭調整成完美的角度，能夠吸收衝擊力，不受任何傷害。

只有對衝的方向會受到傷害。我的中指掌關節用力擊中他的第五掌骨，也就是小指關節，然後就是一陣驚天地泣鬼神的哀號，彷彿是大傢伙想用拳頭砸我，結果小指卻撞上磚牆一角一樣。每個警察都聽到骨頭碎裂、韌帶斷裂、骨頭一路隨著大傢伙手腕骨折上去的聲音。像極了長柄大錘砸向一包花生的聲音。

大傢伙把斷手拿到面前，想要保護它。這記重擊使他畏縮了起來。然後我開始攻擊他的身體。

我往內站，以左上勾拳用力攻擊他的肋骨。力道穿透，讓他在人行道上縮成一團。接著，我轉身，準備面對下一個對手。

太遲了。還沒感覺到，我就聽見警棍敲上腦側的聲音。人行道接近得很快，我伸出雙手，想要在倒地前穩住身體。一個金色的圓圈在我眼前彈跳過。克莉絲汀的戒指從我口袋裡滾了出來。我聽到戒指在人行道上滾動的模糊叮噹聲。我伸出手，急著想握住它。

我以爲自己要倒在戒指旁邊，但我還沒倒在人行道上，眼前就一片模糊，天旋地轉起來，然後消失。

我還沒跌到磚頭地板上，就已經昏過去了。

25

照射雙眼的光讓我痛得要死，彷彿是刺進腦袋裡的碎冰錐。光移開了，我的視線飄移了一下，感覺雙腿又濕又冷，襯衫也是。我現在躺在沙發上，面前有個人。手電筒的光再次照向我的眼睛，我閉上雙眼。有人用手指扯開我的眼皮。光線來回照向兩隻眼睛，我咒罵了起來。

「艾迪，你知道，我開始覺得律師生涯不太適合你了。」哈利．福特如是說。

他關掉手電筒，丟去一邊。我躺在自家辦公室的沙發上。

「你後腦杓腫了一個雞蛋大小的包。我猜你至少斷了一根肋骨。你的瞳孔還有反應，左右一樣大。你沒吐，耳朵、鼻子沒流血。你會覺得有匹馬朝你的腦袋踹了一腳，你應該有點腦震盪，但除此之外，你跟你昨天的慘狀差不了多少。」

哈利十六歲的時候就去越南當軍醫。他的軍用假證件說他二十一歲。他很快就一階一階升上去，軍旅生涯相當傑出，之後卻在法律領域展開更有收穫的生涯。在我認識的人裡，他是唯一一位能夠喝了一瓶威士忌後，還能拆解、組裝Ｍ１６步槍的法官。

「這邊有幾根手指頭？」哈利舉著手問。

「三根。」我說。

「今天星期幾？」

「星期二。」我說。

「美國總統是誰？」他問。

「某個王八。」我說。

「答對了。」

我想坐起身來，房間卻天旋地轉，只好躺回去，決定等等再坐。

「你在哪裡找到我的？」我問。

「就在外頭。有輛超大的黑色休旅在我轉彎時截了我的道，那車看起來跟搶匪肇事逃逸的車差不多。我停好車就看到你。我本來要報警的，但查看一下，你似乎沒什麼大礙。還記得在街上跟我說了什麼嗎？」

「不記得。我說了啥？」

「你要我找這個。」

哈利拿起一枚金戒指。

這次我終於勉強坐起身。我的身側眞是要我的命。哈利把戒指放在桌上，去拿了兩只咖啡馬克杯過來。我看到桌上有瓶蘇格蘭威士忌，還裝在牛皮紙袋裡。

「謝了，哈利。」

「別客氣。克莉絲汀打電話來，把一切都告訴我了。你也許可以補充一下你是怎麼倒在街上的？你是跑去酒吧跟人家打架還是怎樣？」他說。

「很複雜。」我說。

「不複雜我會很失望，說眞的，到底發生了什麼事？」

「一群條子冒出來。我昨天惹毛了一個叫葛蘭傑的警探，他很不爽。拖吊場那邊肯定有人跟他通風報信說我去取車了，一回到辦公室，就發現一群條子恭候多時。」

「我不喜歡這種事情，你該——」

「舉報他們？向條子舉報條子？我可以自己處理。」我說。

哈利打開蘇格蘭威士忌的封口，替我們各自倒了一杯。我每吸一口氣，身側的痛楚都會傳送到我已經疼得不得了的腦袋裡。我接下這一大杯酒，杯子放回桌上時已經空了。哈利替我斟酒，又是一大口喝完，他又替我倒。

「慢慢來。」他說。

我躺回去，閉上雙眼，讓腦子冷卻一下，我曉得我是把自己逼到極限了。我的婚姻終於破碎，身體也快崩潰，如果我不能好好控制腦袋，我就要發瘋了。幾分鐘後，頭殼的痛感慢慢減緩，但身體還是痛。我猜頭部中棍暈倒讓葛蘭傑嚇傻了，他們只想傷害我，不想殺我，於是在肋骨上狠狠踹一腳，葛蘭傑就收隊了。我不喜歡這樣，但我知道自己運氣很好。

我皮夾裡有艾米和克莉絲汀的合照。我想拿出來看看，然後把辦公室拆了。

但我只是繼續喝酒。我曉得我該開始思索案子，不能再想克莉絲汀了，至少暫時如此。等到官司結束，我就可以出去透透氣，到時感受就不會這麼鮮明，這麼清晰了。我需要時間，她也需要時間。她今天想了很久才把戒指擺在餐廳的那疊鈔票上。也許，也許我還能說服她回心轉意，也許還有機會挽回她。我必須這樣相信，我的確這樣相信，但我要等到案子結束之後再說了。案子。我慢慢抬起頭，睜開雙眼。

「你不該來這裡。如果地方檢察官曉得你在這裡，她會氣死。」

「蜜莉安．蘇利文曉得我在這。我過來之前打過電話給她。我們不會討論案情，因爲你根本還沒出現在法庭上，這不算什麼問題。她也經歷過離婚，她明白的。蜜莉安很上道，她不會讓亞特．派爾借題發揮，但你聽著，別擔心這些了。你想聊聊克莉絲汀嗎？」哈利問。

不想，辦不到。

過了一會兒，我說：「蜜莉安讓亞特．派爾空降辦這個案子？」

「對。你見過派爾嗎？」

「沒，只聽說過他的事蹟。」

地方檢察官辦公室的案件堆積如山，在日常工作裡找頂尖助理檢察官出來，將龐雜的大案子交給他們，通常都會引發災難性的結果。他們沒辦法同時處理自己的案子，還騰出必要時間來進行大訴訟。所以他們可能會多請一些人，或是就這麼繼續掙扎求生，承認很多檢方會輸的好案子都是因爲他們無法聚焦專注。不過當助理檢察官施展神蹟，贏了大案子，幾年後，這位助理檢察官就會決定出來競選，搶走地方檢察官的工作。

唯一安全的做法是找個獨行俠來。亞特．派爾是最傑出的獨行俠。他有執照，可以在二十個州執法。他只接謀殺官司，永遠負責起訴工作，而且他屢戰屢勝。只要價格談妥，派爾就大駕光臨。地方檢察官的手下可以繼續處理他們平常的工作，只要派一、兩人協助派爾就好。派爾會定罪被告，戴上帽子，去下一個地方接下一個案子，不會替任何人找麻煩。他也很厲害，最擅長短攻近戰的起訴手段。

多數處理命案的檢方會找來一大堆證人，每一位警察、側寫員、鑑識分析師、各種專家，想到誰就傳誰。如果一名警察在命案現場停車，送甜甜圈給他四個小時都還沒休息的同事吃，你可以用你的最後一塊錢打賭，檢方肯定會傳喚他爲目擊證人。

亞特．派爾反其道而行。差不多十年前，他在田納西州接了一起謀殺官司。訴訟原本預計要進行六個禮拜，派爾四天就定罪了。他只傳喚必要的證人，且永遠不會讓他們在板凳上坐太久。許多律師相信這種方式有其風險，但派爾每次都成功。

我第一次聽說那個案子還是一名年輕檢察官跟我分享的，他說他想試試看，採取派爾的路線。他說派爾很創新。我實在不得不戳破這傢伙的空想。聽著，派爾的價格是固定的，不管他一個案子搞六個月還是六小時，他是以件計費。如果只花一半時間就能取得勝利，爲什麼還要拖上六個月來工作？

亞特．派爾不是時尚法律大師，他是生意人。

「我知道派爾很會哄陪審團，他這點很出名，都是他那南方口音，紐約人很買單，但別被他騙了。派爾也許扮演的是聰明的鄉下人，但他可怕得很。我不能多說法庭上的例子，但你該問問魯迪派爾今天封殺一名陪審員的經過。手段太了不起了。這傢伙眞的很行。」哈利說。

我又喝了一杯，痛楚漸漸消退。哈利一把抓著我的空杯，把杯子收走。

「今晚已經喝太多了。記得咱們說好的，我說停，你就停。」

我點點頭。哈利說的沒錯。我可以喝幾杯，但只能當著哈利的面喝。

忽然間，我不想喝酒了，我滿腦子都是亞特．派爾。

「他比我厲害嗎？」我說。

「我猜我們會知道答案的。」哈利說。

26

凱恩睡不著。

他滿心期待。凌晨四點，他終於放棄睡眠，起床運動兩小時。

五百個伏地挺身。

一千個仰臥起坐。

二十分鐘伸展運動。

他站在窗前，滿頭、滿胸都是汗。他放緩步調，檢視自己的倒影。他已經追上了額外的體重，沒必要覺得難過，畢竟，他是在扮演這個角色。他的二頭肌強壯有力。他從十八歲起開始上健身房，因爲他的身體狀況，他感覺不到舉重後的痠痛。他吃對食物，每天健身，不出幾年，就打造出符合他需求的體態，強壯、精瘦。一開始，胸膛的生長紋讓他覺得苦惱，他長肌肉的速度太快了，皮膚拉撐的彈性沒跟上。之後，他就學會愛這些痕跡，因爲它們可以讓他想起自己的成就。

凱恩低頭看著胸口，撫摸最近的傷痕，一道一點五公分的切割傷就在他右側胸肌上。傷痕還是紫色浮起的，再過六個月，顏色就會淡去，跟其他的傷一樣。這道傷口的記憶還很鮮明。他因此微笑。

他打開窗簾，望著夜色。曙光在天邊緩緩出現。下方街道沒有人。對面大樓的窗戶還是暗的，毫無動靜。他靠向前，打開釦鎖，拉開窗戶。冷風彷彿大西洋寒流，直接吹在他的身上，無眠之夜的疲憊感立刻消失。他打了個冷顫，不知是因爲冷風，還是裸身站在紐約面前的解放感使然。凱恩讓紐約看他，看他眞正的樣子，沒有化妝，沒有假髮，就是他，約書亞．凱恩。

長久以來，他幻想以眞面目示人，他的眞正樣貌，他的眞實自我。他曉得在自己之前，沒有人跟他一樣。他研究心理學、精神病學及神經疾病。凱恩的狀態不符合直接的診斷，他沒有幻聽，沒有幻覺，沒有人格分裂，沒有妄想症，孩童時代沒有受到虐待。

心理變態，也許吧？凱恩沒有辦法替人著想，沒有親密關係，沒有同理心。對凱恩的心智來說，上述這些玩意都是不必要的。因爲他跟別人不同，所以他無須同理別人。其他人都比他低劣，他是特別的。

他想起媽媽對他說這句話。

「約書亞，你很特別，你不一樣。」

凱恩心想：她說的眞對。

他是獨一無二的。

並不是一直如此，這句話的驕傲感得來不易。他沒辦法融入學校生活，要不是他模仿的天分，他根本沒辦法適應學校生活。他周而復始的強尼．卡森模仿秀讓他在高三畢業舞會前約到漂亮的棕髮女孩珍妮．穆斯基。雖然她戴牙套，但她還是很可愛。珍妮常常請假，因爲她的扁桃腺很容易發炎。等她病好回來上學時，講話通常還是很沙啞，所以大家叫她「破鑼嗓穆斯基」。

舞會當天，凱恩穿著借來的晚禮服，開著媽媽的車，抵達珍妮家外頭。他在車裡等，沒有進屋，引擎沒熄火，他在車上坐了好一會兒，壓抑著想驅車離開的衝動。凱恩感受不到肢體的疼痛，但他很了解擔憂、尷尬、羞赧、不自在。這些感覺他太熟悉了。最後，他下了車，按下她家門鈴。他老爸是個叼著香菸的壯漢，警告他一定要好好照顧他女兒，在珍妮逼著凱恩模仿起強尼·卡森後，老爸又笑到咳嗽。她老爸是卡森脫口秀的忠實觀眾。

前往舞會的車程上大多都靜悄悄的。凱恩不曉得該說什麼，珍妮說太快，隨即閉嘴，沒多久又緊張地連珠炮起來，凱恩都還沒有時間消化她一開始講的話。凱恩讀書，這是重點。珍妮不讀書，她也還沒看凱恩最愛的《大亨小傳》。

「大亨有多大？」她問。

也許是因為靜默尷尬不舒服，她問他是怎麼模仿的。他說他也不太清楚，他只是研究一個人，直到他看到或聽到那個人的核心精髓。她不怎麼明白，但凱恩不介意。對他來說那天晚上最重要的是她看起來很可愛，而且跟他在一起。

那天晚上，凱恩跟珍妮手牽手走進高三舞會現場。她穿藍色洋裝，凱恩穿著不怎麼合身的晚禮服。他們喝了點飲料，吃了點垃圾食物，半小時過後就分開了。凱恩不跳舞，為了在盛大的夜晚跟珍妮共舞，他已經為此焦慮了個把星期。他沒有機會告訴她自己不會跳舞，他也不想跟她說。他只是很喜歡跟她聊天。

又過了半小時，他才再次看到她，她在舞池上親吻瑞克·湯普森。珍妮是凱恩的女孩。他想大步上前，把珍妮從瑞克身邊拉開，但他辦不到。他反而喝著甜滋滋的雞尾酒，坐在塑膠椅上，整個晚上盯著珍妮看。他看著她跟瑞克一起離開，看著他們上了他的車。凱恩尾隨在後，一直保持一段距離，直到他們抵達穆赫蘭大道的一個小丘，把車停在能夠俯瞰全市美景的地點。他看著他們在後座親熱。這時，凱恩覺得他不想繼續看下去了。

凱恩關上夜晚及過去的窗口。他回到臥室，打開化妝箱。他已經穿好衣服了。凱恩盜竊身分的對象沒幾件衣服，但這種事對凱恩來說沒什麼。

再過幾個小時，一切就要開始了——他這輩子最夢寐以求的審判。這一場很特別，媒體焦點的密度難以想像，遠遠超越他最瘋狂的夢想。過去的一切經驗都只是練習而已，過去的一切經驗帶領他走到今天這一步。

他承諾自己，只許成功。

27

整個晚上，哈利想盡辦法要拔出我腦袋裡的那隻碎冰錐，但他失敗了。眞是好痛。

我們聊了幾小時，主要在聊克莉絲汀和我，我是不想聊這些，但我們不能聊案情。

凌晨兩點，哈利打電話給他的書記官，對方坐計程車來，開著哈利停在我辦公室外頭的綠色敞篷車送法官回家。他很習慣載法官，而哈利是有恩必報的人。他跟我早上都會頭痛，但痛的原因不一樣。

我五點醒來，還躺在辦公室的沙發上。我從辦公桌旁邊的迷你小冰箱裡拿出新的冰塊，擺在腦後的腫塊上。腫是沒那麼腫了，但冰塊一碰到頭殼，疼痛還是讓我徹底清醒。

我在沙發上躺了好一會兒，想著老婆與女兒。是我不好，都是我的錯。我毀了自己的人生。我覺得我還是不要出現在克莉絲汀和艾米的生命裡，對她們比較好。克莉絲汀值得比我更好的人，艾米也值得更好的父親。

我伸手去拿威士忌酒瓶，通常哈利都會帶走，但他昨晚肯定忘了。我拿起酒瓶，扭開瓶蓋。酒還沒倒進杯底，我就住手了，蓋回蓋子。杯子依然是空的。

還有人要仰賴我呢。小柏．所羅門，哈利，魯迪．卡普，某種程度哈波也算，甚至還有雅芮耶拉．布魯和卡爾．托澤。我欠最後兩位最多。不管怎麼說，他們的死因必須追究。如果所羅門有罪，那他應該受罰；如果他是無辜的，那警察就得另覓眞凶，以正當法律程序伸張正義。

這是狗屁，但我們也只有這麼冠冕堂皇的狗屁說法。

我緩緩起身，走進浴室，在洗臉台裡注滿冷水。我把臉壓進水下，一直等到臉頰刺痛才抬起頭來。

我因此清醒。

電話響了，來電顯示爲「問你個屌」。

「哈波，妳該在睡覺。妳查到什麼了嗎？」我說。

「誰睡得著？我徹夜未眠，喬查到東西了。我一直在研究一元殺手的案件。」

「三起的檔案妳都有了？」

「對，說眞的，沒什麼內容。調查局沒有釋出資料，爲此我們只能靠迪雷尼。所以直接去找源頭，也就是春田市、威明頓、曼徹斯特的偵查科。喬掰了一個故事，說要規劃犯罪現場調查的訓練課程。案子都已經結案，完全沒人在乎內容外流。」

「有什麼重點嗎？」我說。

「沒，完全沒關係，就我看來安妮・海陶爾、德瑞克・凱斯、凱倫・哈威素昧平生，檔案裡有他們詳盡的個人介紹。受害者之間除了一元美金之外，完全沒有關聯。那個時候，警方並沒有多思考一元美金的事，但他們所有資料都保存得很好。你知道警察是怎麼做事的，他們緝毒，找到一箱現金，等到箱子送去證物室歸檔的時候，裡面大概會有些短少，但這是一般民眾的命案現場，條子一分錢也不會亂碰。一切都歸檔保存得好好的。」

我嘆了口氣。我原本還期待這些案子之間有所關連。我相信迪雷尼肯定已經釐清受害者之間的關係了，就是那些她不能告訴我們的事情。迪雷尼有起步的優勢。

「在安妮．海陶爾、德瑞克．凱斯的案子裡，凶嫌的指紋出現在紙鈔上，因此警察才查到凶手。凱倫．哈威的半張美金出現在洛迪．羅德公寓裡，但上頭沒有凶嫌的指紋。紙鈔上有其他指紋或DNA嗎？」我問。

「沒有DNA，德瑞克．凱斯的紙鈔上有部分的指紋。安妮．海陶爾腳趾之間的紙鈔尚有多枚指紋。把洛迪．羅德跟凱倫．哈威搶劫殺人案串連起來的那半張紙鈔上則沒有。指紋跟資料庫的資料都沒有符合。」

「但其他的指紋都比對過了？」我問。

「我猜是吧，不確定。」

「我們需要確定。」

我聽見哈波在鍵盤上打字的聲音。

「我會寫電郵給這三個案子的實驗室，再次確認也無傷大雅。」她說。

「妳方便把檔案傳給我嗎？」我說。

「已經在收件匣等你了。」

哈波還在電話線上，我則打開筆電。沒多久，我就找到壓縮檔，立刻將它解壓縮。

「有什麼關聯？」哈波問。

「如果跟迪雷尼懷疑的一樣，這些是連環殺人魔所爲，也許其中不會有除了紙鈔以外的連結。你們怎麼說的？特徵手法？」

「對，跟名片一樣，能夠連結到凶手的心理狀態。他們不見得故意留下一片麵包屑，這種特徵反而反映出他們的部分自我及殺戮理由。」哈波說。

「我覺得一定還有別的線索，一定有。」我說。「如果不是別的線索指引，誰也不會注意到這些紙鈔。這些案子都有一個共通點，那就是紙鈔都引導警方找到凶手，這就是重點，也許迪雷尼注意到這點。如果凶手是一個人，那他肯定不希望被逮到。他會竭盡所能確保別人成爲代罪羔羊，爲什麼？」

哈波毫不遲疑，她早就知道答案了。

「逍遙法外的好方法是什麼？確保警察不會找上你啊。如果命案偵破，手法不足以構成模式，那眞凶其實是在掩飾這些罪行，想盡辦法確保自己不會曝光。你看看檔案，我要去睡一下。法庭上見。」

她掛斷電話。

我泡了咖啡，打開檔案。七點不到，我已經看完三份資料。咖啡涼了，我的腦袋卻火速運轉。我翻出皮夾，抽出我在迪雷尼辦公室做記號的那張紙鈔，仔細檢視那些記號。

我這輩子都在跟錢打交道，騙人家的錢也算吧。夜店裡，很多毒蟲會在愛睏酒保眼皮子底下瞬間將百元鈔與十元鈔調包，我看過人家幹這種事。我上輩子也幹過這種事。

我沖澡、刮鬍、著裝，每分每秒都想著美國國徽，一元紙鈔上的記號，箭、橄欖葉、星星，每張紙鈔上的記號不一樣，三場命案的記號都不一樣。

還有卡爾嘴裡紙鈔蝴蝶上的指紋。條子是怎麼搞到理查・潘納的DNA的？在紙鈔印出來之前，他就死了啊？

我穿上大衣，喝完最後一口變味的咖啡，用包包裝好筆電，開門走進寒冷之中。我一打開大門，冷風就打在我剛刮掉鬍子的臉上，好像是要扯掉我的皮膚一樣。這種天氣我是不可能走出門的，但我也沒辦法開車，擋風玻璃上有個大洞，風雪會吹進車裡。我聯絡了認識的人，他之前在布朗克斯開贓車處理廠，他樂於助人，就是價碼高了點。

我把車鑰匙擺在駕駛座那側的輪胎上方，然後包著層層大衣，伸出手招計程車。

五分鐘後，我坐上車，前往中央街，出席紐約這幾年來最盛大的訴訟案。我腦袋亂糟糟，我該想想目擊證人、開場陳詞、亞特・派爾的策略……

結果呢？我滿腦子都是一元美金。

訴訟過程有魯迪負責，我在這個案子裡只是個小角色。我很感恩，這樣壓力沒那麼大。計程車司機想聊紐約尼克隊的消息，我用簡短的回答打發他，直到他閉嘴。

一元美金。

我很接近了，那三起命案，迪雷尼有所斬獲。我思索起小柏案子裡的紙鈔，我好像漏了什麼。無論在我大腦深處運轉的是什麼，都不是小柏或那隻蝴蝶。

我喃喃唸起昨天才聽說的受害者姓名，德瑞克・凱斯、安妮・海陶爾、凱倫・哈威，這三起命案在我腦袋深處拉扯，我覺得線索正盯著我，我卻看不見它。

凱斯、海陶爾、哈威。

凱斯死在威明頓，安妮・海陶爾在春田市，凱倫・哈威則在曼徹斯特遭到洗劫、中槍。

我們停在法院外頭，我付錢給司機，還多給了小費。

才八點，法院外頭就聚集了大量民眾，還分成兩派。兩邊都揮舞標語、對彼此大吼大叫。一方高舉「替雅芮討正義」的牌子，另一邊則拿著小柏・所羅門的海報支持。聲援小柏的人顯然是少數。鬼才知道不得不穿越這兩方勢力的陪審團成員會怎麼想。不一會兒，更多群眾聚集，紐約市警豎起拒馬，隔開雙方勢力。

我必須推開人群才能進入法院。大家都想在這次審判佔個位子，這是紐約最炙手可熱的門票。我穿過安檢，按鈕等電梯，心思又回到一元殺手身上。

星星。

我抽出一元紙鈔，一邊搭電梯去二十一樓，一邊望著國徽。老鷹的左爪握著十三支箭，右爪抓著十三根橄欖葉。上方的盾牌由十三顆星星組成。

星星、盾牌。德瑞克．凱斯死在威明頓，安妮．海陶爾死在春田市，凱倫．哈威在曼徹斯特中槍。

我把紙鈔翻到正面的喬治．華盛頓像，拿出手機，撥給哈波。

她立刻接起。

「我想通了。妳在哪？」

「在路上，十分鐘後到。」她說。

「停一下。」我說。

「什麼？」

「停車，我要妳去聯邦廣場找迪雷尼。跟她說妳找到關聯了，而且妳手中有更多資訊。」

「等等，我先停一下車。」她說。

我聽到哈波的道奇 Charger 高性能跑車的聲音消失，她停好車了。

「你想通什麼？」她說。

「紙鈔上的記號，那是模式。妳身上有一塊錢嗎？」

哈波肯定是開擴音，我聽到背景有汽車喇叭聲、氣動煞車聲，還有車流的聲音。我的電梯抵達二十一樓，我出了電梯往右邊走，朝電梯口之間的窗戶前進。我透過布滿灰塵的窗框向外望著曼哈頓，整個紐約像是用了灰泥濾鏡，我彷彿是在看老舊的照片。

「好了，我要注意什麼？」她說。

「國徽，總共有十三枝橄欖葉、十三支箭，老鷹上面有十三顆星星。爲什麼是十三？」

「不知道，眞是問倒我了。我從沒注意過這些。」

「妳知道的，妳在學校的時候學過，只是不記得了。把紙鈔翻過來，華盛頓是美國的第一任總統。他成爲總統前，曾經指揮紐約的部隊抵抗英軍，他向部隊宣讀《美國獨立宣言》。與會代表簽署宣言，華盛頓宣讀的時候，只有十三個聯合邦簽署。」

「十三顆星星……」哈波說。

「那是一張地圖。凱斯死在德拉瓦州威明頓，海陶爾死在麻薩諸塞州春田市，哈威在新罕布夏州曼徹斯特。這些地方都是有代表簽署獨立宣言的殖民地。如果我們把雅芮耶拉．布魯及卡爾．托澤算進去，那還有紐約。命案也許不只這四起，整個東岸都有可能。告訴迪雷尼，她必須查查看有沒有什麼命案跟一元美金有關，凶手遭到定罪，紙鈔是對他們不利的證據。她大概已經查過全美上下的案件了，但現在她可以縮小範圍。我們要研究剩下簽署宣言的八個州，賓夕凡尼亞、紐澤西、喬治亞、康乃狄克、馬里蘭、維吉尼亞、羅德島、北卡羅萊納……」

「艾迪，理查．潘納，那個死亡多時的凶手，托澤嘴裡紙鈔有他的ＤＮＡ。他殺害那些女性，就是在北卡定罪的。這也許有關。」哈波說。

「妳說的對，也許有關。我們必須查一查。妳可以去找迪雷尼嗎？她不曉得潘納的事。」

「我這就過去，但有兩件事說不通。爲什麼紙鈔上有三個記號？星星我明白，那是地點，箭跟橄欖葉怎麼解釋？」

「不清楚，還要想想。也許是跟受害者有關。」

「我們還有一件事沒考慮進來，如果其他州沒有命案呢？如果這傢伙才剛開始犯案？」

「這三起命案之間隔了好幾年，我不覺得他低調過。我認爲還有我們沒發現的受害者。而且如果雅芮耶拉．布魯和卡爾．托澤都是他的受害者呢？那麼他已經有很多練習機會了。我猜還有其他命案，我懂他，這傢伙應該還在玩他的把戲，他也許現在正鎖定下一個目標。」

「我知道，但聽著，我不想花太多時間在理查．潘納身上。他的受害者人數眾多，跟別人的狀況不同。」哈波說。

「也許有關。我們這個案子的紙鈔上有同樣的三個記號與兩位受害者。」

我把紙鈔放在窗框上，仔細望著國徽老鷹上方飄揚的拉丁文旗幟。

上頭印著 E pluribus unum。

也就是「合眾爲一」的意思。

28

陪審團評議室裡瀰漫著汗味、放久的咖啡味跟新漆的油漆味。凱恩靜靜坐在長桌邊，仔細聆聽。他到的時候，陪審團管理人要他直接進評議室，不用跟其他候補人選一樣，坐在走廊的塑膠硬椅上等。這是法官的命令。

凱恩啜飲起保麗龍杯裡的溫水，想要仔細聽其他人的八卦。另外十一位陪審員已經開始搞小圈圈了，四位女性，七位男性，其中三位先生在聊籃球，想要稍微從接下來的開庭過程裡抽離出來。看得出來，接下來的責任重壓在他們下垂的肩膀上。

剩下四位先生沒什麼開口，他們聽著女性談起第十二號陪審員布蘭達．柯沃斯基。

「我在新聞上看到的，就是她，太可怕了。」身材嬌小的金髮女士小安如是說。凱恩在遴選陪審員的過程裡仔細聆聽所有問答過程，在心底註記這些人的職業、家庭背景、有無小孩、宗教信仰爲何。最靠近小安的女性一手放在胸口，縮起下巴，這才開口。她是芮塔。

「布蘭達怎麼了？她昨天有來，對不對？穿了一件好看的毛衣那位？」芮塔問。

「她死了。在她工作的圖書館外頭，凶嫌撞死她之後逃逸，太可怕了。」小安如是說。其他女性搖搖頭，望著老橡木大桌的木紋。凱恩先前很喜歡阿諾．諾瓦薩利奇在模擬訴訟過程中對陪審員貝西的評價，阿諾特別滿意魯迪．卡普讓她成爲陪審團的一員。辯方眞的很喜歡她。

凱恩同意，他也喜歡貝西。她把長長的棕色頭髮紮成馬尾。凱恩想摸摸那頭秀髮。

最後一位女性是卡珊卓，在討論布蘭達的時候，她詫異地搖搖頭。凱恩昨天離開前，看到卡珊卓與布蘭達交談。她優雅、談吐得宜。

「這年頭連過馬路都好危險。可憐的布蘭達。」卡珊卓說。

「我也看到新聞了。」貝西說：「我不曉得她也是陪審員，我的天啊。你們知道，新聞說凶手撞到她之後還倒車再輾過去嗎？」

「各位知道，你們根本不該看新聞。昨天法官在講，你們都沒在聽嗎？」最年輕的陪審員史賓賽如是說。

小安驚慌了起來，脖子漲紅。貝西把史賓賽趕走，彷彿他是討厭的蒼蠅。

「我們昨天才認識她，今天她就死了，這才是重點。」貝西說。

「不，重點是，法官叫我們做什麼，我們就乖乖聽話。每天都有人死。我不是要說難聽話，但眞的，那又怎樣？她又不是誰的朋友。」史賓賽說。

凱恩從座位上起身，掏出皮夾，拿出一張二十元紙鈔擺在桌上。

「我昨天跟布蘭達交談過，她似乎是個好人。我們認不認識她，這不是重點。我們都在同一條船上。我是不曉得你們啦，但如果我明天就死掉，我會希望在場有人在乎。我提議我們出點小錢，一起送個花圈紀念她。我們至少能做到這樣。」凱恩說。

陪審員一一掏出錢來，有人說：「說的沒錯」或「可憐的女人」或「咱們也寫張卡片吧」。除了史賓賽，他就雙手環胸、三七步站在那裡。最後，一位男性陪審員瞪著他許久，他才翻了個白眼，掏出一張十元紙鈔。

「得了。」他說。

微小的勝利。凱恩曉得這種細微的舉動非常重要，一開始只要來一、兩招即可。只要這樣就能穩住他在團體裡的角色。凱恩把錢整理好，問小安是否願意幫忙買點慰問的東西。

她完全不介意，一邊收下錢，一邊對凱恩面露微笑。

「你眞貼心。謝謝，我是說，謝謝大家。」她說，情緒有點卡在喉頭。她嚥了嚥口水，把錢放進皮包裡。

陪審團成員感覺好一點了。

凱恩坐了下來，回想起他的雪佛蘭 Silverado 皮卡車車頭撞碎布蘭達頭骨的聲音，跟金屬單聲鼓擊在堅硬、空心的物體上一樣，還有不到一秒前的碎裂聲，時間太接近了，幾乎分不出這兩個聲音。不過，眞的有兩個聲音，兩組聲響。就跟吉他的和弦一樣，鎖骨與脊椎骨分家的回聲。對凱恩來說，這聲音聽起來可以說是優美，彷彿是交響樂團在序曲前發出的單一響聲。

凱恩喝了一口溫水，摳起毛衣上的毛球，想起皮卡車令人失望的第二次無聲碰撞，當時，他倒車回輾她的腦袋。

凱恩心想：**唉啊啊**。

陪審團評議室的後門開了，法官走進。他在黑色西裝外披著黑色長袍。

大家都靜了下來，專注在法官身上。小安很緊張，彷彿是她違反了什麼她根本不了解的規矩，然後遭到活逮一樣。凱恩靠向前，輕拍她的手臂。

福特法官把大手壓在桌面上，靠上前來，輕聲說話。他開口的時候，目光掃視過整個空間，偶爾落在某幾位陪審員身上。

「各位先生、各位女士，我有一個令人擔憂的消息。我覺得我有必要私下告訴你們。相信我，等等我會跟檢、辯雙方討論這件事。非常重要。不過，我希望你們先聽我說。今天早上，我收到警察局長的來電，警方有理由相信在場各位都有危險。」

卡普法律事務所

紐約州紐約市時代廣場四號康泰納仕大廈四二一室

極機密

律師委託人工作成果——陪審員備忘錄

被告：羅柏．所羅門

地點：曼哈頓刑事法院

陪審員：小安．科普曼

年齡：二十七歲

聖艾薇幼稚園老師。沒有小孩。訂閱《紐約客》。彈鋼琴、吹單簧管。父母雙亡，母親生前是家庭主婦，父親是紐約市公務員。沒有經濟困難。社交媒體興趣：點讚的粉專包括「黑人的命也是命」、「伯尼．桑德斯」、「民主黨」等。自由主義者，喜歡《馬厄脫口秀》。

表決無罪機率：百分之六十四

阿諾．諾瓦薩利奇

29

電梯門打開，瘋狂場景就此流瀉而出。

首先，身穿綠色外套的男子如同從大炮裡噴射出來一樣，猛然退出電梯。他重擊到對面的電梯門，砸在身邊的還有看起來很昂貴的攝影機。

一整個方陣的黑衣保全人員以流暢的整齊動作走出電梯。我可以看到位於中央的是小柏．所羅門的腦袋。魯迪在他身邊。一旁的樓梯間門爆開，整群攝影師跟跑進戰場的士兵一樣衝了出來。另一座電梯抵達，又是一群記者跟攝影機擁入。鎂光燈不斷在走廊上閃著，麥克風與提問不停刺探保全圍起的圈圈，尋找弱點。

我跑向法庭，將兩扇門拉開。保全加快腳步，且把逼近的媒體向後推。

老天，根本是馬戲團。

保全人員拉著他們正在保護的對象，直接跑向門口。我抓緊時間閃開，如果我待在門口，我會被壓扁。身著黑色飛行員夾克的壯漢轉身，在攝影機前方關上法庭大門。

我轉過身。除了書記官及幾位庭警外，法庭沒有其他人。

保全圈圈解散，幾名保全提著手提箱，就跟荷頓用來裝筆電的一樣。他們走到法庭前方。

我看到小柏蹲在走廊上，氣喘吁吁。魯迪拍拍他的背，跟他說一切都沒問題。

我走到魯迪身邊，要他借一步說話。他拉起小柏，調整好小柏的領帶，替他理理西裝外套，然後拍拍他的肩膀，要他坐進辯方席。我跟魯迪走到法庭後方，我把我對一元殺手的理論說給他聽。

他點點頭，一開始還算客氣。我愈說，魯迪愈不感興趣。我從他咬上唇的舉動看得出來他情緒緊繃。他的雙手動作不斷，他很緊張，也很焦慮。任誰擔任這種大案子的首席律師都會有這種反應。

「這個調查局探員，迪雷尼，她會出庭證實這項推論嗎？」魯迪說。

「我覺得不會。也許有辦法跳過這個步驟，我們正在想辦法。」

他抬起頭，對我使了個眼色，點頭說：「好，現在如果你不介意，我還要準備我的開場陳詞。噢，還有件事。」魯迪要我靠上去，他壓低聲音對我開口。

「我們找你來對付這個案子的警察，我們都曉得原因，對不對？艾迪，你是個士兵，如果你突破條子的謊言，我就把你扛在肩上離開。如果你辦不到，啊，我們都期待你會自己抱著那枚手榴彈，保護客戶不受傷害。假設這種狀況發生，你就會從這個案子裡消失，如同一開始就沒有加入過一樣，這你明白嗎？我真的不希望你花時間與資源追蹤根本派不上用場的線索。我們找你是有原因的，把這份工作做好就行，有問題嗎？」

「我沒問題。」我這口氣告訴魯迪問題可大了。

「行。你的購物清單已經買回來了。我的助理把東西全放在走廊盡頭的物證存放室。如果需要的話，他們會把東西拿過來。」

說完，魯迪就離開，坐進辯方席小柏旁邊的座位。魯迪與小柏輕聲交談，想要讓他冷靜下來。我至少距離他們十五公尺遠，但還是看得到小柏後背及肩膀打顫的模樣。阿諾．諾瓦薩利奇坐進辯方席最角落的位子，開始整理起文件來。

等到我坐進辯方席的時候，已經冷靜下來了。沒必要現在跟魯迪吵，要吵晚點可以吵。坐下來讓我的胸腔受到壓迫，我配水吞了幾顆止痛藥。站著感覺沒這麼痛。現在開始，我會長時間坐著。斷裂的肋骨至少能夠不要讓我一直注意到我的頭痛。

庭警開門，熟悉的叫喊聲又出現了。我認得的亞特．派爾走進法庭，身邊還有好幾位捧著沉重紙箱的檢察官。派爾看起來氣派十足，身穿無懈可擊的藍色條紋訂製西裝，挺直的白色襯衫幾乎會發光，還打了一條粉紅色的領帶。派爾喜歡粉紅色領帶，至少我聽說的是這樣。他口袋裡的手帕和領帶是同一個花色。他的步伐也很特別，稱不算跩，但接近了。

他走向辯方席，向魯迪溫暖致意。他的牙齒似乎也接上了讓他襯衫白到發亮的電源。

「亞特，好戲正要開演。對了，這是我的助理律師，艾迪．弗林。」

我起身，感恩這個動作暫時讓我的肋骨舒服一點，然後伸手，露出最燦爛的笑容。

派爾和我握手，什麼也沒說。他後退，抽出外套口袋的手帕，就跟米其林三星餐廳的領班要替客人在大腿上鋪餐巾一樣。派爾臉上掛著笑容，卻仔細地擦起手來。

「哎呀呀，弗林先生。咱們終於見面了。過去這二十四小時裡，我聽說了你不少事啊。」

他的南方口音活脫像電影《慾望街車》裡演的一樣。

派爾雙眼炯炯有神，我感覺得到他黝黑的皮膚散發著滿滿惡意。我見過這種人，法庭角鬥士，案子不重要，有人受傷、死掉也不重要。他這種人把訴訟當比賽，滿腦子只想要贏，不止，他們只想壓過對手，他們很享受這樣的過程。我覺得噁心。我曉得我跟派爾大概不會處得很好。

「無論你聽說了我什麼好事，大概都不是眞的。無論你聽說了我的什麼壞事，那大概都只是冰山一角。」我說。

他用鼻子深呼吸，彷彿他在空中聞到什麼惡意一樣。

「兩位，我眞的希望你們拿出殺手鐧，你們會需要的。」派爾說完便退回檢方席，一路上眼睛都盯著小柏。

在他回到座位之前，有個身穿米黃色長褲及藍色休閒西裝外套的人去找派爾。這位先生穿了白色襯衫、打了紅色領帶，領口沒扣起來，所以領帶鬆鬆的。他頭髮很短，雙眼到處刺探，皮膚很差，眞的很差，憤怒的紅斑爬上他的領口，一堆黑頭粉刺出現在脫皮的白色臉頰及鼻子附近。他慘白的膚色讓膚況問題變得很明顯。他外套口袋上別的記者證跟肩背包說明了他的身分。

「跟派爾說話的人是誰？」我說。

魯迪望了那人一眼說：「保羅．班納提歐，他替《紐約之星》寫名人花邊專欄，這傢伙眞有兩把刷子。他請私家偵探替他挖掘性愛故事。他是本案的目擊證人，你看過他的證詞沒？」

「看過了，但我不認得他的長相。他沒說多少，只是臆測小柏和雅芮耶拉不合而已。」我說。

「沒錯，而且他不肯說明資料來源是誰。你看這裡。」魯迪說。

他在電腦上打開班納提歐的說詞，指著最後一段。

「我的資料來源適用記者特權。我不能說出對方是誰，現在也不會再多說什麼。」

「有後續追蹤嗎？」我問。

「沒，那傢伙就是為了錢。沒必要浪費資源在他那種窩囊廢身上。」魯迪說。

我注意到派爾跟班納提歐沒有握手。他們直接熱烈討論起來，沒有笑容，沒有任何招呼，直接切入正題。我聽不到他們談話的內容，顯然這兩個傢伙早就認識了，且最近才交談過。期間，兩位先生一度停下交談，朝我的方向看過來。

只不過，他們的目光繞過了我，直直對著我的客戶。我順著他們的目光望向小柏，立刻明白他們為何注意到他。

小柏看起來就要失控。他頭髮往後甩，手指在桌面敲打。他雙腿激烈踩踏，椅子向後仰。我伸手要抓住他，但軀幹一側閃過的疼痛讓我無法動作。椅子翻了過去，我眼睜睜看著小柏翻起白眼，摔到地上。

他身體彎曲，口吐白沫。他揮舞四肢，然後搖動起來。阿諾是第一個蹲下去的人，他讓小柏側倒，冷靜地喊著他的名字。

「急救人員！」

不曉得是誰在喊，可能是魯迪吧。我們周遭立刻聚集一群人。我蹲了下去，差點痛到暈倒。我扶著小柏的頭，拿出皮夾塞進他嘴裡，免得他咬傷舌頭。

「快去找急救人員過來！」

這次我聽見開口的人是魯迪。群眾分散開來。我看見磁磚地板上反射出攝影機多次閃光。該死的狗仔隊。班納提歐也在，看起來有點得意。一位身穿白襯衫、肩上有紅色閃電標誌的女性突破人群，將班納提歐推去一旁。她一手提著急救箱。

「他有癲癇嗎？」醫護人員大喊，同時，她跪在小柏身邊。

我抬頭，望向魯迪。他愣住了。

「他有癲癇嗎？他有在吃藥嗎？他有沒有過敏？快一點，我必須知道這些資訊。」醫護人員說。

魯迪猶豫了。

「快告訴她！」阿諾高喊。

「他有癲癇，他正在吃氯硝西泮。」魯迪說。

「後退，給我們一點空間。」我說。

群眾散開，我看到派爾站在法庭另一端，靠在陪審席上，雙手環胸。

那混蛋臉上還掛著笑容。他到處張望確保陪審席後沒人，然後掏出手機，開始鍵入訊息。

30

凱恩曉得接下來會發生什麼事。

法官開始跟其他陪審員解釋，多數人完全不能接受。

「警察局長剛剛通知我，他們無法排除布蘭達．柯沃斯基遭到刻意謀殺的可能性，因爲她選擇接受這次擔任陪審員的義務。事實上，他們掌握了證據，證實這不是一般的意外。各位也許在新聞上看到了，撞擊布蘭達的車輛甚至還倒車回來，再輾過她的身體。因此我們必須採取行動確保各位的安全。」法官說。

最先開口的人是史賓賽。

「我就知道，我……老天啊。要採取什麼樣的行動，老兄？我是說，大人。」

凱恩看著福特法官冷靜的態度。他肯定已經料到某些人的反應了，他還滿有同理心的。

「午休時，各位可以回家，打包一些衣服。每位陪審員都會有警官陪同。今天開庭結束後，會有人帶你們入住旅館，訴訟期間你們就住在那裡，同時會有武裝保全看顧你們的人身安全。」法官說。

哀號、抗議、詫異、淚水。

凱恩讓這些情緒出現在自己面前。

法官的態度很堅定，說：「這種大案子肯定會引發媒體關注，總是可能需要隔離陪審團。

相信我，我沒有小看這種決定。不過呢，我確信這是必要的預防措施。我事先告訴各位，也許你們需要聯繫家人親友，也許有人需要安排晚上的孩子接送。開庭之前，各位有三十分鐘的時間聯繫。」

一大串抗議與疑問擲向法官，全都來自男性陪審員，法官則慢慢離開評議室。其中一個問題凱恩聽得最爲清楚，來自身穿淺藍色襯衫、打著領帶的男子，曼威爾。

「大人？大人？我們會住在哪裡？」他問。

凱恩從座位上靠向前，想要盡力阻絕背景的吵雜。

「法院會立刻安排。」法官如是說，然後就離開這個空間。

凱恩點點頭，內心感到一陣欣喜。他早料到這一刻了。事實上，他指望這一刻。法院會做出安排，但凱恩已經曉得今天傍晚五點的時候，陪審團會前往何處。

而凱恩早就做好他的安排。

卡普法律事務所

紐約州紐約市時代廣場四號康泰納仕大廈四二一室

極機密

律師委託人工作成果——陪審員備忘錄

被告：羅柏·所羅門

地點：曼哈頓刑事法院

陪審員：史賓賽·柯貝爾

年齡：二十一歲

聯合廣場星巴克咖啡師。週末在曼哈頓多個夜店擔任ＤＪ。單身男同志。高中畢業。民主黨。非傳統生活方式，經常使用大麻（先前無犯罪紀錄）。經濟狀況不佳。父歿，母親健康狀況不佳，住在紐澤西，由史賓賽的姊姊潘尼照顧。

表決無罪機率：百分之八十八

阿諾·諾瓦薩利奇

31

我跟魯迪看著小柏在急救區慢慢甦醒。他一開始很混亂，不曉得自己身在何方，發生何事。醫護人員讓他喝了點水，要他躺著休息。魯迪站在牆角，對著手機咆哮。

「他還沒玩完，還早呢，再給我一點時間。」他說。

我只聽得到一方的說詞，這不打緊，但我感覺得出來事情不順利。

「媒體看到又怎樣？他還是一線大明星。給我兩個禮拜，我就可以……」

無論電話另一端的人是誰，對方都掛了電話。魯迪彎起手臂，準備把手機砸向牆面。他咒罵幾聲，放下那隻握著電話的手。

急救區有一張小床，好幾個抽屜，裡面都是止痛藥和繃帶，心臟去顫器擺在靠牆壁的盒子裡。魯迪輕聲請醫療人員給我們一點時間私下談談。她離開前特別吩咐我和魯迪，至少讓小柏躺十五分鐘，讓他慢慢清醒過來。

「我在法庭後面看到兩名記者，他們應該最後才能進場，但他們肯定是偷溜了進來。他們旁觀全程，還拍了照片。今晚就會上頭版。」魯迪說。

「我不在乎了。我還有很多角色可以演。」小柏說。

「等等，我沒跟上你們。小柏癲癇發作跟他演什麼角色有什麼關係？」我問。

魯迪嘆了口氣，低頭看著地板，說：「今天以前，沒有人曉得小柏有癲癇，好嗎？如果哪個明星忽然癲癇發作，從台子上摔下去，那他就不能主演預算三百萬的大電影了。光是小柏的保險費就高達五千萬美金。電影公司把小柏當成新一代的布魯斯．威利。現在一切都泡湯了。」

「眼前還有比他演藝生涯更重要的事吧。」我說：「好比說他要因爲謀殺而入獄之類的？」

「我知道，但我們束手無策。小柏，我很遺憾，電影公司本週五就會發行電影，而且他們要讓事務所從你的案子抽手了。」魯迪說。

小柏說不出話來，他閉上雙眼，向後躺。就跟一個即將摔下陡峭懸崖的人一樣。

「他們不能這麼做。」我說。

「艾迪，我試過了。因爲官司，那些海報才會出現。他們不需要準備太久，他們也不需要花多少錢打廣告。電影公司現在有全世界鋪天蓋地的免費宣傳。但外界曉得小柏有癲癇，這點對電影公司及小柏的合約有害無益。他自己很清楚，約是他簽的。我已試著說服他們緩一緩，讓我們把法律流程走完，得到無罪釋放。但他們不覺得這有什麼重要的，他們已經不想冒險等待無罪宣判了。他們要在他仍是無罪的時候上映電影。」

「我們不能拋下他。」我說。

「已經說定了。我如鯁在喉，但我的客戶是電影公司。我會跟法官說一聲，小柏，你要延期審理了。」

小柏什麼都聽到了。無論是不是電影明星，就我看來，他現在就像個嚇壞的孩子。他雙手掩面，哭泣到肩膀顫抖。

魯迪離開急救區，還轉頭對我喊話。

「來吧，艾迪，我們要走了。」

我沒有動作。

魯迪停下腳步，走了回來，直接把話說開。

「艾迪，出錢打這場官司的是電影公司，他們才是我們的客戶。你現在跟我走，明天就能開始你的新工作，薪水優渥、工作輕鬆。走吧，你值得這份工作。我們別無選擇。」

「所以你之前天花亂墜說你相信小柏的那番話……只是要騙我上船，對吧？現在你要在謀殺官司第一天就拋下這個傢伙？」

「官司還沒開始。我會跟法官講，他會延後審理，直到小柏找到新的律師。聽著，艾迪，我不是壞人。我沒有要拋下小柏。我只是跟著一年一千七百萬的律師費前進而已。我會跟我的客戶一起走，你也是。現在走吧。」他說。

如果我放棄這個機會，之後就再也遇不到了。這份工作是我挽回克莉絲汀的唯一機會，穩定的工作，輕鬆的生活，沒有壓力，沒有風險，家人不會遇到危險。如果我接受卡普事務所的工作，我曉得我還有機會挽回我的妻子。沒有這份工作，她絕對不會相信我一開始有過機會。我還是艾迪．弗林，滿嘴謊言的大騙子。

我吐氣，長而平穩的氣息。然後點點頭。

我走向走廊，跟著魯迪前往電梯。他拉好領帶，按下按鈕等電梯，看著我走過去。

「聰明的孩子。」魯迪說。

我低頭站在那裡，一語不發。電梯門開了，魯迪走進去，我沒有動作。

門要關了，魯迪伸手擋住電梯門。

「走了，艾迪，該閃人了。案子結束了。」他說。

「不。」我說：「這個案子才正要開始。謝謝你給我的工作機會。」

我已經轉身離開轉角，朝急救區前進，這時我才聽到電梯門關上的聲音。醫護人員回來了，她正想要安慰小柏。小柏看見我站在門口，他臉上濕濕的，渾身是汗。醫護人員想讓他躺著，但他頑強抵抗。

「我可以進來嗎？」我問。

他點點頭。醫護人員退後。小柏用拇指拉開襯衫袖口，抹了抹臉，吸了吸鼻子。他看起來面色慘白。我看見他還在顫抖。他的聲音聽起來就像暴風裡的樹枝折斷聲。

「我不在乎電影公司，我只想快點結束這一切。雅芮和卡爾不是我殺的。我需要有人相信這點。」

天底下沒有任何被告對犯罪官司的反應是一樣的，有些人從第一天就崩潰了，有人根本無所謂，這種人坐過牢，他們完全不在乎蹲苦窯這件事；另外的人則有不同階段的反應，他們一開始非常驕傲，過度樂觀，等到開庭日期愈來愈近，他們會愈來愈有信心，但同一時間，焦慮感也隨之高漲。侵蝕信心的是令人癱瘓的恐懼。而當司法機器終於開始在開庭首日運轉時，這種人就整個垮下來了。

小柏恰恰就是最後這種人。謀殺官司開庭第一天，要麼游走，要麼沉船。無庸置疑，小柏正在下沉。

「看來你需要新律師了。」我說。

他一度雙眼半闔。壓力從他肩上消失，他的肩膀放鬆了一下，但輕鬆感沒有維持太久。

「我沒辦法出電影公司那種價碼。」他說，我看到他的肩膀又弓了起來。焦慮重新回到他臉上。

「冷靜點，魯迪已經給我夠多錢了。我還在花他的錢，但你是我的客戶。如果你接受我，我會想盡一切辦法替你辯護。」我說。

他伸出手，我握住他。

「謝謝……」

「先別謝我。小柏，我們還在這灘渾水裡呢。」

小柏仰頭，發出一陣緊張的笑聲。隨著他回到現實狀況，笑聲戛然而止。

「我知道，但至少我不是獨自面對這一切。」他說。

32

陪審員必須習慣等待，而這是多數人不擅長的事情。他們會焦躁不安、憤怒或感到挫敗，因爲他們覺得自己的時間浪費了。凱恩有過很多等待的練習，他很有耐心。陪審員評議室的老舊暖氣開始發出運轉的聲響，管線也嘎嘰作響。外頭很冷，而室內的暖氣系統需要好好修理一番。

凱恩靜靜待在座位上。其他的陪審員都開始焦躁，或倒咖啡、閒聊起來。女陪審員還在談布蘭達的事，男陪審員已經開始聊運動了，除了史賓賽，他對體育活動沒有興趣。一片潔白的雪花飄在空中，這時，他望向窗外。

史賓賽拿出皮夾，翻了翻寒酸的幾張紙鈔。他轉頭對凱恩說：「一天四十塊。我才不會因爲區區四十塊就讓一個人下半輩子在牢裡度過。」然後他咂起嘴來。

凱恩在辯方團隊偏好的陪審員會議上看過史賓賽的照片。某些陪審員會認同執法人員，因爲他們是權威的象徵；有些人則會想像自己是被告。史賓賽屬於後者。實在不難看出辯方爲什麼會希望他加入陪審團。

「你覺得我們什麼時候會拿到錢？」史賓賽說。

凱恩搖搖頭，沒有答話。

凱恩心想：錢總能帶出人最卑劣的本性。他想起許久以前的那個夏日午後，也許是他十歲生日後一個禮拜的事。他媽站在廚房水槽邊，陽光照射她的秀髮。她一邊聽音樂，一邊洗碗。她的洋裝穿了好久，衣料都洗得薄透了。她跟平日下午一樣，也喝了兩杯。當她從水槽邊退開，轉過身來的時候，陽光照透了她的洋裝。她秀髮搖擺，肥皀泡沫從洗碗刷上飄下來，飛到凱恩鼻子上。老農舍地板在熱天配合音樂節奏發出聲響。

凱恩記得自己在笑。他心想也許這是他最後一次眞心覺得快樂了。

同一天下午，那個男人來了。凱恩當時坐在他幾年前摔下來的鞦韆上。太陽低低掛在天邊，他在鞦韆上前後擺盪，樹枝發出聲響。然後，他聽到玻璃碎裂的聲音，以及尖叫。一開始他以爲那是風聲，或來自繫著鞦韆的繩索，但很快就發現聲音來自他處。他跑向屋內，喊著他的母親。

他發現她倒在廚房地上，臉上有血。一個黑色的龐然大物站在她上方。

這個男人有深棕色的頭髮，身穿骯髒牛仔褲與不怎麼乾淨的襯衫。他聞起來跟週日傍晚的牧師一樣，身上瀰漫著古怪、粗俗、甜膩的氣味。媽媽說那叫波本。男人轉過頭來，泛著血絲的雙眼直盯著凱恩。

「所以這就是那男孩。」男人說。

「不、不、不，我說過了，我不要你再來這邊……」他一掌摑去，媽媽閉嘴了。

「去外面一下，我等等再去找你。」說完，男人轉回頭來，面對凱恩的母親。「他長得一點也不像我。好。這代表我們的小小協議還能繼續維持。已經好久了。」

凱恩的母親尖叫起來，男孩跑向前，忽然間，他發現自己身處於廚房。男人轉身反掌將凱恩打到另一邊去，長繭的雙手在凱恩臉上發出巨大聲響，凱恩的母親甚至以爲他死掉了。他的頭撞在最遠端的牆壁上，整個人癱倒在地。

母親叫得更大聲了。

凱恩臉頰上有股溫溫的感覺。他從地上爬起來，伸出手，看見自己的鮮血。剛剛那擊讓他的臉破皮出血。多數男孩應該會暈過去、痛得尖叫，或怕得縮在角落，但凱恩只有怒火中燒。這個男人傷害了他，也傷害了他的母親。

凱恩立刻跑去水槽邊。他看到媽媽那把大菜刀，黑色刀柄從洗碗槽裡伸出來。媽媽一再警告他不准碰這把刀，而當凱恩碰觸到刀子的時候，他只希望媽媽會原諒他。

男人困惑地抬起頭。他明明已經把男孩的腦袋給打掉了吧？現在這孩子卻站在他面前。男人困惑的神情持續出現在臉上。然後，他的左側臉頰下垂，左眼也下垂，而右眼變成白色，就跟什麼開關一樣。不過，凱恩曉得男人的眼球只是迅速向上翻而已。

凱恩的母親七手八腳起身，同時間，男人摔到地上。他母親緊抱著他，搖晃他的身子，唱歌給他聽。過程中，凱恩一直望著從男人腦袋裡插出來的大菜刀刀尖。

凱恩找來一台生鏽的老推車，母親把屍體推到屋後空地。他曉得媽媽要做什麼。他盡力阻止她走到太深的地方，但他曉得這麼做沒有意義。她朝著一大片生苔的小丘前進。在小丘後方是一片窟窿。如果把人埋進去，基本上要站到墳墓上頭才會注意到底下有屍體。

到小丘最高處時，推車從母親手裡滑開，男人的屍體摔下去，跌進窟窿底部。泥土顏色很深，摸起來很軟。凱恩剛剛扛來的大鏟子很容易就挖開泥土。

要不了多久，凱恩的母親就挖到第一副骨骸，小小的骨骸。她繼續挖，找到更多動物的骨頭。通通都埋在淺淺的潮濕泥土之下。她沒有對凱恩說任何話，母子聯手埋了這個男人。

大功告成後，凱恩的母親渾身上下都是血跡與泥巴，她蹲在兒子身邊，用雙手捧著他沾滿泥巴但柔軟的小臉，說：「我不會把動物的事說出去，我一直都知道是你。這一切都是祕密，只有天知地知，你知我知。我發誓不會說出去，你也能發誓嗎？」

凱恩點點頭，直到多年後，他們都從未再提起這件事。他在十五歲時才曉得眞相。母親告訴凱恩，那個男人是她的親戚。凱恩的外公過世時，把老農舍留給她，這位親戚曾出錢相助。他是一名工人，在郡裡到處打工，只要女人願意，他都拿得出錢來。凱恩的母親當時走投無路，沒東西吃，只有一堆帳單，還有她無法獨自打理的土地。這筆錢讓她有了開始。她告訴凱恩，她恨透了跟那男人在一起的一分一秒。而凱恩的父親也不是什麼死在異鄉的海軍，他的父親就是這個男人，他們一起親手埋葬的男人。

她告訴凱恩她很抱歉，但她當時眞的很需要錢。

凱恩說他明白。他眞的明白。

另一件事他沒有跟媽媽說，他曉得這件事永遠不能告訴任何人，那就是當他把大菜刀插進男人臉上的時候，他覺得很美妙。

眞的很美妙。

隨著日子過去，那種美妙的感覺愈來愈難複製。

凱恩眨眨雙眼，放下回憶，然後再次望向史賓賽。他曉得他必須解決跟史賓賽一樣的陪審員，某些人就是說不動的，無論法庭內發生什麼事，無論陪審團裡吵得多凶，史賓賽永遠都會投無罪票。那個音樂家曼威爾也一樣，他是辯方喜歡的另一個陪審員。

凱恩已冒了太大的風險，他不能再冒險讓評議室裡的陪審員分崩離析，他必須在走到那一步之前，先解決他的問題。

凱恩非常清楚該怎麼處理史賓賽及曼威爾。

卡普法律事務所

紐約州紐約市時代廣場四號康泰納仕大廈四二二室

極機密

律師委託人工作成果——陪審員備忘錄

被告：羅柏．所羅門

地點：曼哈頓刑事法院

陪審員：伊莉莎白．穆勒（小名貝西）

年齡：三十五歲

家庭主婦，有五個不滿十歲的孩子。丈夫是工地建築師。週末擔任空手道老師。支持共和黨。停車罰單未繳（不影響擔任陪審員義務）。經濟狀況吃緊。修復傢俱，貼上網拍賣。社交媒體使用臉書及Instagram，主要收看武術影片及格鬥節目。

表決無罪機率：百分之四十五

阿諾．諾瓦薩利奇

33

書記打電話來請醫護人員轉告我，哈利想在他的辦公室見我和檢察官。我只得把小柏留在急救區，自己先回去。

回到法庭，我看到辯方席上只有一台筆記型電腦，還是我的電腦，裡頭有一個可以打開的壓縮檔，這是案件的檔案。至少我還有檔案。

「嘿，介意我留下來嗎？」一個聲音說。

阿諾．諾瓦薩利奇在桌邊坐下，拿出一疊厚厚的紙本檔案，擺在我的電腦旁邊，發出砰的一聲。

「我以爲你跟卡普一起閃人了。」我說。

他把椅子向後推，面向我，說：「我的費用之前已經付清了。我想走隨時可以走，但陪審員分析師的能力是靠最近期的案子來決定，這你很清楚。我必須待到案子結束，看看分析成果如何。不知道，也許我幫得上忙。我從來沒有在案中臨陣抽腿過。我很期待參與這個案子。」

「我很期待炒你魷魚，但辯方團隊已經缺少人手了。再說，小柏發作後，你是第一個幫助他的人。」我說。

「我是有一些軟弱的時刻。」阿諾說。他打開檔案，交給我一份文件。「這是我們重新評估過的陪審員名單。這是每位陪審員的基本資料。今早得到消息後，我就調整過了。」

「什麼消息？」

「呃，我必須加入候補陪審員。你瞧瞧，原本的陪審員布蘭達．柯沃斯基昨晚遭車撞死了。警方覺得案情疑點重重。我今早看到一位警司過來找法官。」

「見鬼。」

「還要你說呢。」阿諾說：「書記官在找你。派爾已經過去等你了。你想辦法說服法官不要隔離陪審團。」

「你是在告訴我該怎麼當律師？」我說。

「不，但我不信任你。你也不喜歡我。咱們先開誠布公吧，然後從這個基礎前進。」他說。

我點點頭，讓阿諾把他的文件跟檔案擺在桌面上。我跟阿諾就是合不來。在大案子裡，陪審員分析師是必要之惡。他們很燒錢，而且也不確定他們對於判決結果到底有多少加成作用。

不過呢，阿諾說對了一件事，隔離陪審團是開庭過程中最糟糕的事情，檢辯雙方都不希望演變至此。雙方花了好幾週、好幾個月，找出最理想的陪審員。通常辯方尋找的是有創意、能夠展現出一點想像力的人；檢方要的是工蜂，乖乖聽話求生存，不會因此抱怨的人。而雙方都想盡辦法讓陪審團裡充滿他們要的人。

辯方要的是思想家。

檢方要的是軍人。

但雙方眞正要的是每一位陪審員都能夠藉由聽取檢、辯及證人之詞，做出自己的判斷。陪審團應該是自由心靈的集合體，代表了不同領域的多元聲音。

當陪審員遭到隔離，切斷與外界的連繫之後，他們的心態會開始改變。陪審團若花太多時間待在非正常生活的狀態中，他們會形成一種聯盟，這一方對抗那一方，而「那一方」通常是指在訴訟過程中規定他們不能看電視、不能看報紙、不能回家的司法體制。陪審團就此不再是一位位獨立的人，而成了集體的蜂巢思維。

這樣的結果沒辦法滿足檢方或辯方，因爲沒有人曉得遭到隔離的陪審團會往哪裡去。無論他們怎麼走，通常都會非常迅速。他們會覺得無聊至極，受夠了出庭過程及隔離生活，因此他們只會盡快提出判決，好結束這場苦難。有罪無罪已經不是重點，能夠快點結束這一切，他們能夠回家才要緊。

書記官站在前往後方走廊的門邊招呼我。我走過去，穿過證人席，經過法官的位子，跟著她走出法庭，一路沿著冰冷的走廊抵達一個房間。派爾靠在哈利辦公室的牆壁上。書記官敲了門一下，然後讓我們進去。

一直到哈利的辦公室門打開之前，派爾都沒說話。

「你的客戶怎麼樣？」他說。

「他會沒事的。」我說。

「請進、請坐。」哈利搶先在派爾能夠多說什麼前開口。

法官的辦公室能夠反映出他們的人格特質，但這個空間也是訴訟過程的正式場合，所以他們展現自己空間的程度還是有限。除了幾張哈利在越南的軍服照片和他與滾石樂團主唱米克·傑格的合照外，其實這裡沒有太多展現出個人性的物品。

書記坐在角落的小桌旁。我跟派爾坐在哈利辦公桌前面的皮椅上。我們等著哈利替每個人倒咖啡，包括書記官。哈利坐在辦公桌後方，把文件推去一旁，這樣他手肘才好放上來，他靠上前，用兩隻手拿起咖啡杯。

「卡普已經閃人了，這是我們的第一個問題。艾迪，我猜你需要延期審理。」他說。

「也許不用。」我說：「警方證人跟一些專家的問話我已經準備得差不多了。我可以應付這些證人。只要派爾先生今天不要給我什麼驚喜，我應該可以直接上場。如果我們在週五之前傳喚警方證人與專家，那我週末就有時間可以準備一般證人的詰問。」

「說到證人，我看了你們的證人名單。亞特，你有三十五位證人；艾迪，二十七位。我覺得你們只是在嚇唬對方。我看過審訊文件冊，我會說亞特，這個案子你頂多只能傳五、六位證人。艾迪，你名單上有一半的人我都不確定，我很感謝魯迪列出這份名單，但說眞的，這個蓋瑞．奇斯曼到底是幹嘛的？」

開庭時的證人名單的確是個手法。你把想得到的人通通列上去，免得到時候你眞的需要他們。此外，加上幾個額外的人，只是要鬧你的對手，讓他們浪費時間去研究這些人。

「哈利，我不會一一瀏覽我的名單，討論這些證人到底適不適合。如果亞特能夠縮減名單，那很棒，我也會刪掉幾個人。我懂你的意思，這名單是拿來炫耀用的。如果我們能夠免了這些狗屁，也許只要十天就能結束。」我說。

「不，我們會刪減名單，而且在禮拜五之前就要結案。」哈利說。

「禮拜五？哎啊，太有野心了。」派爾說。

我們都沉思了一下，喝喝咖啡。哈利把杯子放下，雙手互扣，手肘撐在桌上。他用下巴輕靠在交握的手上，說：「我已經隔離陪審團了。我的司法考量要我這麼做，我不希望聽到任何抗議，因爲我不會改變心意。我很擔心這個案子。」

「因爲柯沃斯基小姐的事？那顯然只是一場不幸的悲劇。」派爾說。

「今早紐約市警有人過來，他們很確定柯沃斯基小姐遭到鎖定。她是一名圖書館員，社區的人都認識她也敬重她，除了她成爲陪審團外，沒有其他明顯的動機。」

「就我看來，這樣也扯太遠了，法官。」派爾說。

「在這裡，你們可以叫我哈利。也許是扯得有點遠，但如果我不隔離陪審團，而又有人出事的話……」

「哈利，你覺得該怎樣就怎樣。警方有說他們爲什麼會覺得她被鎖定嗎？」我說。

「沒，但他們還在調查。所以，兩位，重新看看你們的證人名單，刪掉一些人。如果你們傳喚了我覺得不重要的對象，你們就會得到應有的懲罰。這場官司拖得愈久，陪審團就愈容易暴露在鎂光燈下。亞特，你要先傳誰？」哈利問。

「首席警探。加上開場陳詞，我們可以今天就讓他結束作證。」他說。

哈利點點頭，問我：「我聽說你的客戶癲癇發作，他還好嗎？」

「應該吧。這場官司愈快結束愈好。」

我們一起離開哈利的辦公室，書記官則留下來替法官準備檔案。我們曉得該怎麼出去，無需帶路。

「只是好奇，蓋瑞·奇斯曼是何方神聖？我的助理檢察官在網路上查了好久，完全找不到專家或者任何叫這個名字的人跟這宗命案有絲毫關連。令人詫異的是，全美還有不少名爲蓋瑞・奇斯曼的人，我很想知道他昨天爲什麼會出現在名單上。」派爾說。

「我也許不用傳喚他。目前只能言盡於此。」

「哎呦，我曉得我跟魯迪會交戰愉快，但他抽腿了，眞可惜。希望你不會讓我失望。」

我搖搖頭。派爾這種人讓我噁心。他在這場官司裡得到快感與金錢。到最後所有人都會對死屍、悲劇、人與人之間的惡行感到麻木。但這不一樣，這不是憤世嫉俗或之類的情緒，這只是純粹的噁心。多年前，早在我成爲律師前，我就發誓如果我看到命案現場，而對受害者毫無同理心，那時就是我該收山的時刻了。

「我懂你想贏，這沒問題，但現在不是在比誰尿得遠，派爾，死了兩個人啊。」

「審判結果出爐後，他們也不會起死回生。」派爾說。

我打開走廊盡頭的門，走進法庭之中。裡面人山人海，記者、電視新聞主播，雅芮耶拉・布魯的影迷，還有幾個小柏的影迷。眞他媽的馬戲團啊。

派爾跟著我走進法庭，看了看滿座的旁聽席，說：「有件事你說錯了，這的確就是看誰尿得遠的比賽。等到一切塵埃落定後，重點在於誰的律師最強。你的褲子長到你可以理解這種事情了，孩子。到了禮拜五的時候，就會是我站在攝影機前面，替那些受害者伸張正義。我已經二十年沒有輸過案子了，我也不打算輸掉這場。」

他對著旁聽席及站在法庭空地上的人露出那口雪白的牙齒，雙手高舉過頭，準備迎接他的勝利。群眾鼓掌，有人吹口哨，小柏的影迷則發出不滿的聲音，但他的影迷人數實在不多。阿諾送小柏回到法庭，他們兩人耐著性子坐在辯方席上。小柏看起來面色蒼白，額頭有一抹汗水。我在他身旁坐下。

34

凱恩在坐進陪審團座位的時候，跟芮塔有些碰撞。她挪開，讓他坐下。他是後排的最後一位陪審員，靠近出口。史賓賽坐在他前排靠右邊的位子。如果凱恩直直望著前方的證人席，就能輕鬆從後方望向史賓賽的肩膀。

太完美了。

每位陪審員都有一份紅色硬殼檔案夾的偵訊文件冊，還有筆及筆記本。福特法官指示陪審團將卷宗放在腳邊，若有需要，他或律師會請他們翻看相關的頁面。他們可以自由筆記。

除了卡珊卓之外的女陪審員都翻開筆記本，將筆拿在手上，史賓賽也是，只有曼威爾把筆記本擺在腿上，咬著剛拿到的筆。其餘男性把東西都放在地上，兩腿分開到其他人可以容忍的程度，然後雙手環胸。

旁聽席的觀眾音量已經提高了起來，空間中充滿興奮感。愛來法庭湊熱鬧的人、犯罪實記小說家、平面媒體記者、電視記者通通七嘴八舌地聊了起來。命案沒有公開太多細節，只有基本的案情，光是如此就足以讓每日新聞報個不停。他們也只有那些訊息能一而再、再而三地報導，但沒有眞正的作案細節。凱恩曉得《華盛頓郵報》將本案封爲「世紀審判」，是沒錯啦，但等到下一場名人大謀殺出現後，這幾個字又會出現在別的案子上。不過直到下一場大案子發生，就紐約及美國其他各地來說，這就是大新聞，登得上晚間新聞的大消息。

法官要求肅靜，群眾的吵雜聲降低了。凱恩掃視人群，在場有很多雅芮耶拉的家人。凱恩望向辯方席，沒看到魯迪·卡普，只有辯方律師弗林與陪審團分析師阿諾·諾瓦薩利奇。有狀況了，也許所羅門炒了另一名律師，用了弗林。凱恩心想：這可真是天大的錯誤啊。

檢方先攻。凱恩最喜歡這部分了。

派爾起身走向法庭中央，面對陪審團。凱恩在後方都聞得到他的鬍後修容水，氣味很重，但不會讓人不快。他開口前，凱恩看到檢察官享受了一陣靜默。法庭裡每隻眼睛都盯著他。

他向陪審團走進一步，彷彿是跟著歌曲的第一聲節奏起舞一樣。派爾開始他的開場陳詞。

「陪審團裡的各位先生、各位女士，昨天在預先審查的時候，我有幸與你們其中幾位交談，但我想我還是該自我介紹一下。我的媽媽總要我注意禮貌。所以，各位先生、各位女士，我叫亞特·派爾，我希望各位記住我的名字，因爲我今天會帶給你們三項承諾。」

凱恩坐直身子，注意到其他陪審員也做了同樣動作。他看著派爾舉起一根手指。

「一，我承諾我會向你們提出事實，證明羅柏·所羅門冷血謀殺雅芮耶拉·布魯及卡爾·托澤。我不會臆測，我不會推論，我只讓你們看清真相。」

派爾舉起兩根手指。

「二，我承諾會讓你們看穿羅柏·所羅門在命案當晚的行蹤，這是他欺騙警方的謊言。他告訴警方，他在午夜時到家。我們會證實這是謊言，而這是掩飾他作案的重要證據。」

三根手指。

「三，我承諾會向各位展示堅不可摧的鑑識證據，說明羅柏·所羅門命案當晚參與作案。我會展示他的指紋與ＤＮＡ，出現在某件物品上。凶嫌在卡爾·托澤死後，還將這個物品塞進他的喉嚨裡。」

一陣愉悅的冷顫從凱恩心底散布開來。派爾的表現令人著迷。凱恩沒看過這麼精彩的開場陳詞，派爾終於把手放下，這時凱恩必須壓抑著想鼓掌的衝動。派爾的聲音充滿對受害者的同情與同理，提到所羅門時卻又帶著正直的憤怒。

「各位先生、各位女士，我會遵守我的承諾。如果我辦不到，我親愛的老母親會在墳墓裡翻身。本案事關性、金錢與復仇。羅柏．所羅門發現妻子與他們的保全組長卡爾．托澤上床。他一直曉得他們有染，而他的婚姻觸礁了。他用棒球棒重擊卡爾．托澤的頭部，然後一而再、再而三地用刀子猛刺太太的身體。他摺了一張一元美金，塞進托澤喉嚨之中。也許他相信托澤想要的是雅芮耶拉的錢？而他絕對不會讓這種事發生。如果雅芮耶拉死了，被告將會繼承她所有的財產，共三千兩百萬。」

「我會讓各位看看他是怎麼欺騙警方的。我會提供鑑識證據，證實他就是凶手。之後，就仰賴各位了。各位，只有各位，擁有權力讓這兩位受害者應得的正義得以伸張。你們無法讓他們起死回生，但你們能夠讓他們平靜。你們可以認定羅柏．所羅門有罪。」

派爾走回檢方席，凱恩一路看著他，看著他拿出手帕擦嘴，彷彿他剛剛用雙唇吐露怒火一樣。旁聽席裡多數人鼓掌，法官要他們安靜。

凱恩微微靠向前，看著史賓賽在筆記本上的字跡。他看得仔細，注意字體風格與大小，以及某些字母上的特色。當凱恩靠回自己的椅背上時，他環視了陪審席。其他陪審員正沉浸在情緒之中，有人在沒注意到的狀況下點起頭來。

凱恩心想：**見鬼，這傢伙真行。**

35

哈利說的沒錯。派爾在法庭上的確很專業。我聽著他的開場陳詞，一邊仔細觀察陪審團。他講完後，我望向小柏。他渾身顫抖，靠過來對我說：「這完全是謊言。卡爾和雅芮上床，如果眞有這事，那我完全不知道。我向上帝發誓。艾迪，這完全是狗屁。」

我點點頭，要他冷靜。阿諾壓低聲音說：「派爾掌控了陪審團，你得把他們弄出來。」

他說的沒錯。派爾用了名爲「數字眞相」的老派律師技巧，一切都圍繞著數字「三」。派爾所使用的每一個字都經過精心權衡、測試與排演。而一切都繞著「三」這個數字打轉。

三是神奇的數字，三在我們的腦袋、文化及日常生活扮演重要的角色。如果你接到一通打錯的電話，沒事，這就是人生；如果接到第二通，沒事，只是巧合；如果來了第三通，你就會知道事情不對勁了。三這個數字在我們的潛意識裡等同於某種眞相或事實，似乎也帶有神聖性——耶穌在第三天復活，聖三位一體，第三次的好運，還有三振出局。

派爾做出三次承諾。他提到「三」，他舉起三根手指。他講話的韻律與節拍都環繞著「三」這個數字。

我不會臆測，我不會推論，我只讓你們看清真相……本案事關性、金錢與復仇……一而再、再而三地用刀子猛刺太太的身體。

派爾的開場陳詞就連結構也是建立在三這個數字之上。

一，他與陪審團說，他會告訴他們三件事。二，他告訴了他們三件事。三，他把剛才要說的三件事告訴他們了。

他的確有本事看起來志得意滿。這樣的開場排演充分、思想縝密、操弄人心，卻也極具說服力。

在我起身開口前，我望向小柏擔憂的目光。我曉得他在想什麼。他懷疑他是否找對律師了。他命懸一線，因爲通常在謀殺官司上，被告是沒有第二次機會的。

我不會覺得他是在針對我。如果我是小柏，大概也會有相同感受。我站起身，扣上西裝外套的釦子，站在陪審席前面幾公分的地方。近到有點親密了。

派爾開口的時候，帶有經驗老到演員的壓迫感與力道，我則壓低聲音，只讓陪審團聽見，法庭後方大概聽不清楚了。派爾剛剛恫嚇四座，其實他透露了自己的缺點——虛榮。

「我叫艾迪·弗林。我現在代表被告羅柏·所羅門。我與派爾先生不同，我不需要各位記住我的名字。我不重要，我所相信的事也不重要。我不會向你們提出任何承諾，我只要求各位做一件事。我要你們每一位都遵守你們昨天將手按在聖經上時的承諾，你們發過誓，要替本案做出眞實、正直的判決。」

「各位曉得，當你們成爲陪審團，你們就接下了這份責任。你們要替這間法庭裡的所有人負責，你們要替整個州、整個國家的人負責。我們的司法體制說明，寧可放過百名罪人，也不能錯關一位無辜之人。各位要替所有遭到指控犯罪的無罪之人負責，各位必須保護他們。」

我向前走一步。兩位女性及一名男性陪審員靠上前。我用雙手握住陪審席的扶手，然後彎下身子。

「現在，我們國家的法律說羅柏．所羅門是無辜的，檢方必定會讓你們改變想法。他們必須用各種合理懷疑之外的手法說服各位羅柏．所羅門犯下這些罪行。各位要記住這點，各位能夠確定檢方提出的一切都是對的嗎？都是眞的嗎？眞的是這樣嗎？還是另有可能呢？殺害雅芮耶拉．布魯及卡爾．托澤的凶手是否另有其人？」

「辯方會讓各位注意到檢方忽視的另一個對象。有另一個人，在命案現場留下記號。另一個人，聯邦調查局已經追蹤多年。另一個人，先前已經殺過人，好幾個人。這個人是否就是本案的眞凶呢？到這場訴訟結束時，各位就得捫心自問這個問題。如果答案是肯定的，那各位就要讓羅柏．所羅門回家。」

我握著扶手，目光掃視每一位陪審員，然後回到辯方席。走回去的路上，我實在無法抗拒，望了派爾一眼。

他的目光宣布「比賽開始」，說得大聲也清晰。

這是我今天第一次看到小柏眼中綻放出某種情緒，微小但重要的情緒。希望。

阿諾靠上前來，作勢叫我也靠過去。

「幹得好。陪審團吃這套。有個陪審員……」他正要說下去，但派爾起身，阿諾看著他站起來。

「沒事，不重要。」他說。

「檢方傳喚喬瑟夫．安德森警探。」派爾說。

他沒有讓我的開場陳詞在陪審團耳裡迴盪太久。他需要加快腳步，贏回陪審團，把他們留在身邊。我看過安德森的說詞。他是主要負責的警探。

身穿灰色長褲、白色外套的大傢伙走進來。一百九十五公分，深色短髮。他站上證人席，面向法庭。他有一雙豆大的深色雙眼，濃密的鬍子，沒有脖子。他的右手打了石膏，一路裹到手肘。襯衫袖子捲到石膏之上。

我昨天並不知自己見過安德森警探了。他就是麥克．葛蘭傑警探那群人的其中一員。這傢伙想要在我胸口打洞，但我用快速拳側擊他的手。

他已經認出我來了，我從他銳利的小眼睛裡看得出來。

這是三天來，我第一次稍微鬆了口氣。如果安德森和葛蘭傑一樣知法犯法，那他們對這個案子的確可能簡單行事。他們大概會走捷徑、栽贓，只要能定罪嫌犯，不管怎麼做都行。

接下來一定超有趣。

卡普法律事務所

紐約州紐約市時代廣場四號康泰納仕大廈四二一室

極機密

律師委託人工作成果——陪審員備忘錄

被告：羅柏·所羅門

地點：曼哈頓刑事法院

陪審員：泰瑞·安德魯斯

年齡：四十九歲

原是前景看好的籃球員，十九歲時因為韌帶斷裂而結束運動員生涯。餐廳老闆，布朗克斯的傳統熟食兼燒烤店，擔任燒烤主廚。離婚兩次。兩個孩子。與家人沒有來往。沒有投票紀錄及政治關連。喜歡爵士樂。經濟狀況不佳，餐廳在倒閉邊緣。

表決無罪機率：百分之五十五

阿諾·諾瓦薩利奇

36

「安德森警探，你可以舉左手就行了。我看得出來你沒辦法拿聖經。書記官會帶你宣讀誓言。」福特法官說。

他看著警探複誦誓言，然後坐進證人席。同一時間，凱恩回想起辯護律師的開場陳詞。他說有另一個可能的嫌犯，是凶手，聯邦調查局正在追查。

凱恩回想起許久以前，母親剛失去了農場，他們搬到很遠的地方，改名換姓，新的生活，新的開始。他的母親一度非常開心。事實證明，新身分的僞裝會讓人飄飄然。他的母親試過一個又一個工作，能找的她都找了——服務生、清潔工、酒保、店員，但每份工作都以失敗告終。同時，帳單堆了起來，小小的咖啡色信封到處散落在潮濕的公寓裡。最後實在太多了，房東把凱恩及他的母親趕出去。

他們到處搬家，直到她終於在附近的工廠找到工作，主要是因爲沒人想做那份工作。她負責清理之前不曉得裝過什麼東西的大缸。她只對凱恩說是化學物質，但她也不曉得是哪一種。日復一日，她每天回家都變得更蒼白一點，更消瘦一點，更虛弱一點。直到有一天，她沒辦法出門工作了。他們沒有健康保險，也沒有錢看醫生。而凱恩此時以前所未見的超高成績從高中畢業。雖然凱恩不斷轉學，但他的智識能力無疑很高，還得到布朗大學的獎學金。

他的母親在他畢業後一週過世，死在他們那間骯髒狹窄的公寓床上。同一天，她收到工廠經理的來信，說她被解雇了。她在最後一刻根本無法呼吸，每個小動作都痛苦不已。這時，凱恩曉得他該動手結束一切。她不夠堅強，但他曉得自己必須堅強。要結束有很多辦法：用手悶住她的口鼻、用枕頭蓋在她的臉上，或過量的黑市廉價嗎啡也可以完成任務。凱恩覺得嗎啡應該可行，但他不曉得需要多少劑量。這些方法都可能讓她受苦。他需要更有效率的方法，快一點的方法。

最後，凱恩找到了他認知裡最快又最可靠的方法。

他去拿了他的斧頭。

在他朝著她的腦袋劈下那同情的一斧前，凱恩他媽終於看清兒子變成什麼模樣。

凱恩在她的錢包裡找到二十元紙鈔及四十三分錢。他繼續去翻母親的東西，發現一本剪貼簿。裡面有母親年輕時的照片，還有幾張剪報，都是差不多六年前的同一則新聞報導。郊外農莊尋獲掩埋的男性屍體，警方正在尋找前屋主及她的兒子。看到他的名字，他眞正的名字，出現在報紙上，凱恩有種前所未有的感受。白紙黑字印在那裡。

約書亞．凱恩。

他留下剪貼簿，跟幾件衣服一起塞進包包裡。

凱恩沒有去唸布朗大學，他早就知道自己無法繼續讀書了。某種程度來說，母親的疾病算是一種祝福，她病得太重，沒有注意到從他房裡傳出來的氣味。五月三十一日是畢業典禮，五月二十日是畢業舞會，這天晚上，他的舞伴珍妮．穆斯基與另一個名爲瑞克．湯普森的同學一起失蹤。警方對瑞克的車發出全州的通報追查，卻一無所獲。警方在他們失蹤後隔天搜查凱恩的家，最後只能跟他的母親道歉，他們什麼也沒有查到。事後，他們向凱恩問話，整整三次，他每次都告訴警方同樣的說詞。他的確跟人稱「破鑼嗓穆斯基」的珍妮一起參加舞會，但他們抵達會場後，她就跟瑞克跑了。之後他再也沒有見過他們。

之後再也沒有人見過他們。

凱恩背上背包，回到自己房間。他拿出一罐從鄰居車上抽吸出來的汽油，灑在自己床上、地板上、母親房間及廚房，但大半汽油都澆在他的臥室地板上。他不希望警方曉得他對珍妮的屍體做了什麼。地板在高溫燃燒後，警方大概會發現珍妮。

凱恩看了公寓最後一眼，然後劃下一把火柴，扔下，轉頭離開。

他偷了一輛車，最後又忍不住再繞去水庫一趟。如果他們把水放掉，就會看到瑞克的車停在水庫底部。他們會在車廂裡找到他的屍體，而他的腦袋則塞在儀表板和油門之間。

這就是一切的開端，這是他必須獨自走向世界的動力，帶著使命前進。他的母親死於追求美好生活的幻夢之中。可憐的美國人都有這種夢，相信如果他們夠努力，他們就能成功。她長時間工作，在那種可怕的地方，爲的是什麼？

不到二十一塊的報酬？他只認識他的母親，現在她也走了。

凱恩曉得他母親追尋的夢想其實只是一個謊言。這個謊言持續存在於媒體及電視上。努力工作或意外獲得幸運之神眷顧的人會成爲指標人物。凱恩則確保這些人苦難不斷，因爲他們活出這個夢，因爲他們替謊言錦上添花。噢，他必須讓他們受苦。

現在凱恩坐在法庭上，他想起在母親剪貼簿裡看到自己名字出現在老舊剪報上的感覺。弗林開口時，他又有同樣的感覺了。有另一個人，在命案現場留下記號。另一個人，聯邦調查局已經追蹤多年。恐懼及滿足的戰慄同時沖刷著凱恩，彷彿是一隻冰冷、歡迎的手伸過來，碰觸他的肩膀一樣。

我知道你是誰，我曉得你幹了什麼好事。

凱恩注意到自己的面具落下了片刻。他冷漠的神情、自然無害的肢體語言都隨著湧入他腦袋的想法開始轉變。他咳嗽，然後張望。陪審席裡沒有人注意到他。他望向辯護律師，弗林似乎也沒有注意到。

事情不對勁，凱恩很清楚，他感覺到了。這不是來自回想過往任務所帶來的快感，也不是懷舊心情所帶來的微小滿足。這是不一樣的情緒。

這是恐懼。

他忽然覺得自己渾身赤裸，暴露了。雖然他急切想要在法庭上張望，卻不敢採取任何動作。他反而專注在弗林身上，用餘光掃視。

就在那裡。

凱恩再看了一眼確認，現在他確定了。

陪審員分析師阿諾正嚴厲地盯著凱恩。他看到了什麼，他看到凱恩的眞面目了。

37

安德森迅速介紹他十四年來擔任紐約重案組警探的經歷，且馬上進入正題。

「做這工作會看到很多，一陣子之後，你可以從命案現場了解謀殺案的手法。我的經驗告訴我這是私人恩怨。」

我的經驗告訴我，安德森滿嘴狗屁。他逮到了他想定罪的對象，會想盡辦法讓其他一切說法都針對這個人。如果有什麼證據無法說明所羅門是凶手，那麼那項證據就會消失，或被視爲不重要。

「安德森警探，怎麼說這是私人恩怨？」派爾說。

「年輕女性及她的情人在床上遭到謀殺，就我看來是挺像私人恩怨的。用不著警徽就能讓人推測丈夫顯然就是嫌犯。對，我覺得我們已經逮到凶手了，就是被告，羅柏．所羅門。」

派爾停頓了一下，轉身看著小柏，同時確保陪審團跟著他的目光望過去，然後才轉回去繼續問話。

「警探，我現在要展示命案現場的照片。這是俯瞰雅芮耶拉．布魯及卡爾．托澤在床上的照片。拍照的人是命案現場的鑑識人員，就我所知，這些照片無疑可以列入展示照片一號。我只是想要先警告陪審團及旁聽席的大眾，畫面非常駭人。」派爾說。

我先前同意可以不用傳鑑識人員到場。照片本身不會騙人，因此沒必要浪費時間找鑑識人員做證人，再次證實這些照片沒有造假。

派爾載入照片的時候，我沒有看證人席旁邊的螢幕，我的注意力放在小柏身上。他閉上了雙眼，低頭面朝桌子。觀眾的驚呼聲讓我知道照片已經展示出來了。我聽到哈利要大家肅靜。法庭裡不能使用帶有相機功能的手機，這些照片不會出現在每日新聞上頭。而且畫面也太可怕了。

小柏望向螢幕，然後用手掩面。

阿諾聳聳肩，對小柏點點頭，然後對陪審團點點頭。我曉得他想告訴我什麼，我也有同樣想法，小柏的舉動對他自己有害無益。

「小柏，我要你看著螢幕。」我低聲地說。

「我辦不到，沒這個必要，那個畫面一直留在我的腦海裡，我想忘都忘不了。」他說。

「你必須看。我知道這很難，所以你才必須看。我知道你不想再看一次別人對你妻子做的事情，但我需要陪審團在你眼裡看到這種心情。」我說。

他搖搖頭。

「小柏，艾迪這是讓你選擇。」阿諾說：「你寧願接下來三十五年，每晚望著監獄牢房天花板，還是願意看看這張照片？現在就看著螢幕。」

我沒想過自己會講這種話，但我很感激阿諾在場。

小柏吸了吸鼻子，深呼吸，然後聽我們的話望向螢幕。

我不曉得陪審團有沒有看見，但我看見了。淚水在他臉上潸然流下，他的雙眼訴說了痛失，而不是罪疚。

我向阿諾點頭致謝。他斜眼看我，然後他點點頭。

「安德森警探，從這張照片以及受害者的受傷狀況來看，你能否告訴陪審團你相信命案現場就在這間臥室？」派爾冷淡地說，彷彿是在問安德森外頭天氣是否寒冷一樣。

我也不想看這張照片，但我跟小柏一樣別無選擇。我需要跟著安德森的證詞前進。

老天，眞是殘忍。

畫面上是兩個人遭到凶殘的暴行摧殘，安德森與派爾以稀鬆平常的目光望著螢幕。他們討論這兩名年輕人是怎麼死的，口氣不帶任何感情。

「你會先注意到托澤先生的頭朝下，且他雙腿彎曲。根據驗屍報告，托澤先生死於頭部重擊。他頭骨骨折，腦部嚴重受損。就算他沒有立刻死亡，這一擊也會讓他動彈不得。我的解讀是凶嫌肯定將托澤先生視爲威脅。托澤先生受過保全專業訓練，先解決他是很合理的事情。在他熟睡時朝腦後用力一擊就能造成這種傷害，同時也解釋了爲什麼他身上沒有自衛的痕跡。」安德森如是說。

「你能指出用來殺害托澤先生的凶器嗎？」派爾說。

「可以。我在房間角落找到一根棒球棒，上頭有血，證實曾用來攻擊過。之後實驗室也驗證了球棒上的血跡屬於托澤先生。球棒很可能就是凶器。回答你先前的問題，沒錯，被告的指紋的確出現在球棒上。」

這個回答讓派爾臉上露出燦爛的好萊塢式笑容，我看了都覺得噁心。陪審團沒有注意到，他們全神貫注盯著安德森。

派爾拿起包在透明證物袋裡的球棒，高舉過頭。

「就是這根球棒？」他問。

「就是這根。」安德森說。球棒已經登錄爲證物，派爾把球棒交給書記官。

「所以，假設如你所說，托澤先生遭到球棒重擊，然後呢？」

「雅芮耶拉．布魯的胸口及腹部遭刺五下，其中一下穿刺心臟。她走得很快。」

至少派爾還曉得留時間讓陪審團抬頭看螢幕上雅芮耶拉的照片。他讓每個人都有時間思考她是怎麼死的。派爾曉得憤怒的陪審團會提出有罪的判決，十次開庭九次如此。

「在命案現場及停屍間檢驗受害者的是法醫雪倫．摩根。你是否得知檢驗結果？」

「知道，法醫在卡爾．托澤喉嚨裡有所斬獲，她立刻聯繫我。」

「有什麼斬獲？」

「一張一元美金，紙鈔摺成蝴蝶的形狀，然後翅膀再對摺起來，塞在卡爾嘴裡。」

在現場聽候差遣的助理檢察官操作遙控器。他在螢幕上展示出紙鈔的照片。群眾開始低語，這對他們來說是全新資訊，之前沒有媒體報導過。詭異的摺紙昆蟲停在鋼材桌面上，翅膀下有陰影。我注意到紙鈔角落有髒污痕跡，也許是唾液或些許血液。

知道這是從某個死人嘴裡挖出來的東西，感覺有點毛毛的。死亡之蟲，美歸美，但感覺不太吉利，在死者體內孵化。

「蝴蝶有好好檢視過嗎，警探？」

「有，我請紐約市警鑑識小組全面調查過了。我們在紙鈔上發現兩組ＤＮＡ，第一組ＤＮＡ屬於另一個人，但感覺與本案無關，視爲異例，不重要。重要的是鑑識人員在紙鈔上發現了被告的指紋。紙鈔正面有拇指指紋，背面有部分的食指。在拇指指紋出現的位置，鑑識人員還發現了DNA，是汗水及表皮細胞的『接觸DNA』。這組DNA符合被告的樣本。」

最後一句話有如衝擊波，撞擊整個法庭。沒有人開口或發出驚呼聲，這句話讓法庭陷入了深刻的全然靜默。沒有人改變坐姿，沒有人整理外套，沒有人咳嗽，更沒有任何人發出靜坐群眾該發出來的聲音。

劃破靜默的是一位女子掩面哭泣的聲音，無疑是受害者家屬，大概是雅芮耶拉的母親。我沒有轉頭，有些時候還是要讓人家獨處比較好。

派爾也完美演出。他站直身子，讓母親的哀傷迴盪在每個人的心頭。環視法庭，多數人都相當震驚，除了一個人，那就是《紐約之星》的記者保羅．班納提歐。他坐在檢察官正後方的位子，雙手環胸，對安德森的證詞毫無反應。我猜他早就曉得警官會怎麼說了。當靜默開始令人不舒服時，派爾又等了一會兒，然後才開口。

「法官大人，我們應該在開庭期間傳喚進行這些檢驗的鑑識專家。」

哈利點點頭，派爾繼續。

「警探，你在命案現場與被告交談過，對嗎？」

「對。被告的運動衫、運動褲及雙手都有血。他說他在午夜左右到家，上樓發現妻子與保全主任死在他的臥房中。接著他還說他嘗試要急救雅芮耶拉，之後他就報警了。」

派爾轉身，指著一名助理檢察官，助理檢察官拿起遙控器，按下按鈕。

「我們要播放的是報案電話。我希望各位仔細聽。」派爾說。

我之前聽過了。陪審團是第一次聽。我以爲這通電話能夠替小柏辯護，他的口氣聽起來就是剛發現妻子遭到謀殺的人，充滿焦慮、恐懼、哀傷、不敢置信……這些情緒都在他的聲音裡表露無遺。我在電腦上找到文字檔，搭配錄音一起看。

調度員：緊急報案中心你好，你需要消防、警力還是醫療協助？

所羅門：救命啊……老天……我在西八十八街兩百七十五號。我老婆……我覺得她死了。有人……噢天啊……有人殺了他們。

調度員：我這就請員警和緊急醫療小組過去。先生，冷靜點，你有危險嗎？

所羅門：我……我……不知道。

調度員：你在房子裡嗎？

所羅門：對，我……我剛發現他們。他們在臥房。他們死了。

（啜泣聲）

調度員：先生？先生？請你深呼吸，我要你告訴我，家裡現在還有沒有其他人？

（打破玻璃和某人絆腳的聲音）

所羅門：我在。啊，我沒看家裡……噢，見鬼……拜託快點派救護車來。她沒呼吸了……

（所羅門扔下電話）

調度員：先生？請拿起電話，先生？先生？

「這通電話只有維持幾秒鐘。警探，你是第一個趕到命案現場的人，你聽過這通報案電話嗎？」派爾說。

我不喜歡這個問題引導的方向。

「沒，我沒聽過。」安德森說。

我握住小柏的手臂。「小柏，你打電話報警的時候，你跌倒了，還是有什麼東西翻倒、打碎，是什麼東西？」我低聲地問。

「呃，我要想一下。我不太確定。也許我撞翻了床邊桌上的東西。我沒注意到。」他說。他的話語拖得好長，彷彿是他暫時讓自己回到那一刻，與兩具屍體共處一室一樣。

我在電腦上點開命案現場的照片，開始一一瀏覽，尋找床邊桌。我在一張照片裡看到大部分的小桌，另一張照片顯示床邊桌翻倒在地。他也許一時情急，弄翻了而沒有注意到。派爾對於聲音的來源也許會有不同的說法，我覺得不妙。

「安德森警探，請跟陪審團聊聊編號EZ十七的照片。」派爾說，助理檢察官在螢幕上打開照片。

畫面是二樓走廊，邊桌翻倒，後窗下方是打破的花瓶。我不曉得他這些問題會把方向引導到何處，但感覺他是在營造致命的一擊。

「當然，我進屋後，看到這張小桌翻倒在階梯平台上。花瓶破了。」安德森說。

「現在這張桌子在哪裡？」派爾問。

「在鑑定實驗室。也許在命案之前或之後，不知怎麼著，有人動過它。我在現場質問被告是不是他把桌子弄翻的，他說他不記得了。他一直強調他發現了屍體，有人殺害他的妻子及保全主任。等到開始調查的時候，被告已經成爲嫌犯，但我們不能排除他說的也許是事實。如果他沒有弄翻桌子，也許眞的是別人弄倒的。我們把桌子及花瓶碎片一起帶回去進行鑑識。」

「你們發現了什麼？」派爾說。

我翻起所羅門案的檔案，完全沒有那張古董小桌的鑑識報告。我正要抗議的時候，安德森開口了，他說：「什麼也沒有。至少一開始的時候是這樣。」

「請繼續。」派爾說。

「我昨天前往實驗室，我們正在研究那張桌子。是這樣的，我們缺少了用來殺害雅芮耶拉·布魯的凶刀。在屋內及屋外附近地區大規模搜索都未果。那張桌子是古董，我以爲裡頭會有什麼暗格。」

「有嗎？」派爾問。

「沒有，但我又仔細尋找指紋，我們得到一些不尋常的結果。實驗室尋找的是指紋，這部分完全沒有異常，但他們同時在桌面上找到了不尋常的痕跡。我下令要進一步調查這些痕跡，今天早上才拿到報告。」

一名助理檢察官拿著一份檔案報告到辯方席來。我接下，打開，迅速掃描。狀況可能更糟，但不會糟到哪去。我把報告交給小柏。對於這份最後一刻出現的新證據，我大可大發雷霆，提出聲請排除這份證據，但我曉得這麼做沒有意義。哈利會同意使用這份證據。

對小柏來說，狀況愈來愈嚴重了。

螢幕切換，我們現在正看著小桌上的兩組三道平行痕跡。彷彿有人握著三把刷子，用力刮了桌面兩下一樣。

眞希望是刷子就好了。

「警探，這是什麼？」

「鞋印。」安德森說：「鞋印符合被告當晚穿的愛迪達運動鞋。看來被告站在桌面，然後桌子歪倒，所以他的雙腳摩擦鞋面，留下痕跡。」

小柏說：「他在說謊，我從來沒有踩在那張桌上過。」他的聲音大聲到別人也聽得見，哈利瞪了他一眼，叫他閉嘴。

安德森繼續說：「所以我今早才去命案現場。距離小桌不遠的是走廊的燈，懸掛式的燈泡，還有碗型的七彩玻璃燈罩。我站在梯子上，在燈罩裡找到故意擺放在此的刀子。」

小柏的雙手開始顫抖。

「這就是凶刀嗎？」派爾問，示意在螢幕上展示出另一張照片。

我抬起頭，看著跟報告裡一模一樣的照片。黑色把手的摺疊彈簧刀，底部是象牙材質。刀上有血與灰塵。

唯一的救命稻草是上頭沒有指紋。

「這是用來殺害雅芮耶拉．布魯的刀子嗎？」派爾問。

法庭上的人都曉得這個問題的答案。小柏的下巴掉了下來。這把刀就在這瞬間斬斷了小柏的抗辯。

38

安德森證實刀上的血液符合受害者的血型，而他們正在比對ＤＮＡ確認。我低聲要求小柏抬起頭來。我不希望他看起來一副遭到重擊的模樣。還不能喪志。

派爾又對條子提出另一個問題。

「安德森警探，入侵者用刀子殺害某人致死，然後把刀子藏在受害者家中，這種狀況常見嗎？」

我立刻起身，動作太快，導致我身體一側猛然抽痛，我掙扎喘著大氣開口。

「法官大人，抗議。派爾先生是在作證，不是在提問。」

「成立。」哈利說。

我緩緩坐下。抗議其實沒有什麼作用。派爾會重述問題，安德森還是會毫不質疑向陪審團說出他應該講的答案。

「警探，在你執法的歲月裡，有沒有遇過任何私宅刺殺案，凶嫌將作案工具藏在犯罪現場？」派爾問。

「沒有，我從來沒有見過這種狀況，我工作這麼多年，一次都沒見過。通常凶手會把刀子帶走，要麼留著，要麼處理掉。實在沒必要藏在屋子裡。藏在屋裡的唯一理由就是製造假象，讓執法人員以為凶嫌已經離開屋內，且帶走凶器。聽那通報案電話，感覺被告打電話的時候好像站在那張桌子上，各位可以聽到沉重、迅速的腳步聲，像是有人絆倒，然後是東西破裂的聲音。就我聽來，被告站在上面的時候，桌子翻了，花瓶破了。」

「安德森警探，謝謝你。我目前沒有問題了。我相信我的同僚會在你的警察工作裡雞蛋挑骨頭，想辦法讓陪審團排除你的證詞。事實上，我很詫異他沒有抗議凶刀的證詞。」派爾說。

我低聲吩咐阿諾，他離開法庭。我站起身，朝著派爾前進。只要我慢慢來，就還能勉強撐得住。派爾靠在辯方席，他左手扠腰，感覺還挺得意的。

「法官大人，我們沒有異議。」我說：「事實上，這份證據能夠協助陪審團。」

哈利看我的神情彷彿我是瘋子一樣。派爾得意神情消失的速度比摔進電梯井的黑社會線人還快。

法庭靜默下來。我站上戰場，這裡只有我跟安德森，其他的一切都不重要，場上也沒有其他人。我無視群眾、檢察官、法官、陪審團，只有我和他。我讓期待的情緒慢慢累積。安德森喝了點水，靜候我的提問。

我也在等。我想等阿諾回來再開始提問。他應該很快就會回來，從儲藏室把東西搬過來應該不用太久。

「警探，想請教你手是怎麼受傷的。」我說。

他的下巴如同鬆脫的桌虎鉗。無論從哪一側我都能看到他巨大的下巴肌肉繃緊，因為他用力咬牙。

「我跌倒了。」他說。

「你跌倒？」我說。

他猶豫了，他的喉結在喉嚨裡上下移動。

「對，踩到冰滑倒了。這裡結束後，我可以跟你好好聊聊。」他用乾燥的雙唇說話。他又喝了一口水。在證人席上，我看過各種克服焦慮的方法，有人顫抖，有人回答得太快，有人答得過度簡短，有人則口乾舌燥。

我不期待他會從實招來，我也不會提到底發生了什麼事，但我希望他覺得我可能會說，只是想讓他失常，結果他卻反過來威脅我。

法庭後門開啟。阿諾回來了，他帶了幾名法庭的保全人員一起回來，總共有五個人。他們組成一列古怪的隊伍，提著袋子、捧著箱子，還有兩人抱著一床沉重的床墊。我不再發問，等著這行人從法庭中央走道朝我走來。這列隊伍所拿來的古怪物品讓某些觀眾投出迷惑的目光。

我聽到派爾在討好群眾。

「隊伍最後會有軍樂團嗎？」他說。

我靠在檢方席上，說：「會，會有樂團，負責演奏你的送葬進行曲。」

在派爾跟我繼續鬥嘴前，我告訴哈利，我要提出正式的動議，在我對安德森交互詰問時進行現場重建。哈利請陪審團迴避，我跟派爾走到法官的座位前。

「這個重建有多精確？」哈利問。

「法官，我不是科學家，但我有專家證人，其他都只是物理現象而已。」我說。

「法官大人，檢方沒有事前得到任何通知。我們完全不曉得弗林先生要做什麼，我們希望反對這項動議。這是突襲。」

「批准動議。」哈利說：「如果你考慮要阻擋訴訟過程進行，向我的裁定提出訴願，那你最好三思。我看清了你操作凶器的小手段。如果弗林先生要求時間處理凶器證據，我會批准。我猜你早就掌握了這份證據。你若延滯訴訟，我也許會花點時間傳喚紐約市警鑑定研究室的分析師過來，問他到底是什麼時候找到桌上的鞋痕的。」

派爾退後、舉起雙手，說：「法官大人，你決定就好，我完全沒有想要延滯訴訟。」

哈利點點頭，面向我，說：「我就稍微給你一點操作空間，但從現在開始，你們雙方有什麼證據要提出來的，現在就當著彼此的面提。」

「事實上，我有幾張照片需要使用。那是昨天在命案現場拍的。」我說。

「現在拿出來。」哈利說。

我掏出手機，打開昨天早上哈波拍的臥室照片，用電郵傳送到檢察官辦公室的信箱。我把派爾帶去一旁，讓他看我手機裡的照片。他對我使用這些照片沒有意見，大概是因爲他不曉得接下來會發生什麼事。但凡他稍微察覺到我的企圖，肯定會大鬧特鬧。我只能祈禱這個決定會讓他後悔。

卡普法律事務所

紐約州紐約市時代廣場四號康泰納仕大廈四二一室

極機密

律師委託人工作成果——陪審員備忘錄

被告：羅柏．所羅門

地點：曼哈頓刑事法院

陪審員：芮塔．魏斯特

年齡：三十三歲

自行執業的孩童心理治療師。已婚。丈夫是馬洛尼餐廳的執行主廚。沒有孩子。父母皆已退休，現居佛羅里達。支持民主黨，但上次大選並未投票。沒有使用社交媒體。喜好美酒。從未擔任過專家證人。財務狀況良好。

表決無罪機率：百分之六十五

阿諾．諾瓦薩利奇

39

派爾對安德森警探的直接訊問讓凱恩的其他陪審員夥伴相當著迷。警探讓陪審員嘗到首次看見證據的滋味。他是開幕式，而此時所有的陪審員似乎都專注在證人身上。

這點讓凱恩很滿意，因為這證實了證人的確是很好用的分心利器。安德森作證時，凱恩花了不少時間研究史賓賽擺在大腿上的筆記。後排的陪審員都沒有凱恩那麼高，看不到被前排陪審員肩膀擋住的景象。他自己寫了半張筆記，關鍵字與重點詞彙，作為針對這位證人的備忘錄。他翻了一頁，寫下兩個字。

有罪。

凱恩望向史賓賽的筆記，再看看自己的，用力寫下「有罪」兩個字。然後他翻到新的一頁，這次讓「有」的一撇寫得比較長，又讓「罪」的「非」寫得比較小。他在寫字時，特別小心擋住本子，不讓別人看到他在寫什麼，同時抬高筆來寫，雙手完全不接觸到紙張。

凱恩這輩子都在模仿成為別人。有時，這些身分會持續存在好一會兒，特別是如果凱恩「借用」的是真人的身分。某些假身分任務完成、利用完畢之後，就可以立刻拋棄，而那些存在得比較久的身分，其中有幾個凱恩特別喜歡。而且，他很快就明白，為了要持續活在別人的身分裡，他必須要能順利簽署某些文件，好比說新的駕照、支票、轉帳等一些日常生活的狀況。凱恩在閒暇時會練習身分對象的簽名，然後學習偽造得完美無缺。在過去幾年間，他的技巧愈來愈純熟，控筆及手眼協調能力已經到了藝術家的境界。

終於，他對自己的字跡滿意了。凱恩輕鬆靠在椅背上，將筆記本翻回第一頁，然後雙手環胸。

派爾結束了他的直接質詢，凱恩入迷地望著一列隊的人從後門進來，捧著紙箱還有一張床墊。他看著派爾和弗林理論。

「法官大人，我想要聲請動議，讓我在與這位證人交互詰問時，進行正式的論證說明。」弗林說。

「咱們就這麼辦吧，但在那之前，我們必須請陪審員迴避。」法官說。

凱恩兩旁的陪審員起身。他跟著他們，把筆記本放進口袋裡。陪審團管理人帶他們從側門出去，回到評議室。在很多訴訟裡，陪審團可能一天會來回進出法庭十到十二次，因為檢辯雙方對於法律各有理論。凱恩已經習慣了。

陪審團管理人站在門外，替陪審員拉著門。凱恩走上去問她：「抱歉，請問我可以去洗手間嗎？」

「當然，就在走廊盡頭，左手邊第二間。」她說。

凱恩謝過庭警，沿著走廊前進。廁所幽暗狹小，聞起來就跟其他男廁一樣。其中一盞燈壞了。白色磁磚牆上有兩座小便斗，凱恩走進唯一一間隔間，關門上鎖。

他動作迅速。

首先，他從口袋裡掏出一盒口香糖，包裝已經拆開，糖也少了一顆。他把包裝盒往掌心倒，所有的口香糖都掉了出來。其中有一個跟一顆顆口香糖同樣大小的包裝物品，他拆開上頭的玻璃紙，抽出一雙薄到不行的乳膠手套。他迅速戴上手套，拿出口袋裡的筆記本，撕下寫著「有罪」的那一頁。他在手裡把紙張揉成一顆小紙團，還謹慎地讓「罪」這個字露出來。他把紙團放進口袋裡，摘掉手套，塞了一點零錢進去，用衛生紙包著，扔進馬桶後用水沖掉。

陪審團沒有等太久。十分鐘，足以凸顯史賓賽這個人。

「聽著，我曉得這一切對被告來說不太妙，但這案子還沒完。而且我不相信那個條子。」史賓賽說。

「我也不相信他。那把刀一直在狡猾的檢察官手裡，他只是不想讓辯方知道而已。」曼威爾說。

「這我們不知道，我只知道現在所羅門看起來眞的很不妙。」卡珊卓說。

凱恩注意到卡珊卓偶爾會偷看史賓賽。他年輕、纖瘦，卡珊卓還沒能鼓起勇氣跟他交談，但吸引力非常明顯，連凱恩都看得出來。

「我們必須保持開闊的心胸，而且到庭訊結束前，我們都不能討論證據。」凱恩說。

幾名陪審員點頭同意。

貝西說：「他說的對，我們不能討論。」

「我也是這個意思。我們不該把警察說的話當成聖旨，各位，打開心胸。」史賓賽說。

陪審團回到座位上，凱恩在就座前先脫下外套。他把外套摺放在右膝上，然後才坐進陪審席，也就是史賓賽後方的位子。法官讓庭訊繼續。

「各位先生、各位女士，感謝你們的配合。我允許弗林先生有一點操作空間來進行示範。各位要記得，檢方有權從這場示範中引導出這位證人的進一步證詞。好，弗林先生，請繼續進行。」法官說。

凱恩讓外套滑到地上，確保左邊袖子面向他自己。他彎腰把衣服撿起來，確定左右兩側的陪審員都專注望著艾迪．弗林的開場提問。泰瑞與芮塔都聚焦看著律師。凱恩拉起外套，將那團紙從衣服右邊口袋推出去。這是爲了讓外套持續蓋在紙團上。凱恩將外套拉離地面兩、三公分，用外套掃了一下。不一會兒，他就看到紙團滾到他前方的長凳陰影之下。

他立刻查看左手邊的陪審員，以及右邊的芮塔。他們似乎都沒發現到。

隨著弗林開始他的交互詰問，凱恩注意到弗林與安德森之間的緊張氣氛，特別是在警察談起他斷掉的手腕時，他說是自己跌倒摔斷的。

凱恩懷疑安德森是否眞的有跌倒，或者，他朝辯護律師來了記勾拳，結果沒打著。

弗林很痛苦，凱恩昨天看到他的時候，他行動沒有這麼緩慢。他也注意到每次律師從座位起身時，都強掩痛苦的神情。

凱恩覺得，如果要他打賭，他會說安德森與弗林昨晚不知怎麼打了一架。警探看弗林的目光不單純，他看弗林的憎恨神情遠超過重案組條子平常對辯護律師會有的厭惡感。

不，其中有段歷史，還是「近代史」。

凱恩不在乎警察，他不討厭警察。

所以他才選擇跟一位警察合作。警察很好用。他在心底註記，晚點要打電話給他的聯絡人，還有好多工作要做啊。

40

優秀的騙術有三個基本要件，無論你是在哈瓦那、倫敦、北京行騙都一樣。你會經歷這三個階段，也許名稱不同，也許用在不同的目的上，但說到底，這就是成功行騙的三段過程。

又是這個神奇的數字——三。

成功的交互詰問也有三個階段，廉價或高級的騙子同樣會用這三個階段。詐騙的藝術與交互詰問的藝術恰好是一樣的，而我曉得該怎麼善用這種技巧。

第一階段：說服力。

「警探，從我們剛剛所看的照片、受害者的驗屍報告，以及你自己的調查來說，這兩位死者是否可能死於被告以外的人之手？」

他完全沒有思考，我知道他不會多想。一旦重案組警察腦子裡有既定想法，要改變他們基本上是不可能的。

「不，不可能。所有的證據都指向被告就是凶手。」他沉著地說。

「辯方並不接受這個說法，但咱們暫且認爲你是對的，所有的證據都指向被告就是凶手。有沒有可能眞正犯下殺人罪行的凶手就是希望你及你的同事，還有檢察官，相信被告就是這樁命案的罪人呢？」

「你是說，有人飄進那間屋子，沒有人看見他，然後他還栽贓羅柏．所羅門？」他強掩住笑意。「抱歉，這也太荒謬了。」

「命案只會以你描述給陪審團的方式發生嗎？球棒打在卡爾．托澤身上，刀子刺死雅芮耶拉．布魯，然後他們都躺在床上？」

「這種方式才符合證據的呈現。」安德森說。

我回到筆電旁，用密碼進入法院的影音系統，載入兩張照片。這是哈波昨天早上拍的。我盯著螢幕，看到派爾先前打開的命案現場照片，這可以派上用場。我低聲吩咐阿諾該如何展示照片，並投影在法院螢幕上。他向我豎起兩根大拇指，然後起身將我們的設備搬到法庭的空地上，也就是法官、陪審團、目擊證人前方的瓷磚地面。

我起身，身體愈來愈痛，使我面露難色，我告訴自己，馬上就可以吃止痛藥了，只要再撐一下就好。我花了點時間望著紙箱和床墊，還有擺在床墊上的袋子。

第二階段：取得成功。

「安德森警探，螢幕上呈現的是受害者的照片，這是你前往命案現場時所看到的情景，對嗎？」我說。

他再次望向螢幕上的照片。卡爾側躺，腦後有血；雅芮耶拉仰躺在床上，胸腹有血，其他部位則沒有。

「對，我們發現他們的時候就是這樣。」

我看過法醫在命案現場的報告，裡頭詳細描述屍體的姿勢及上頭的傷口。女法醫在一點左右抵達，她認爲死亡時間差不多是在她到之前的三、四個小時之間。

我向阿諾比起兩根手指，他更換了螢幕上的照片。現在畫面上是一張命案現場床墊底部商品標籤的特寫。

「警官，擺在這邊地上的床墊是尼莫好眠的床墊，商品編號五五六一二L。你能確認床墊編號與照片上染了死者血跡的床墊是同一款嗎？」

他望向照片，說：「看起來像是。」

「法醫紀錄上顯示，雅芮耶拉的軀幹距離左側床沿三十公分，而她的頭距離床頭二十三公分，對嗎？」

「我相信是的，沒看報告，我記不得確切的數字。」他說。

我暫停，派爾的助理檢察官找到報告交給安德森。我憑著記憶告訴他頁數，這項技能在法庭上讓我獲益不少——我過目不忘。

「對，我會說是這樣沒錯。」他說。

他也證實了法醫報告上提到卡爾的情況：頭躺在距離床頭六十一公分、右側床沿四十五公分之處。

我從床墊上拿起袋子，把裡面的物品擺在地上。皮尺、麥克筆、玻璃一口杯、玉米糖漿、瓶裝水、食用色素、床單。

我攤開新的床單，鋪在床墊上。我根據法醫報告裡的距離數字在床單上用麥克筆框出範圍。我向阿諾舉起一根手指，我需要回到第一張照片。

法庭螢幕的畫面變了。上面是我們昨天拍的床墊照片，雅芮耶拉那側床鋪上有沉重、寬幅的血跡，卡爾頭部下方只有一點點，差不多只有咖啡杯大小。

「警探，你同意我在床鋪上做的記號符合照片裡的血跡嗎？」

他慢慢來，來回在螢幕及現場的床墊上看個仔細，然後說：「差不多吧。」

「你手邊有法醫的報告。她記錄了雅芮耶拉．布魯體重爲五十公斤；卡爾．托澤爲一百零五公斤，對嗎？」

他翻了翻報告，說：「對。」

「警探，這不是在考數學，但卡爾．托澤體重差不多是雅芮耶拉．布魯的兩倍，你說對不對？」

他點點頭，改變坐姿。

「我需要你回答這個問題以供記錄。」我說。

「對。」他靠向麥克風。

我打開箱子，拿出兩個壺鈴，讓安德森看。他同意一個是十公斤，一個是二十公斤。我把第一個壺鈴擺在雅芮耶拉那一側的圓圈裡，另一個則擺在卡爾那一側。在我還沒進行下一步的測試前，我就曉得這招會成功。還在小柏臥房與哈波一起躺在床上的時候，我就知道了。二十公斤的壺鈴在床墊上的位置比較低，把床墊壓得更沉。十公斤的壺鈴在床墊上的位置看起來至少高了五公分。

「警探，請再看看法醫記錄，她指出雅芮耶拉失血過多，差不多一千毫升？」

他搜尋內容，說：「對。」

我打開瓶裝水，倒了一些進我在辯方桌的玻璃杯裡，然後在水瓶裡加入玉米糖漿及兩滴食物色素。我蓋上蓋子，搖晃瓶身，再打開將液體倒入玻璃小杯中。

「警探，這是一口杯，你可以隨意查看，容量是五十毫升。你要看看嗎？」我說。

「我姑且相信你。」他說。

「紐約市警實驗室用玉米糖漿與水以一比四的比例複製出血液的濃稠度，這是他們血跡鑑識專家重建手冊上寫的，你知道這點嗎？」

「我不知道，但我並沒有不同意。」他說。安德森很謹慎，他沒有貿然同意我的話，因爲他曉得我藏了一手。如果他無故理論，也許會讓他的證詞看起來很無力。所有的紐約市警都經過同樣的作證訓練。我已經交互詰問過夠多條子了，曉得他們會怎麼玩。

我緩緩將小酒杯倒在雅芮耶拉那側的壺鈴上，壺鈴底部馬上積了一小圈液體，然後深色的痕跡擴散出去。一路跨越床鋪，流向卡爾那一側的壺鈴。安德森下巴的肌肉開始抽動，我在三公尺外都聽得到他悶著咬牙的聲音。

「警官，歡迎你上來檢查這張床墊，之後你再回答我的問題。我要你看看命案現場照片的床墊，告訴我那張照片裡有什麼問題？」

安德森望向螢幕，又看向床墊。他演技很差，他揉揉太陽穴，搖搖頭，想裝出不明白的模樣，但不太成功。

「我不懂你的意思。」他說。

我曉得他不會讓我好過，但這個答案是錯的，還讓我有機會好好解釋一番，特別是解釋給陪審團聽。

螢幕更換，阿諾換上命案現場的受害者照片。至少我跟阿諾還在同一條船上。在我開口前，我看到哈利做起筆記來，他的速度比我還快。

「警官，卡爾·托澤身上沒有雅芮耶拉·布魯的血，對嗎？」

「對，我猜沒有。」他說。

派爾聽夠了。他從座位上跳起，走到我身邊。

「法官大人，檢方必須反對這場……鬧劇。無論那張床墊上是不是血，有沒有從這張床墊上流下去，這些都沒有意義。被告家中的床墊沒有測試過，根本是不一樣的東西。沒有證據顯示在這張床墊上的狀況也能符合命案現場的那張床墊。」

哈利的眉毛都要翻過腦袋了，他用筆敲敲桌面。

「我讓這次的示範進行到現在，但弗林先生，派爾先生說的很有道理。」哈利說。

第三階段：當你發現你是個遜咖。

我環視旁聽席，所有的人都急著聽我的答案。我在這些望著我的人臉上看到很多情緒，有狐疑、有困惑，但多數是好奇入迷的。這麼多個月來，他們只聽過一個說法，就這麼一個——小柏．所羅門殺害妻子與保全主任。好了，也許現在他們能夠聽到不一樣的故事。

而大家都喜歡故事。

我終於在人群裡找到我要的那張臉。

「奇斯曼先生，可以麻煩你起立嗎？」我說。

一位年約五十的男子從旁聽席第二排得意起身。他有稀疏的黑髮，梳得整齊，還有一嘴鬍子，那鬍子看起來像是備受寵愛的小寵物一樣。他是個高大的人，身穿午夜藍西裝、白襯衫及祖母綠的領帶。

我轉頭面向哈利。

「法官大人，這位是奇斯曼先生。他在二〇〇三年的時候註冊了尼莫好眠的床墊專利，這張床墊以乳膠及克維拉塗層纖維製成，保證百分之百防水。這張床墊的吸水率跟高碳鋼一樣。同時也低敏感、抗菌、抗黴，廣受全球飯店業喜愛。如果有必要，如果派爾先生願意打亂程序交互詰問，奇斯曼先生可以提供作證。」

哈利望著奇斯曼先生，難掩臉上的喜悅之情。讓人更滿意的是派爾的表情，用訝異來形容他也太保守了。他走向了一面磚牆，上面寫滿「無罪」。

「呃，法官大人，恐怕我這次必須保留我對奇斯曼先生的立場。」他說。

「我允許庭訊繼續進行。」哈利說。

在派爾還沒回到檢方席之前，我已經一腳踩在安德森的喉頭上。

「警探，如同我們剛剛重建的場景，托澤先生身上沒有雅芮耶拉．布魯的血，一滴也沒有。如果受害人遭到謀殺的現場跟你發現他們的狀況一樣，那托澤先生身上應該會有血，你接受這點嗎？」

「不，我相信受害者就是死在他們倒下的地方。」安德森說。

「你接受液體向低處流嗎？」我問。

「我……我當然接受。」他說。

「警探，這是很簡單的物理現象。卡爾．托澤比雅芮耶拉．布魯還重。他的體重會讓床墊下陷。雅芮耶拉流出的血液，根據物理定律，會往低處流，肯定會流到托澤先生身上，這樣說沒錯吧？」

他猶豫起來，嘴唇顫動，但沒有發出聲音。

「是有這個可能。」最後他說。

我要來收割囉。螢幕上展示出哈波拍攝的床墊血跡照片。

「如果雅芮耶拉遭到謀殺時，卡爾在床上，他身上就會有血。警探，重建測試是否很明顯地指出，雅芮耶拉遭到謀殺時，卡爾．托澤根本不在這張床上呢？血一定乾了、凝固了，然後卡爾．托澤的屍體才擺上床吧？」

「是有這個可能。」他說。

「你是說，很有可能？」

他咬著牙說：「有這個可能。」

「在這次交互詰問一開始，你告訴陪審團，命案只有一種發生情形，那就是兩名死者一起躺在床上。現在證據顯示了另一種可能，對嗎？」我說。

「也許吧，但這沒辦法改變你的客戶謀殺了他們的事實。」他說。

我正要開始對付安德森，攻擊他的調查實在很有問題，卻被法官打斷了。哈利舉起一隻手，要我停下來。一名庭警對法官低語，法官起身宣布：「休庭二十分鐘，檢辯雙方立刻來我的辦公室。」

哈利的口氣聽起來很火大。庭警跟哈利又說了幾句，在書記高喊「全體起立」前，哈利就消失進後方走道裡。

我不曉得發生了什麼事，派爾也一頭霧水。

不過，眞的有事發生。我看著陪審團管理人從每位陪審員手裡收取筆記本。該死，我現在最不需要的就是換一組陪審團，我已經開始贏得這些人的心了。

不管發生什麼事，哈利都很火大。

卡普法律事務所

紐約州紐約市時代廣場四號康泰納仕大廈四二一一室

極機密

律師委託人工作成果——陪審員備忘錄

被告：羅柏．所羅門

地點：曼哈頓刑事法院

陪審員：曼威爾．奧特加

年齡：三十八歲

鋼琴師、長笛師、吉他樂手。主要收入來自音樂家接案。目前沒有加入樂團。離婚，一子，十一歲，與前妻同住。經濟狀況不佳（嚴重負債）。沒有投票紀錄。二十年前從德州搬來紐約。哥哥坐牢。社交媒體發文展現出對監獄制度的強烈不滿。

表決無罪機率：百分之九十

阿諾．諾瓦薩利奇

41

他等到恰恰好的一刻。

很難判斷，他身邊人太多了。跟其他人坐得這麼近總會讓凱恩特別不舒服。他花了好幾年的時間模仿他目標對象的舉止細節，他們的音色、言語用詞、身體姿態、習慣、不經意的小動作、呼吸的節奏、氣味，甚至他們停下動作時，雙手交叉放在胸前的樣子。

他跟其他陪審員坐在一起的時候，實在沒有辦法關閉這種對別人相當細微的感知察覺。有時感覺太過強烈，有時他很慶幸自己具備這種能力。

好比說現在。

他可以連看都不用看就感覺得到。弗林挖了個坑給檢察官跳，而第二排的胖高先生奇斯曼，連桌椅都彷彿轉頭望著他。這招真是令人沉醉。

凱恩伸出右腿，流暢地蹺在左膝上。他用手蓋著交疊的雙腿，靜靜等候。他曉得那團紙已經往前滾去，前往第一排座椅。他感覺到自己的腳碰觸到紙團，聽見細微的紙張窸窣聲。

史賓賽望向左側，尋找聲音的來源，然後看向右方，什麼也沒看見。他必須要彎腰才看得見那張紙。

雖然凱恩曉得紙團在哪裡，但他已經看不見它了。坐在史賓賽右邊的陪審員貝西雙手放在身邊，在座位上調整坐姿，把腿往前伸，然後腳踝交叉擺回長凳下方。

她聽到了聲音，凱恩也聽到了。這次聲音比較大聲，是紙張的窸窣聲。貝西彎腰查看，起來時，手裡多了一團紙。她停頓了好一會兒，那團紙握在她手裡彷彿是水晶球。「有罪」二字看得清清楚楚。芮塔坐在凱恩身旁，她看見貝西從地上撿起東西。芮塔靠向前，優雅的一隻手搭在貝西肩上。

「噢，我的老天，上頭寫著*有罪*。」芮塔說。

「對，沒錯。」貝西說。

兩位女性都扭頭望著史賓賽的方向。

「史賓賽，你這是幹什麼？」貝西說。

史賓賽轉頭望向貝西，一度露出困惑的神情。

「這是什麼？」他說。

陪審團管理人聽到他們的聲音，經過凱恩身邊，靠過來，準備叫他們安靜下來。這時，她看到了那團紙。貝西將紙轉過來，讓陪審團管理人看上頭寫的字。這位庭警立刻站直身子，叫他們安靜。然後拿著那團紙朝法官走去。

凱恩保持被動的態度，裝出一臉不解的神情。陪審團管理人不在，貝西一股腦兒說了起來。

「你知道嗎？你眞是個操弄別人的混蛋。」她說。

其他的陪審員都聽到了。

42

最後，需要在場全數五名庭警出動才能讓陪審團冷靜下來。庭警帶他們離開陪審席時，他們還爭論不休。我打官司這麼多年，這是我第一次看到陪審團冒著藐視法庭的風險起衝突。

皮膚蒼白的網站設計師克里斯．派洛斯基一手拉著史賓賽的毛衣，一手指著曼威爾．奧特加。科幻迷丹尼爾．克雷則加入年長的布萊德利．桑默斯、譯者詹姆士．強森的行列，對著這群人大吼。他們吵得不可開交，吼著要人安靜這招是行不通的。

音樂家曼威爾則面向大塊頭的泰瑞．安德魯斯。這一刻，貝西與芮塔開始對史賓賽．柯貝爾罵個沒完。

只有一個人沒有加入戰局，低著頭靜靜坐在原位，那是艾立克．溫恩。庭警將陪審團帶離法庭。

就算走廊的門在他們離開後關上了，我們還是聽得到爭執聲。

「老天，發生什麼事？」小柏說。

我轉頭面向我的客戶，想要安慰他。

「不曉得，但不管狀況如何，也許對你來說都是好事。」我說。

「好事？怎麼說？」他問。

「現在才剛開庭，但陪審團看起來有點意見紛歧了。這是個好現象。我們希望他們持續如此。」

他似乎明白了，看起來氣色好了許多。他臉上恢復的血色讓他容光煥發。一切都值得。我放棄了很多東西換得坐在小柏·所羅門身邊替他辯護的機會。現在看著他，我覺得自己做的決定是對的。

「所以我們有機會？我是說，今天之前，我根本沒有見過那把刀子，艾迪。我向你保證，我從來沒有見過那把刀，更別說碰它了。」他說。

「小柏，球棒在臥室。魯迪告訴我，你通常會把球棒放在門口，是這樣嗎？」

「對，沒錯。我在農場長大，我爸不喜歡槍。他會在大門旁邊擺一根標準尺寸的木塊用來防身，你懂嗎？他有次爲了打討債人，把那根木棒打斷了，因爲傷人坐了幾個月的牢。出獄後，他買了一根球棒，一直放在同一個位置，門邊的小凹室裡。他說球棒不容易打斷。無論我住哪裡，有多少保全，我也有樣學樣。不過，我從來沒有用過就是了。」

「很好。」我說。我曉得球棒爲什麼會出現在臥室，且跟卡爾·托澤脖子上神祕的痕跡有什麼關係了。

書記官跑過來，哈利想要立刻見我們。我們跟著書記官前往哈利的辦公室，這次派爾沒有開口，他想必是在擔心陪審團。十二個人處不好就不能給他異口同聲的有罪判決，他必須全力贏回陪審團，而他也很清楚這點。

哈利坐在辦公桌後方。他脫下長袍，掛在一旁。他身穿白色襯衫，黑長褲上繫了吊帶。桌上有一張揉成一團的紙，旁邊是高高一疊筆記本。

我們坐進哈利對面的柔軟椅墊座椅。書記官坐在她的位子上，速記員也進來了。哈利一開口，她就開始打字。我們這場對話是有正式記錄的。

「兩位，我們有位預設立場的陪審員。」哈利說。

「該死。」派爾怒拍哈利的辦公桌。

我揉揉臉，向哈利要了一杯水。我又吃了止痛藥，我從來沒有這麼需要止痛藥過。除了斷掉的肋骨外，我的頭也開始抽痛。之前只要我不去碰腦後的大包，我的頭就沒什麼問題，現在我卻感覺到嚴重頭痛就要發作，而這頭痛跟昨天打我的那一棍無關。

哈利的話語彷彿是斷了鋼絲從空中直直砸下來的鋼琴。

預設立場的陪審員。

之前沒遇過，但我在報紙上讀過很多他們的報導。預設立場的陪審員有自己的目的。在多數案子裡，他們認識被告，可能是遠親或朋友，他們有自己的目標，會想辦法進入陪審團，且讓判決朝向他們想要的方向前進。

「是誰？」派爾說。

「看看這個，但別動手，上頭已經有很多指紋了。」哈利說。

我們起身，檢視哈利桌上的那團紙。看到寫著「有罪」的字條在陪審團之間流傳，唉，頭痛又再次衝擊我的腦袋。

「你要延後庭訊嗎？」我說。

「我還不確定。我看了一下法院提供給陪審員的筆記本，我覺得我找到人了。兩本沒寫字，其他的筆跡都不太接近。我不是筆跡鑑定專家，但就我看來，這本的字已經很像了。」哈利說。

哈利在桌上打開一本筆記本，上頭的字跡跟紙團上的筆跡看起來不只像，根本一模一樣。

「我看來也像。」派爾說。

「我也覺得。」

哈利請書記官去找這位陪審員。我們沒有等太久，書記官就帶著史賓賽．柯貝爾進來，還請他坐在哈利辦公桌角落的另一張椅子上。失去這名陪審員我其實不太在意，他在報告上看起來像是我們的人，創造力極佳，自由文青型的人，常穿緊身高領毛衣，還抽大麻。他本該是我們的理想人員。

他坐下，很不自在，彷彿是在學校打架，被人叫進校長辦公室一樣。

「柯貝爾先生，我們在此的談話列入正式記錄。我想知道這張紙是不是你寫的，你是否用這張紙向其他陪審員傳遞訊息？」哈利說。

「什麼？沒有，我沒有做這種事。」

「這看起來像你的筆跡。」哈利說。

柯貝爾想說點什麼，想想又閉上嘴巴。他聳聳肩，然後說：「我完全不曉得這字條的事。法官，眞的不是我。」

「先生，我經驗豐富。我檢查了你筆記本裡的內容。這是你最後的機會。」哈利說。

陪審員盯著地板，他想開口，卻又搖搖頭。

「柯貝爾先生，等等，在你開口之前，你該知道我可以進去質問每一位陪審員，或者，你可以替我省點時間。因爲如果我必須浪費時間向其他陪審員面談，你就能夠料到你今晚會在隔壁拘留室過夜，讓我好好想想該拿你怎麼辦。」哈利說。

他完全不用多說。想到跟二十個男人在監禁室度過一晚就足以讓柯貝爾從實招來。

「我沒有寫那張字條。而且我覺得他是無辜的。」他說，但話一出口，他就後悔了。

法官旋轉椅子，面對我們，說：「柯貝爾先生，你已經不是本案陪審團的一員。現階段你不該做出任何判斷。光根據這點，你就除名了。我必須說，我並不相信你，我覺得這張紙是你寫的。我覺得你想要說服其他陪審員被告是有罪的。不管怎麼說，我都不允許你繼續干涉這場官司。我還沒決定該怎麼處理這張紙條。我會請紐約市警調查，也請他們調查你。爲了你好，我希望你說的是實話。如果這張紙上有你的指紋，我就會去找你，這樣懂了嗎？」

史賓賽點點頭，然後在狀況變得更糟糕之前趕緊閃人。

「這些陪審員就跟過熟的蘋果一樣，一個一個滾走了。」派爾說。

「還要你說。我該多找六個候補人選的。我會請陪審團無視這張紙。你們有什麼話要說嗎？我現在就可以告訴你們，我並不考慮任何審判無效的動議。」

我跟派爾搖搖頭。實在沒必要爲此搬出這招。如果哈利要陪審團無視字條，那法律上就沒有審判無效的基礎。我也束手無策。

「很好。我們這就請第二位候補陪審員出來。她整場訴訟都在場，我想她應該不會有異議。好，現在回去工作吧。」哈利說。

卡普法律事務所

紐約州紐約市時代廣場四號康泰納仕大廈四二一室

極機密

律師委託人工作成果——陪審員備忘錄

被告：羅柏．所羅門

地點：曼哈頓刑事法院

陪審員：詹姆士．強森

年齡：四十三歲

兩年前從華盛頓特區搬到紐約。父母雙亡。一位哥哥還住在華盛頓。譯者（阿拉伯文、法文、俄文、德文）。在家以視訊會議工作。經濟狀況佳。多個社區團體志工，主要是為了與人接觸。沒有社交生活。喜歡法國電影、寫實紀錄片、品嚐起司。棄權不投票。

表決無罪機率：百分之五十

阿諾．諾瓦薩利奇

43

陪審團等待回到法庭的時候，還有兩名庭警跟他們在一起。陪審員都沒有開口。凱恩喝了點咖啡，看著其他陪審員。他們看起來都愈來愈火大。

陪審團回到法庭時，新的一位陪審員已經在等他們了。瓦萊麗・柏林頓四十五、六歲，身穿昂貴黑色牛仔褲及黑色上衣。她戴了很多首飾，都是眞的金飾。她手腕上的沉重鍊子大概就值兩萬美金。貴歸貴，反而讓她看起來很俗氣。她距離凱恩遠遠的，坐在他所坐長凳的另一端。

法官告訴陪審團史賓賽離開了，而他指派了另一位替代人選。哈利兌現承諾，指示陪審團無視那張紙條，他也嚴正警告，在聽完所有的證詞前，他們不得討論案情。違反者的下場如何，他說得很清楚。

史賓賽出局，另一個凱恩要擔心的陪審員就是曼威爾了。

但他必須緩一緩。

所羅門律師的聲音打斷了凱恩的專注。他低估了這個男人——艾迪・弗林。他再也不會犯這種錯了。

44

再次看到我，安德森警探的神情很不悅。少有證人喜歡看到我。我的優勢沒了，安德森有時間考慮我會問他的問題。我已經少了突襲的先機。

「警探，我們已經重建這起命案也許不是以你一開始描述給陪審團聽的方式發生，你也接受了，接下來讓我談談行兇的方式。警探，請再看看托澤先生的驗屍報告。」我說。

安德森在面前的文件查找，然後說：「律師，我還是相信受害者死在那張床上。我不曉得為什麼托澤先生身上沒有血，但這樣也不能改變什麼。」

我先不管他的證詞。我決定之後再回來討論這件事。

「你會看到在報告的第三頁提到托澤先生的脖子上有一道瘀青。差不多八毫米寬，七公分長，看到了嗎？」

「看到了。」

「根據你所說的，受害者是在床上睡覺時遭到殺害，這樣該怎麼解釋這道瘀青？」

他想了想，翻過一頁報告，看著屍體的示意圖，法醫在圖上標示出傷口的位置。

「我不知道。也許他在上床之前就弄到了？也許跟命案根本無關？」他說。

「跟命案無關，的確有這個可能，或者，也許這道痕跡就是最重要的資訊。請再看看這些照片。」我說。

阿諾展示出鑑識人員在屋子其他地方拍攝的照片，廚房、走廊、客廳。除了廚房之外，屋內其他空間地板上都鋪了雪白的地毯。

「如果托澤先生沒有死在床上，那他的第一現場很可能就是在屋裡的其他地方。如你所見，到處都沒有血跡，對嗎？」我說。

這次他倒回答得很快。

「到處都沒有。我們只有在床上找到托澤先生的血。」他的口氣聽起來有點得意。

「警探，如果入侵者想辦法進入屋內，並且用袋子罩在托澤先生頭上，往後面拉，應該可以在脖子上造成同樣的痕跡，你覺得說得通嗎？」

安德森停頓了一下，他沒料到這點。

「也許吧，但托澤先生沒有死於窒息，他是死於球棒重擊頭部。」

「看似如此。警探，你知道被告通常都把球棒放在哪裡嗎？」

「不太清楚。」他說。

「在大門口的玄關處。」我說。

安德森聳聳肩，然後搖搖頭，彷彿是在說：*那又怎樣？*

「入侵者想辦法進屋，也許是偽裝成別人的樣子，然後從後方套了一個袋子在托澤先生頭上，用力一拉，造成瘀傷，接著抓起被告的球棒，用力重擊托澤先生後腦，殺死他。這是有可能的，對不對？」

我提問的時候，警探搖搖頭。他沒有準備好要同意這個發現，他以爲他有答案。派爾可以反對，但他似乎樂得讓安德森想辦法打發這個問題。

「不可能。如果這麼做，那血跡在哪裡？在那地毯上，一滴血都看得清清楚楚。我們不可能錯過地毯上的任何血跡。」

「但如果入侵者用袋子罩住托澤先生的頭部，也許那是束口袋，那麼凶嫌還是能在屋裡各處重擊托澤先生，因爲衝擊力道下所產生的飛濺鮮血就會封在袋子之中，對不對？」

說得通，這解釋了托澤脖子上的瘀傷，以及地毯上爲什麼沒有他的血，同時也說明床上雅芮耶拉的血爲什麼沒有流到托澤那一側。等到凶嫌將托澤扛上樓，擺在她屍體旁邊時，她的心臟早就停止跳動了，這就代表不會繼續出血。已經流出來的血會壓在她自己的體重之下，因此吸進床單之中。

「我不明白，如果是這樣，那爲什麼凶嫌要在殺害雅芮耶拉．布魯之後，將托澤的屍體擺在她旁邊的床上？」安德森問。

這是菜鳥等級的失誤。哈利正要開口告訴安德森他不該問律師問題。證人不該發問，他們只能回答。不過呢，這次我樂意解答。

「因爲如果托澤的屍體出現在雅芮耶拉身邊，就能營造出某人發現他們同床，進而殺害他們的假象。這替小柏．所羅門製造了殺人動機，所有的調查重點就會全部聚焦在他身上，而不會留意眞正的凶手，對不對？」

「那是你的看法。」安德森說。

「咱們先不說這是誰的看法，好嗎？布魯小姐身上完全沒有自衛的傷痕，完全沒有，這點不是很奇怪嗎？」

「對，我猜她遇襲的時候還沒醒。」安德森說。

「請問我可以借用八號展示證物嗎？」我對書記官說。

書記官從身後拿出一根棒球棒，球棒裝在密封塑膠證物袋裡。我站在床墊上，輕輕朝應該是托澤那一側床鋪上的壺鈴敲了下去。

悶悶的衝擊聲迴盪在法庭裡。我把球棒還給書記官。

「楓木球棒重擊金屬的時候聲音很大，當球棒重擊卡爾．托澤的後腦時，難道不會產生巨大聲響嗎？」

「可能會有一些聲音，我接受這點。」

「而據你所言，距離聲音來源只有幾公分的布魯女士，難道她不會因此驚醒嗎？」

他鼻孔噴氣。長長的鼻息能夠排出他的無奈。

「我說不準。」他說。

該繼續了，桌子和刀子在這個案子中非常重要。

「請問警方爲了尋找可能的凶器，搜索過屋子幾次？」我說。

他想了想，說：「大概十幾次吧。」

「而搜索這麼多次，一直都沒有找到凶器，對嗎？」

「沒有，如我所說，我昨天才找到的。」

「那是因爲刀藏得很好，對不對？」我說。

他點點頭，且歪嘴一笑。「我猜是不錯，但我們還是找到了。」

「凶器藏在那個燈罩裡的唯一理由是凶手不希望你們找到刀子，可以這麼說嗎？」

「可以。」

「那麼，這麼說好了，被告要踩在桌子上才能藏刀子，那他爲什麼之後不把桌子擺回原來的樣子呢？」

「我不知道。」安德森說。

「你之所以找到刀子，是因爲桌子翻倒了？」

「我猜你可以這麼說。」他說。

「而這也告訴你，也許那張桌子跟命案有所關聯，對嗎？」

「對。」

「如果凶嫌將桌子擺正，你可能就找不到刀子了？」

「大概找不到。」安德森說。

「距離報案電話跟第一批警方抵達之間差不多有七分鐘的間隔，對嗎？」

「我想是吧。」

「時間足以讓凶嫌藏好刀子，且把桌子搬正，你說是嗎？」

「也是有這個可能。」

「假設你是對的，被告是凶手，他想把刀子藏起來，不希望被警方找到。他費了千辛萬苦把刀子藏在別人不會去找的地方——燈罩裡面。然後，他打破了花瓶，弄翻了燈下方的桌子。你這是在告訴我，被告就讓桌子翻倒，讓花瓶破在原地？如你所言，這些物品顯然會讓警方直接找到凶器。如果被告是凶手，他讓桌子保持那個樣子，這麼說來實在不合理吧？」

「凶手會犯各種錯誤，所以我們才逮得到他們。」

我展示出臥室的犯罪現場照片，床邊桌旁還有破碎的相框。

「警探，報案電話裡的碎裂玻璃聲是否可能是我的客戶撞倒床邊桌上相框的聲音？」

「有可能。」

這個答案讓他很滿意。我已經差不多問完安德森了。我只需要讓陪審團曉得我們並沒有無視托澤嘴裡的一元美金。

「警探，你並沒有親自替一元美金進行鑑識工作，對吧？」

「不，我沒有。」

「沒關係，我們可以向鑑識專家請教那件證物的問題。」

我想起昨晚，決定要讓安德森吃不完兜著走。魯迪・卡普的團隊仔細調查過安德森，那些資訊不用眞是太可惜了。

「關於在燈罩裡找到凶器，我們只聽到你的片面說詞。請問政風督察局調查過你幾次？」

安德森瞇起雙眼，氣憤地回答我的問題。

「兩次，而我的舉止都是清白的。」

我望向安德森憤怒的神情，說：「等到這個案子結束，也許好事會成三呢。」

派爾抗議，陪審團必須無視我的最後一個問題。

「警探，謝謝，我沒有其他問題了。」我說。

派爾沒有要再次進行直接詢問。安德森離開證人席的時候，他看我的眼神彷彿是要殺了我。我知道他手腳不乾淨。他是麥克・葛蘭傑的好兄弟。他們昨晚在我辦公室外頭的小派對說明了安德森就跟每個紐約市警重案組的警察一樣壞。我在那裡樹了敵，心狠手辣的敵人。差不多要一點了。我看到哈利望向時間。

「先生、女士，已經到了午餐時間。午休時，陪審團有一些事情要忙。我提議我們三點回到這裡。休會。」哈利說。

我回到辯方席的時候，阿諾向我摘要了一下陪審團的狀況。

「他們喜歡你。實在沒想過我會這麼說，但我無法否認。我覺得有四個陪審員站在我們這邊。你提到桌子翻倒的時候，兩位女士點起頭來。還有那招用球棒打壺鈴，眞的很不錯。」

這時，小柏靠過來加入對話，說：「謝謝。我很慶幸有你們幫我。」

「咱們先別太興奮。還有多位檢方證人能夠讓你身陷危機。我覺得派爾還藏了很多驚喜等著我們。」我說。

法庭人潮慢慢散去，我看到後方有十幾名西裝男子排排站。小柏的保全還是很嚴密，他們準備帶小柏安然退場，前往法庭的小房間，讓他享用墨西哥捲餅，順便沉浸在自己的祕密之中。我都看得出來這個祕密快壓垮他了。這個男人帶著罪咎，也帶著他所選擇隱藏的眞相，這個祕密肯定跟命案當晚有關。**小柏，你到底在隱瞞什麼？**

在我能夠多想之前，人群散去，我看到兩名女性側身推擠其他人走過來。是哈波和她的聯邦調查局朋友迪雷尼。不曉得她們查到了什麼，從她們的表情實在看不出來。我只知道她們查到了大消息。她們推開最後的觀眾走過來，哈波來到辯方席，說：「我們需要談談，現在就談。你絕對不會相信這個。」

卡普法律事務所

紐約州紐約市時代廣場四號康泰納仕大廈四二一室

極機密

律師委託人工作成果——陪審員備忘錄

被告：羅柏．所羅門

地點：曼哈頓刑事法院

陪審員：布萊德利．桑默斯

年齡：六十四歲

退休郵局員工。鰥夫。領政府退休金，經濟狀況良好。無負債，無資產。與兩個孩子不親（分別住在澳洲及加州）。偶爾去公園下棋。票投民主黨。沒有網路身分。讀《紐約時報》。

表決無罪機率：百分之六十六

阿諾．諾瓦薩利奇

45

這不是凱恩第一次乘坐警車。庭警將他與其他陪審員一起從側門帶離法庭。車身上有藍白線條的紐約市警警車一輛輛停在人行道邊。他們沒辦法把車子停在法院正門，交管已經封閉了半條中央街，因爲法庭外的人實在太多了。

開車送凱恩回公寓的警察沒有跟他交談。他們一起搭上三層樓的電梯。洛克警官默默站在公寓窄小的玄關處，等著凱恩走進臥室打包。

長褲、內褲、襪子、兩件襯衫，還有另外兩條褲子，通通裝進包包裡。這是特製的包包。多年前，凱恩在拉斯維加斯訂製的，手工縫製，厚實義大利皮革，現在這個包包跟他在商店裡拎起的時候一樣完好如新。刮鬍刀、牙刷，他的藥通通扔進包包。抗生素。他也打包了他的電子溫度計，但先量了一下體溫，正常。

凱恩用手撫摸包包，伸手沿著內側的縫線摩挲。他摸到拇指形狀的裂口，輕輕拉開。暗夾裡有一層鋁箔紙，會讓金屬探測器失靈。暗夾對面是一個金屬徽章，上頭刻著製造商的廠牌名稱。警察會以爲他們的探測器捕捉到了商標的金屬。

凱恩拿了一些必要的東西。小小的物品可以組成基本的謀殺工具箱，這些東西通通放在暗夾裡。他拉上拉鍊，回去找門口的員警。洛克警官翻了翻擺在玄關桌上的雜誌。

「你會釣魚嗎？」洛克問。

「會啊，有機會就去。」凱恩說。

「我們幾個朋友一年會去奧斯威戈河兩次，那邊很適合釣魚。」

「我也聽說過那個地方，等到釣魚季節開放，我肯定會過去看看。」凱恩說。

他們回到中央街的一路上都交換著釣魚的故事，兩個人都聊起釣到大魚卻將其放生的經驗。釣魚故事都大同小異。洛克帶凱恩從後門回到法院，然後員警就離開了。空間裡只有凱恩一個人，他是第一個回來的陪審員。事實證明，這場官司不會太難。他曉得該怎麼對付其他的陪審員。凱恩的心思飄到訴訟之外的境地，他的下一步已經規劃了好幾個月。這場官司讓他懷疑是否該更動計畫。

凱恩把一枚十分硬幣擺在桌上。

正面，依照原訂計畫進行。

反面，啓動新計畫。

他擲起銅板。

生死懸在空中。命運本身全然是靠機運決定。無論銅板擲出哪一面，凱恩都會小心謹慎。不確定性讓凱恩覺得刺激，他的胃部深處很有感。

硬幣在桌上彈跳，最後停下。

反面。

他把錢幣收好，吃起三明治。他一邊吃，一邊想起硬幣饒過的那個人，現在他可以繼續生活了。那人永遠不會知道自己逃過什麼劫難。事實上，魯迪·卡普永遠不會知道自己曾經身陷危機之中。

當然，這意味著代價必須由別人承擔。

凱恩拿起包包，離開房間，沿著走廊前進，進入洗手間，確認了裡頭沒人。他在隔間內上鎖，從暗夾裡拿出拋棄式手機撥打。電話立刻接通。

「羅德島改變計畫。」凱恩說。

「你那枚銅板遲早會給你惹麻煩。讓我猜猜，饒過魯迪了？」對方說。

「銅板做出明智的選擇。不用到明天早上，弗林就會出現在各大媒體及社交網站貼文上。好了，你可以弄來我要的東西嗎？」凱恩問。

「我就覺得你會走這條路。弗林一定會偷走頭條的。我覺得你會很樂。我把你要的東西放在你那輛停在甘迺迪機場的車裡了。」電話另一端說。

「你已經搞定了？」

「剛好有機會處理，就把握良機了。反正弗林問題太多了。安德森在法庭上好幾回差點露餡。我們必須保護他。」

「當然，這就是搭檔存在的目的。我覺得安德森會很享受這一切。」凱恩說：「他恨死弗林了。」

「我曉得。我有點可憐弗林，他不曉得接下來有什麼麻煩會找上他。」

46

兩層樓下的狹小會議室瀰漫著廉價鬍後修容水及體臭味。迪雷尼似乎不介意，但對哈波來說卻很有問題。她花了幾分鐘適應氣味。她對這種東西就是很敏感。

她們帶了一堆檔案跟紙張文件，現在通通擺在會議室的桌子上。哈波先開口。

「理查．潘納的受害者跟一元殺手的調查有關。」她說。

卡爾．托澤嘴裡的一元紙鈔蝴蝶上有理查．潘納的ＤＮＡ，以及小柏．所羅門的指紋跟ＤＮＡ。不過，早在紙鈔印出來之前十二年潘納就伏法了，四條人命，死刑由偉大的北卡羅萊納州州政府執行。潘納引人注意的特點是他的受害者人數，不可能都跟一元殺手有關吧。

「這些命案現場有找到一元美金嗎？」我問。

她們沒有立刻答話，迅速互看一眼，彷彿是在問誰該回答問題。最後是迪雷尼打開一份檔案，拿出幾張照片。

四張照片，四位女性，都是白人，都很年輕，都香消玉殞。照片裡，尋獲她們的時候都是在草地或某些長草的地方。她們還擺出姿勢，四肢伸得長長的，好像是在跳開合跳一樣。開合跳，也叫星星跳，就是跳起來的時候讓肢體呈現五角星的伸展姿勢。

她們的脖子上有紫青色的瘀青。沒有其他遭到施暴的跡象，但從照片上也看不太出來。所有女孩的衣服都穿得好好的，連帽運動衣、毛線外套、T恤、牛仔褲。

「她們都是北卡羅萊納大學教堂山分校的學生。凶手將她們棄屍在校園裡，可能是開廂型車作案。年紀最大的女孩是二十三歲。」迪雷尼說。

喀啦一聲打斷了我的專注。我沒意識到自己握著不怎麼穩固的桌腳，差點折斷它。

我鬆開手，想要放下自己的憤怒，認眞看照片。一開始，我沒看到，接著，我發現其中一張照片中的上衣裡露出一角紙鈔。一元美金塞在她的胸罩裡。

我一注意到，迪雷尼就換上另一張照片。這是四位受害者的組圖，四塊錢都塞在她們的胸罩布料之下。

「該死。」我說。

「警方沒有跟媒體提這件事。他們在每一張紙鈔上都找到DNA。一開始，他們在資料庫裡無功而返。然後，警方跟校園保全開始替在學校裡工作或住宿的一千四百名男性進行DNA測試。他們比對出理查．潘納。他是清潔工，但他跟其中一位受害者，也就是最後一位，珍妮佛．艾斯波斯托短暫交往過。而且，沒錯，紙鈔上有記號。」迪雷尼說。

她拿出另外四張照片。每一張上的國徽都有同樣的記號，同一根箭頭、同一枝橄欖葉、同一顆星星。

「警方拍下這些照片是爲了證據存檔。他們沒有注意到記號，或者，就算他們看到了，這些記號在法庭上也沒有多大用處。事實證明，DNA及絞死四名受害者的作案手法足以作爲他們定罪潘納的證據了。」迪雷尼說。

「潘納自願提供DNA？」我問。

「他沒有選擇的餘地。」哈波說：「校方基本上是強制對工作人員採檢。也許他以爲沒有留下任何證據。畢竟凶手非常謹慎。DNA比對結果在非常短的時間內將他定罪。早在命案發生前，教堂山校園就有連環性侵犯出沒，搞得人心惶惶。警方沒辦法把性侵算在潘納頭上，但經過推敲後，他們認爲潘納是性侵加害人，於是從重量刑。一連好幾個月，整座小鎭都籠罩在恐懼之中，他們早就準備好要爲此送某人上電椅了。庭訊只維持兩天，陪審團只花了十分鐘商議。我猜你可以說潘納的辯護律師不太高明。他根本負擔不起律師，而公設辯護人完全沒有善盡他的工作，或者根本不在乎。潘納的上訴立刻被駁回。大眾要這人死，州政府聽話照辦。」

眞快，多數時候司法程序都會慢慢來，這個案子可不一樣。

「潘納堅持自己是無辜的嗎？」我問。

「直到死前都不肯改口。」哈波說。

「他們都一樣。」迪雷尼說。

我把照片推開，說：「**他們都一樣**？什麼意思？」

哈波從我對面的椅子上起身，走到迪雷尼身後的狹小空間。

「我們查到更多案子。」迪雷尼說：「你們離開後，上面允許我啓動新的搜查通報系統。所羅門案的一元紙鈔給了我足夠的彈藥去找我的上司。我發送緊急通知給東岸十三個州的警長與郡警偵查科，也就是一開始簽署《獨立宣言》的那幾個地方。我猜你已經推理出這點了，很好。我是多花了點時間才想通這個關聯。如果只是三名受害者的推論，實在不足以要求執法單位挖出過往已經定罪的完結案件。有了所羅門，我的長官允許我發出通知。我也獲准向這幾州的郡書記官及法官發出通知。這可是頭一遭，我們沒有前例，結果卻查到不少資料。」

我把椅子拉往桌邊，看著迪雷尼從卷宗裡拿出文件。她將橡皮筋綑著的四份卷宗一一擺在我面前，裡面有新聞剪報、警方報告，提供給地方檢察官的檔案。

「在喬治亞州有一起黑人教堂縱火案，兩人喪命。一張一元紙鈔的部分在一桶汽油旁邊尋獲，鈔票是用來點火的，之後縱火犯將錢上的火踏熄。汽油罐上的指紋讓警方逮到一位名爲艾利索的白人至上窩囊廢，他剛贏了兩百萬的樂透。」

她繼續下一個案子。

「賓州開膛手，三名女子在自家遭到肢解，身體部分被吃食，死後遭到分屍。三具屍體都在二〇〇三年夏天的兩個禮拜內尋獲。行徑遍布整個賓州。一元紙鈔塞在受害者的內褲裡。偏執精神分裂症患者約拿·帕克斯認罪，雖然他的新婚妻子提供了不在場證明，但還是不足以讓他免除牢獄之災。」

另一份卷宗，又是一張盯著我看的死者面容。這次是坐在駕駛座上的男人。

「休息站殺手。五名受害者，全部都是卡車司機。便車客在康乃狄克州隨意招車，然後殺害駕駛。死者皆死於近距離頭部開槍，還遭到洗劫。一元美金留在儀表板上。警方以爲那是便車客搭車的小費。紙鈔上的指紋讓警方查到一位流浪漢，他剛從遠親手上繼承了爲數不小的遺產，才剛找到地方住。這位先生都還沒時間享受這筆錢。」

最後一件。

「馬里蘭州。十六歲的莎莉·巴克納，遭到綁架、性侵，以雙刃刀殺害。警方把她的屍體從鄰居家露台下挖出來的時候，從她手裡找到紙鈔。八十一歲的阿福·賈瑞克否認作案。沒有ＤＮＡ，但有間接證據。莎莉週六早上都會替老先生購物，而他總會因爲麻煩女孩而給她幾塊錢作爲報酬。賈瑞克的指紋出現在紙鈔上。謀殺定讞後一週他就過世了。」迪雷尼說。

她搖搖頭，說：「這些紙鈔的國徽上都有記號，箭頭、葉子、星星。我們還在等紐澤西、南卡羅萊納、維吉尼亞和羅德島的消息。說不定凶手還沒去這些州犯案。也許他已經下手了，只是我們還沒查到。」

我們都說不出話來。哈波靠在牆上，盯著地面。我們都感覺到了，空間裡有一種邪惡的黑色物體，這是你不允許自己去想的東西。成長過程中，我們都有恐懼，鬼怪、衣櫃裡的怪物，或躲在床下的惡魔。爸媽總會告訴你，那只是你想像出來的，根本沒有惡魔，根本沒有怪物。

但他們的確存在。

我這輩子幹過很多不堪的事，傷人，殺人。我別無選擇，那是自衛，那是爲了保護我的家人與其他人。就算是在這種狀況下取人性命還是很難下手。我從過往經驗得知哈波也開過槍，她槍擊了一個人。迪雷尼有沒有殺過人，我是不知道，但她不用第一線親身經歷就能明白這種滋味。那是一條偶爾必須跨越的防線。

但跨越之後總會留下疤痕。

凶手以殺人爲樂，這只是遊戲，但他不是人，他是禽獸。

我曉得我想問什麼問題，我只是找不到勇氣提出。我口乾舌燥，舔舔嘴，嚥嚥口水問：「有多少受害者？」

迪雷尼知道答案，哈波也心知肚明。沉重的答案壓在她們身上。哈波閉上雙眼低聲回答。

「我們所知有十八人，如果加上雅芮耶拉．布魯及卡爾．托澤則是二十。」

「迪雷尼探員，我們要算進他們嗎？」我問。

「我覺得要，但我們的進展實在太慢了。這個案子還在調查階段。我跟你們分享資訊是因爲你們先來找我。我已經準備好告訴法院，聯邦調查局正在調查布魯、托澤命案及在東岸作案的連環殺手，但也僅止如此。沒有其他證據與資訊了。如果所羅門因爲這起命案定罪，那麼又一扇門在我面前關上。你們知道要重啓完結的案件有多困難嗎？特別是已經定罪的案子？差不多是不可能的任務吧。」

整個會議室又陷入沉默。

「這些受害者之間有沒有什麼關聯？凶手針對這些人，肯定有什麼原因吧？不可能完全是隨機的。」我說。

「我還沒有查到任何關聯。」哈波說：「我們還在研究。艾迪，我想我從這個角度協助你會最有效果。至今每一州的受害人之間都沒有關係，不同年齡、不同性別、不同種族，背景也大不相同。」

我點點頭，她說的沒錯，但這一切在法庭上都幫不了小柏。眞的，一點幫助也沒有。

「一定有什麼關聯。紙鈔上的記號呢？我是說，這傢伙是在執行什麼暗黑任務，他有使命，他有計畫，他殺了二十個人，而警方及聯邦探員卻完全沒有想過要查他。他都有辦法將每一樁命案的責任推到別人身上。」我說。

「命案」是個詭異的紅色字詞。不曉得爲什麼這兩個字好像卡在我的舌尖。我的腦子不願意放下。

我花了一點時間沉澱。我馬上就要回法庭了。我閉上雙眼，讓思緒遊走。在我的潛意識裡，我曉得答案是什麼。

一開始很慢，好像空間裡低沉的脈動，好像是小提琴核心的震動，極度細微。來自按壓弦的手指，然後才出現序曲的第一個音符。我感覺得到，它出現了，就在我眼前。

「我需要時間消化這些案件。希望我們能夠有其他州的消息。如果我們要用這些資料，我們就必須理出頭緒，找出受害人之間的關聯。迪雷尼，如果妳願意交易，我們就必須把這些證據交給派爾。同一時間，我會延後今天的庭訊，要哈利讓我延遲訴訟，明天繼續。他說過，我可以提出要遲延訴訟。我的確需要一點時間，我們都是。」我說。

我說話時，目光一直跟著思緒在房裡遊蕩。

然後指揮大師舉起雙手，第一聲音符迴盪在我的腦海之中。

「你在講什麼交易？」迪雷尼問。

「我就問這麼一次，沒得商量，不要就拉倒。妳明天得出庭。我也許會需要妳上台作證，但我覺得沒這個必要。我只要妳同意將這些檔案開放給檢察官，以及妳必須答應我，如果我需要妳作證，妳會把妳剛剛所說的一切解釋給陪審團聽。」

她雙手環胸，轉頭望向哈波，然後又看著我。

「我已經跟你說過，我辦不到，我不能危害正在進行的調查。」她說。

「妳不會危害任何事。出庭，同意作證，這樣我可以跟檢察官說妳是證人，但妳不用真的作證。如果妳答應這幾點，我向妳保證，真凶會在二十四小時內落網。」

迪雷尼向後靠在椅背上，詫異於我如此狂妄的聲明。

「請問你到底要怎麼讓一元殺手落網？」她問。

「這個部分最棒，我不用做什麼。如果明天一切順利，一元殺手會自己乖乖走進聯邦調查局的懷抱之中。」

卡普法律事務所

紐約州紐約市時代廣場四號康泰納仕大廈四二一室

極機密

律師委託人工作成果——陪審員備忘錄

被告：羅柏·所羅門

地點：曼哈頓刑事法院

陪審員：卡珊卓·迪納夫

年齡：二十三歲

兩年前改名，舊名茉莉·弗洛德柏格。獲得紐約大學舞台設計系入學資格，大學部。在麥當勞打工。父母資助，經濟狀況良好。多年來在兩間大學被當掉許多課。有過多段關係。追蹤許多Instagram。喜歡貓。沒有投票紀錄。

表決無罪機率：百分之三十八

阿諾·諾瓦薩利奇

47

新的陪審員叮叮噹噹地走進法庭。凱恩已經開始覺得她很煩了。她左腳踝上掛著腳鍊，上頭一堆掛飾，只要稍微移動就會響個不停。其他陪審員也注意到了。瓦萊麗．柏林頓，還有她那隻腳，在容忍度最高的陪審員耳裡聽來都像劃過黑板的刮鬍刀。

凱恩讓自己想像切斷她腳踝的感覺。他發現自己盯著她腳踝下方的血管，在不自然的黝黑皮膚下，血管有如泥地裡的蟲子，不斷鼓動。

瓦萊麗抖著腳，完全無視耳邊的嘖聲與低語。

謝天謝地，陪審團不用等太久。

法官宣布休會，明早繼續，凱恩覺得很失望。話又說回來，他因此有了一點獨處的時間。

他們回到陪審團評議室，收拾行囊，從後門離開法院。黃色的巴士會帶他們離開曼哈頓市區。兩名庭警跟陪審團一起搭車。他們會在快速道路上開差不多一個小時，朝甘迺迪國際機場的方向前進。只不過他們沒有要去機場。重點在於機場附近有很多價格合理的飯店，大部分位在皇后區的中產社區牙買加區。讓陪審團十二人及候補人選通通住進曼哈頓的飯店實在太花錢了。

法院有三間中意的飯店，假日酒店、花園酒店，如果這兩間都客滿，那就是格拉迪酒店。結果還眞的客滿，這是凱恩一手造成的。一個禮拜前，他準備了一堆預付信用卡，把假日酒店與花園酒店以各種方式訂滿。兩間飯店生意都很好，所以他只需分別訂六間房即可。他用不同名字訂房，有些在網路上訂，有些以拋棄式手機訂。無論是電話或電子郵件，他都確保每張訂單訂到不同樓層的特定房間。

結果就是，當庭警想要訂房的時候，假日酒店和花園酒店都沒有辦法在同一層樓裡空出十五間房。訂在同一層是基於安全考量，一層樓只要安排一位保全人員監控隔離的陪審團。分成兩、三層樓沒辦法監控。庭警的人力不夠，沒辦法，一層樓一位保全，規定就是這樣。

於是剩下了格拉迪酒店，一層樓，一名保全。

公車駛往格拉迪酒店，凱恩注意到其他陪審員望向棲身之所時的失望神情。

「他們什麼時候把貝茲旅社的招牌拆掉的？[1]」貝西如是說，這話引發陪審員及庭警之間一陣尷尬的笑聲。

陪審團魚貫走進大廳。這裡看起來更像殯儀館的接待處。每面牆都是深色的橡木板，吸走從骯髒窗戶透照進來的些許光線。凱恩聞到燜爛蔬菜的味道。門房在入口大廳與陪審員擦肩而過時，向每個人點頭，但沒有替他們拿行李。事實上，這傢伙看起來喝多了，聞起來也滿身酒味。上了年紀的飯店接待人員站在一排掛壁鹿頭的前方。她已經八十好幾，耳朵不好。庭警跟鹿頭講話還比較輕鬆。

凱恩確保大家在大廳等待的時候，自己會站在曼威爾旁邊，凱恩用手肘頂頂他。曼威爾望向凱恩。凱恩靠過去，低聲地說：「我曉得你覺得所羅門是無辜的。我們看法一致。我們不能

1 貝茲旅社（*Bates Motel*），美國恐怖電視劇。

讓他因爲莫須有的罪名而坐牢。我們晚點談談，好嗎？」

凱恩明智地點點頭。曼威爾想了想，然後謹愼比起拇指，表示同意。

總共發了十四把鑰匙，眞的鑰匙，不是感應卡，這種地方就是這樣。這間飯店曾經是一棟華房，五層樓差不多有四十個房間。沒有電梯。陪審團跟著庭警爬上四樓，然後分散，前往各自的房間。凱恩的房間是四十一號，位於走廊的右手邊。他在門口開鎖開了好一陣，才聽到另一名陪審員走向他背後的那間房。

那是瓦萊麗。他聽到身後那陣首飾叮噹聲。他轉頭對她說：「瓦萊麗，抱歉，但我有偏頭痛。早上太陽會從這邊升起，會加劇我的頭痛。我能不能跟妳換房間？」

瓦萊麗笑了笑，拍拍凱恩的手臂，說：「親愛的，當然可以，我不介意。這間給你。」

凱恩接下三十九號房的鑰匙，露出感激的笑容，謝過瓦萊麗。他打開這間新的房門，然後在身後關好上鎖。房間又小又髒，大大窗戶俯瞰下層樓的屋簷。屋簷一路斜下去，連到一片平面的屋頂。這裡只能稍微看到一點下方的花園。

凱恩把包包扔在床上，倒頭就睡。

一個小時後，捶門聲讓他醒過來。他告訴庭警他不太舒服，不下去吃晚餐了。他想多睡一會兒。不，他不需要看醫生。

凱恩又睡了一下，醒來時是凌晨一點。他整個人神清氣爽，休息夠了，進入警戒狀態。

他換好衣服，量了一下體溫，又呑下幾顆抗生素，打開包包，拿出他的滑雪面罩，然後從窗戶爬出去。

卡普法律事務所

紐約州紐約市時代廣場四號康泰納仕大廈四二一室

極機密

律師委託人工作成果——陪審員備忘錄

被告：羅柏·所羅門

地點：曼哈頓刑事法院

陪審員：艾立克·溫恩

年齡：四十六歲

冷氣工程師，目前失業。單身。共和黨人。經濟狀況不佳，但沒有太嚴重。社交接觸不多。喜歡戶外活動——打獵、釣魚、泛舟。在紐約州及維吉尼亞州擁有合法持槍證，在紐約有兩把槍，維吉尼亞一把。合法擁有栓動獵槍。網路興趣包括右翼的布萊巴特新聞網、唐納·川普、共和黨、口味很重的A片網站及各種支持美軍的網站。從未入伍過。

表決無罪機率：百分之二十

阿諾·諾瓦薩利奇

48

不用多想，哈利就休會了。派爾沒有抗議。我有時間可以準備到早上。法庭清空，只剩下我、阿諾、小柏和荷頓。荷頓的私人保全公司跟卡普事務所有簽約，他說他可以繼續提供小柏保全服務。我向荷頓確認過，他已經跟卡普談妥，他們會至少繼續保護小柏直到週末結束。之後，小柏就得自己花錢了。魯迪人眞好，至少小柏在坐牢度過餘生之前還會是安全的。走廊上有五位保全，加上荷頓，準備好要送小柏回家。

「你住哪裡？」我問。

「在中城有間老房子，位在還不錯的寧靜街坊。那房子樓上還有金屬門的緊急避難室。我在那邊很安全。是魯迪替我租的，他已經預付到月底的房租。這個，你覺得我們有機會嗎？」小柏說。今天眞的很累，從他的神情已經看出來了。我想跟小柏說實話，但說實話對他沒有幫助。我有預感我們會逮到眞凶。我必須對迪雷尼有信心，但我內心深處又質疑一切。這個案子還是在碰運氣。

「我覺得我們有機會。明天就會更清楚了。我覺得雅芮耶拉和卡爾捲入某種變態遊戲之中。凶手想要嫁禍於你。我只是還不清楚原因，或者他到底是怎麼辦到的。我要你回家好好想想。明天之前，你要告訴我，命案當晚，你人到底在哪。」我說。

「我已經說過了，我不記得。老天，我知道就好了。」他說。

他說話的時候，目光瞥向地板。

他在說謊。我知道，阿諾也看到了。

「小柏，在這事上你別無選擇。你必須告訴我。」我說。

小柏搖搖頭，說：「我說過了，我想不起來。」

「咱們只能期待你明早記憶好一點。陪審團會想知道你當時在哪裡。如果你說不出來，你麻煩就大了。」我說。

我們送小柏到走廊，一群保全人員會送他回家。小柏承諾會睡一下，乖乖吃藥。他離開法庭，走進喧鬧的人群之中。

這是我第一次有機會跟阿諾好好講話。我把一元殺手的理論說給他聽，讓他進入狀況。一開始，他不相信，我提供了很多細節，他才看起來愈來愈感興趣。

「你覺得陪審團會相信這個說法嗎？」我問。

他抓抓他的大禿頭，嘆了口氣，說：「值得一試。目前陪審團已經隔離了，現在的重點是找到領頭羊。」

「領頭羊？」

「隔離的陪審團很快就會形成集體意識。隔離讓他們沒辦法繼續過平常的生活，讓他們全體處在高壓並更加強烈的現實狀況之中。結果就變成了『我們』與『他們』。陪審團會連結在一起，於是會產生領導人物。這個領頭羊可能是男性，但帶領陪審團的人常常是女性。你一找到領頭羊，就只要專注在他們身上就好。如果你能贏得領頭羊，其他的陪審員都會跟著他們的方向前進。」

我點點頭。聽起來有道理。我忽然很慶幸阿諾跟我同一陣線。

「謝了，這點很有幫助。」我誠摯地說。阿諾似乎很滿意，他樂於協助。

「我曉得我們過去……不是非常愉快……唉，你知道的……我很抱歉。我覺得你替小柏做得很好。」阿諾伸出手。

我向他握手，我不記仇的。

「噢，有件事我之前想告訴你。」阿諾說：「有一名陪審員，我看見他……啊，這會聽起來有點怪……」

「請說。」

「很難解釋。呃，聽著，幾年前我在有線電視上看到一部恐怖電影，演的是紐約名流之類的。也許其中一個是律師，也許另一個是魔鬼，我忘了。那裡我記的不是很清楚。總之，我記得一幕戲。一個女孩在商店更衣間，她對鏡頭微笑，電光火石間，她的臉變了。那個笑容變成某種……像是邪惡的齜牙咧嘴。她有銳利的牙齒與鬼魅般的眼神。另一個演員，也就是女主角，她不確定自己看到了什麼，你懂我的意思嗎？唉，這有點像我的感覺。我看到這位陪審員，他，呃，好像忽然變臉一樣。好恐怖。很像是什麼……恐怖生物的細微表情。」他說。

阿諾渾身冒汗，他眼袋好深，深到可以裝五公斤馬鈴薯。他整個人氣色很差，疲憊也害怕。

「是誰？」我說。

我手機震動起來。我從外套裡掏出手機，阿諾沒說下去。我不認得螢幕上的號碼。

「你可以等我一下嗎？」我說。

「聽著，算了，抱歉。我都不曉得自己在說什麼。爲了這個案子，我這半年來每天工作十五小時。今天太折騰人了。你接電話吧，咱們明天見。」

「阿諾，回去好好休息。」

我看著他離開。壓力會產生各種作用。我不確定，但聽起來阿諾好像起幻覺了，也許是受燈光還是什麼的影響。

我接起電話，是修車廠的人。我的車換了一面擋風玻璃，可以去拿了。帳單金額聽起來還可以，技師順便保養了引擎、換了機油。我謝過他，告訴他我會盡快過去拿車，然後掛斷電話。

我今晚會很忙。我要看所有新受害者的案件，還要檢查明天開庭的每一個證據環節。迪雷尼在紐約調查部組織了危機小組，明早六點我跟哈波要和她進行早餐會報。看來我可能沒機會去拿車了。

計程車送我到西四十六街。今天沒有歡迎派對。我爬上通往辦公室的階梯時，考慮要不要打電話給克莉絲汀。我在一樓與二樓間的平台決定打電話給她，跟她說我不會吵離婚的事，她要什麼通通給她，只要對她與艾米好就行，但等到我爬上辦公室大門時，我決定要打電話給她，跟她說我愛她。天底下我最愛她，等到這個案子結束，我的律師生涯也會畫上句點。

結果呢？我關掉手機。桌上還有半瓶威士忌。我倒了一杯，握在手裡好一陣，然後將液體倒進水槽，開始工作。

我先看所羅門案的資料，準備我的交互詰問。然後才研究一元殺手的命案檔案。我不是訓練有素的心理學家、犯罪學家、罪犯分析師、聯邦探員或警察。我在這個領域的專業相當有限。

但我懂兩件事。

我曉得如何騙人，而這些案子都有固定模式，採用「廣告不實」手法。受害者遭到謀殺，不同州有不同的作案手法，植入紙鈔，警方無視紙鈔的存在。這點我不怪他們，我就跟紐約市警一樣，看到了紙鈔蝴蝶上的記號，卻不當回事。只有迪雷尼在乎。植入的證據會追查到無辜的嫌犯。而一元殺手就可以逍遙到另一個州、另一個鎮，重新開始整個作案模式。

我清楚的第二件事則是殺戮。

在我成長的過程中，身邊有一堆變成殺手的人。我還是騙子時，幾乎每天都得跟殺手打交道，有人是爲了錢而殺人，多數人更以殺人爲樂。我認識不少享受殺人過程的人，我大老遠就認得出他們。我之所以還沒死，是因爲我想盡辦法理解這些傢伙，曉得該怎麼做才不會出現在他們的雷達上且避開他們。

我望向手錶的時候，已經四點半了。我腦子稍微清醒了一點，於是我打電話給哈波。

「還醒著嗎？」

「現在醒了。」她說。她的聲音聽起來有些沙啞。她用緩慢且乾澀不爽的嗓音說：「你想怎樣？」

「我看完了檔案，受害者之間沒有連結。」

「迪雷尼不是，呃，昨天跟你說過了嗎？」

「她是說過，但她找錯受害者了。」我說。

我聽到哈波嘆氣及拉動被單的聲音。我想像她坐直身子，逼自己清醒。

「找錯受害者，什麼意思？」

「迪雷尼研究的是命案受害者。我覺得他們不是眞正的目標。凶手殺害這些人，然後將罪行嫁禍在別人身上。我相信被嫁禍的人才是眞正的目標。」

「這樣跟命案受害者的問題一樣，某些被定罪的人從來沒有離開他們居住過的州。」

「的確沒有地理或社交上的連結。我覺得這些人沒有見過面，他們住得很遠，生活圈八竿子打不著關係，也沒有唸同一所大學，有些人甚至沒上過大學。我一無所獲，但我不是聯邦調查局，我只能從檔案或我在網路上查的資料來想，目前爲止資訊不是很多。我在網路上查到幾篇文章，好比說那個縱火狂艾利索，我發現他剛贏了州立樂透彩，另一篇文章說歐莫·海陶爾得到了球類比賽的投注……」

「怎樣？」哈波說。

把話說出來有時會讓其成眞。至少對我來說是這樣。

「哈波，眞正的受害者是那些被誣陷的人。眞凶選擇他們，是因爲他們的人生經歷了巨大轉折。歐莫贏了那筆錢，艾利索贏了樂透，因爲休息站命案而遭定罪的流浪漢走運得到一筆遺產……地區報紙都有報導這些消息。我要妳跟迪雷尼調查每一宗案件，研究發生了什麼事，這些人的生命遇到巨大轉折，而眞凶看到了，所以他才以這些人爲目標。」

哈波開始移動。我聽到她的腳踩在木頭地板的聲音。然後，我聽到電話另一端傳來另一個人的聲音，在模糊的背景音中。「那是誰？」

她一開始沒有回話，這猶豫足以讓我覺得自己是個混蛋。

「老天，哈波，抱歉。我不曉得妳有伴，我這就掛……」我說。

「沒事，是荷頓。他不介意。」她說。

我一度不曉得該說什麼，或該作何感想。我發現自己用拇指撫摸還戴在手上的婚戒。這麼多年來，我不斷撫摸戒指背面，就著金屬發愁。

「噢，好，沒事。我猜啦。」我的口氣聽起來像個六年級小學生。

「我會查一下，然後跟迪雷尼聯絡。還有什麼事嗎？」

沒事。我再次道歉，隨即掛上電話。我把臉枕在桌上，覺得尷尬而不是疲憊。

我倒在桌上的時候，心思回想起我與阿諾的對話，今天下午的對話。這是一個勢均力敵的案子，我需要兩大助力：腦子清醒的阿諾，還有公正不阿的陪審團。別再出現什麼帶有預設立場的陪審員了。

阿諾擔心那個出現詭異表情的陪審員，這點讓我覺得不太舒服。無論這件事聽起來有多瘋狂，我還是要了解得更詳細一點。阿諾經常接大案子，所以他曉得在謀殺官司期間，睡眠只是一個相對的概念。我打電話給他。響了幾聲，他終於接起。

「喂？」阿諾說。我沒聽到他聲音裡的疲倦，他聽起來非常清醒。

「我沒吵醒你吧？」我說。

「睡不著。」他說。

「聽著，抱歉這麼早打電話來。我剛剛忙了一晚。我想在跟聯邦探員見面前想辦法休息半小時，但我實在睡不著，想到你昨天講的話，關於陪審員的那番話？你說你看到了什麼？」

「陪審員？」阿諾說。

「你說的那個，你知道，他的臉……忽然改變。你說你不確定自己看到什麼，畫面一下就過去了。那也許很重要，也許不重要，我只是想知道你到底在講什麼。」

「噢，那個。」阿諾說，然後水落石出。「對，呃，就跟你說的一樣，我也不確定我到底看到了什麼。那張臉就忽然變了一下。」

「所以到底是哪個陪審員？」

他遲疑了一下。我不曉得爲什麼，但我覺得這很重要。

「艾立克・溫恩。」阿諾說。

溫恩是個槍枝狂，這傢伙喜歡打獵、釣魚跟福斯新聞。眞不曉得艾立克是否喜歡把人當成鹿來獵殺。

「謝了，阿諾。聽著，我知道你工作非常辛苦。休息一下，等會兒見。」

他謝過我，我掛斷電話。我在手機上設定鬧鐘，半小時後叫我。我可以短暫充電一下，然後準備準備，六點前往調查局辦公室。

我有預感今天會非常漫長。

49

等到陽光從格拉迪酒店的另一側升起時，凱恩已經沖好澡，換上T恤了。他躺在床上，讓自己陷入將醒未醒之間。他腿上的傷看起來很乾淨，雖然他晚上出去活動，但傷口沒有出血。他仔細檢查更換後的繃帶，沒有感染的跡象，只是爲了小心一點，他又吃了一些抗生素。體溫測量結果都正常。

他覺得差不多還要一個小時到一個半小時，保全才會來叫陪審團吃早餐。他放鬆肌肉，深呼吸兩次，讓自己的思緒飄進半夢半醒的世界中，讓潛意識掌控一切。

昨晚的行動他覺得很滿意。

沒多久保全就會敲起大家的門。接著是用力捶門，緊接在後的是大吼大叫，最後是尖叫。

卡普法律事務所
紐約州紐約市時代廣場四號康泰納仕大廈四二一室

極機密

律師委託人工作成果——陪審員備忘錄
被告：羅柏．所羅門
地點：曼哈頓刑事法院

陪審員：丹尼爾．克雷
年齡：四十九歲
領失業救濟金。單身。父母雙亡，沒有家人與朋友。經濟狀況位於谷底。喜歡社交網路，愛讀科幻、奇幻小說。不看報紙與網路新聞。貓王迷。沒有犯罪紀錄。對山達基感興趣，但沒錢無法加入。

表決無罪機率：百分之二十五

阿諾．諾瓦薩利奇

50

說說你喜歡聯邦調查局的哪一點？他們的政策，他們的祕密政治主張，他們的腐敗，他們偷偷監視著美國的每一位公民，他們的錯誤，以及他們奪走的性命。

星期四早上六點零五分，現在的聯邦調查局感覺起來還好。只要他們給我咖啡，我就準備好維持暫時停火協議。

替他們加分的還有他們在短時間內立刻建立起一元殺手命案的案情室。迪雷尼掌握了足夠的證據逼迫長官打開收銀機。有人帶我去一間沒有窗戶的大房間，燈光充足，到處都是辦公桌，中央分隔空間的大片長玻璃形成命案關聯牆，上頭有受害者的照片，下方是他們的個人資料，還有因爲殺害他們而定罪之人的檔案。整片玻璃都是麥克筆畫來畫去的箭頭。

「我們又查到另一個案子。」迪雷尼在我身後說。

她走過來，指著一張照片，畫面上是一個身穿騎士皮夾克的女孩，她有一頭小鬈的黑色秀髮，皮膚蒼白，臉上掛著啦啦隊員的微笑，二十出頭。她照片旁邊是位高大、蓄鬍的中年男子，這是罪犯大頭照。

「南卡羅萊納，英文系教授因殺害女服務生而定罪。」迪雷尼說。

「什麼時候的事？」

「二〇一四年。這位教授剛把第一本小說版權賣給紐約大出版社。他一落網，出版社就取消了合約。」迪雷尼說。

在對面後方牆壁上是命案與被告謀殺官司定罪的時間軸。一切始於一九九八年，潘納殺害的第一位年輕女性。一路延伸到最近的案子，二〇一四年的英文系教授。

「十六年。」我低聲地說。

「也許吧。」迪雷尼說：「我們還差幾個州，紐澤西、維吉尼亞跟羅德島。也許時間更長，但我猜應該沒有。凶手實在很忙。」

我發現自己無法聚焦在受害者的照片上。他們每一個人的生命都無情、殘暴地結束，男男女女，他們有父母，有朋友，甚至還有孩子。狀況太慘，我無法接受。我坐進空出來的辦公桌裡，這裡已經有好幾位忙裡忙外的調查局人員。只需瞥一眼這名凶手造成的痛苦就已經讓我難以消化，痛楚彷彿是在地平線上燃燒的火焰，他手下冤魂的臉似乎正慢慢悶燒著。我覺得如果自己靠太近，或盯著某張臉太久，這火就會吞沒我，永遠不會放開我。

迪雷尼帶著執法人員會有的抽離感，她可以用客觀的目光看著受害者的臉。

「妳是怎麼辦到的？」我說。

「什麼？」

「妳可以看著這一切，好像完全不受影響一樣。」我說。

「噢，你最好相信，我會受影響。」她說：「當我看到屍體的時候，這些駭人事件所帶來的傷痛足以讓你進入精神病院，如果你允許傷痛牽著你的鼻子走，就會有這種下場。當我看著照片的時候，我看的不是受害者，我是在尋找凶手。我是在想辦法追蹤他的氣味，觀察他的特徵，或尋找某種蛛絲馬跡。你必須無視屍骸，才能看到背後的禽獸。」

我們沉默了一會兒。我想著這些人。

「所以，他告訴妳該怎麼抓這混蛋了沒？」哈波說。

我沒注意到她進來。她拿著看起來有兩公升容量的外帶咖啡進來，重到她都站不直了。她把杯子擺在桌上，坐在我旁邊的位子上。

「還沒。」迪雷尼說。

老實說，我實在不確定這樣會成功。希望渺茫，但經過徹夜思索一元殺手之後，對他的認知我算是還有把握。

「就我看來，一元殺手眞正的目標是他所誣陷命案的對象。紙鈔上畫在三個符號上的記號都有意義。我猜箭頭是針對受害者，橄欖枝則象徵凶手落網且遭到定罪，這當然是在一元殺手誣害他們之後的事。然後是星星，代表的是州，一定是。現在你們來想像一下，假如自己是是凶手。」

哈波喝了一大口咖啡，迪雷尼雙手環胸，向後靠。我不太確定她信不信這個說法。

「這傢伙花了不少力氣將命案嫁禍在無辜的人身上。我的猜測是，這種感覺一定很好。你策劃了一樁命案，行凶，然後警察根本不去查你。這幾乎是最完美的謀殺了，不是嗎？接著，你已經費了這麼大勁誣賴某人，難道你不會留下來，確保代罪羔羊因爲你的罪行而入獄嗎？」

迪雷尼拿起一枝筆，將椅子拉近桌子，開始筆記。

「留下來是什麼意思？」哈波說。

「我覺得他會旁聽。對這混蛋來說，這比較像是一場遊戲，一項任務。想像你坐在法庭上，眼睜睜看著某個人因爲你所犯的罪行遭到定罪，這是多麼有力量的感覺啊，特別是一切都是你一手造成的。整個計畫基本上就完美在你眼前執行呈現。我是說，這傢伙眞的很會嫁禍別人，他的目標對象每一個都遭到定罪。我很難想像，爲何這些案子的辯護律師一個都打不贏官司。他每次都成功定罪他的目標，因此更讓他覺得自己強大。很多凶手是爲了權力遊戲而殺人。這傢伙爲什麼不一樣？」我說。

迪雷尼手中的筆在紙頁上飛快書寫。她一邊做筆記，一邊點頭。

「艾迪，你遇過很多凶手嗎？」迪雷尼問。

「對於這個問題我要行使第五修正案。」我說。

「電視報導、地方報紙的訴訟照片、全國性報紙、部落格。我們可以開始找這傢伙了。」哈波說。

「而且如果我推論正確的話，他今天會去法院看小柏。妳在法庭上部署六名探員，盯著群眾看。等到我開始交互詰問檢方證人關於一元殺手的時候，我們就能看他會有什麼反應了。運氣好的話，我們可以嚇嚇他。我要讓他覺得，我們對他的了解已經超出他能接受的程度。如果他夠聰明，就會跳上下一班離開甘迺迪機場的飛機。妳只要在他離開法庭時逮人就好。」

迪雷尼與哈波互使期待的眼色。這聽起來是個可行的計畫。迪雷尼翻著檔案，挖出一份裝訂好的報告書。

「這是一元殺手的側寫。我們連夜趕出來的，所以有點粗糙，還要加點東西上去。裡頭根據命案發生的日期推算出他的所在位置。我會更新上命案開庭的後續時間點。艾迪，關於紙鈔，我覺得你的推論是對的。哈波，我懂妳的意思，替一元殺手背黑鍋的人之間的確有連結。我們之前已經開始調查，但我們必須在查完所有人之後才能確定。現在已經有了結果。」

她把側寫交給我和哈波，我們在報告上翻找到「受害人選擇」的段落。

這些命案受害者之間的體型、性別、地理位置完全沒有明顯關聯。真凶是為了要讓目標因為特定命案或一連串的命案得到定罪，才會對這些受害人下手，受害人跟目標對象可能是認識、有關或有所連結。真凶嫁禍罪行的對象都有一個罕見的共通點，那就是命案發生的時間點上，這些目標都經歷了可以說是改變人生的重大轉折。這包括經濟狀況或個人狀況的巨大改變（贏得州立樂透、繼承意料之外的遺產、賣出餐廳特許經營權等等）。

檢視植入在命案現場及後來上法庭用的一元紙鈔記號，加上命案發生的各州地理位置，浮現的是一個重要且可能說得通的心理洞見及病態狀況。

一元紙鈔上的十三顆星星象徵了一開始簽署《獨立宣言》的十三個州。《獨立宣言》提供的法理基礎保障的是令人嚮往的美國生活本質。

模式非常明顯，而其中的病態狀況就是摧毀令人嚮往的美國生活本質。因此，嫌犯本人或他身邊親近的對象有很大的可能沒辦法活出他們對生命的目標。這是大規模的復仇計畫。這些遭到嫁禍懲罰的人是因為他們重獲新生，卻也因此必須面對命案栽贓。真凶憎恨令人嚮往的改變，這就是為什麼布魯、托澤命案裡，紙鈔會摺成蝴蝶的樣子。

我翻到下一頁，讀起報告的結論。

性別：男性。

年齡：可能在三十八到五十歲之間。

種族：不明。

來自何州：不明。

生理特徵：根據幾起命案所需的力氣推斷，凶嫌應該相當強壯、精實。

心理狀態：凶嫌相當精明，善於策劃，擅長社交，操控性強。個性裡帶有自戀的成分。具有反社會人格及精神病態特質，但維持高功能狀態，足以騙過大眾、朋友及家人，隱藏其症狀。命案當下及某些案件死後才經歷的暴行暗示凶嫌帶有施虐的特徵。將其罪行嫁禍給無辜之人是情緒上的虐待。凶嫌可能相當迷戀痛楚所帶來的心理狀態。可能有類似性虐待的性變態傾向。受過教育，可能到大學程度。對於鑑識程序具有相當程度的了解。根據他的病理狀態，他也許在自己選擇的領域裡失敗，或親近之人無法活出自己的潛力。嫌犯的生活可能曾經一度非常貧窮。他的任務是變態攻擊美國的價值觀與憧憬，也許主要動力來自復仇。

「他以爲他在扼殺美國夢。」我沒發現自己脫口而出。

我從報告上抬頭，發現兩個女人都看著我。

「他一定研究過他的目標，報紙、地方電視台什麼的。你知道，晚間新聞最後都會來點正面的消息。他就是這樣找到目標的。我從這邊下手。」哈波說。

「我調兩個探員幫妳。他們正在聯絡地方新聞媒體。」迪雷尼說。

空間裡朝氣勃勃，迪雷尼曉得自己已經逼近這個幽靈。不過，我還是覺得哪裡怪怪的，理論看起來說得通，但一元殺手必須全然仰賴運氣，一定是的。至今他的八場命案在八個州都定罪了他的目標。紐約會是第九個地點。而且說不定還有迪雷尼尚未挖出來的地方。

我很清楚，在謀殺案的法庭上什麼事都可能發生。就算鑑識證據再有力，變數還是太多了。

一元殺手怎麼可能好運到八次都成功定罪他的目標？

「你們聯絡地方新聞媒體的時候，確保拿到每場官司的畫面，也許會有旁聽群眾的影片或照片。我覺得我們要找的人目睹了每一場庭審過程。攝影師很有可能捕捉到了他的照片。」我說。

「機會不大，但我們會調查看看。」迪雷尼說。「出席審判符合他的心理側寫。很多凶手都會重返他們的作案現場，或從受害者身上拿取戰利品。這樣他們才能一再重溫犯案時的興奮感。當然，謀殺可能不太一樣，他們不會得到同樣的興奮感，但他們會從中得到其他情緒。」

哈波收拾筆記，起身，急著想要開始工作。

「這樣足以讓所羅門無罪開釋嗎？」她說。

「不知道。派爾今天會端出很多確鑿的證據給陪審團看。如果小柏記得命案當晚他人在哪，也許會有幫助。」

「他真的不知道嗎？」哈波說。

「他說他醉了，他不記得。」

「如果他是去酒吧，那肯定會有人認得他吧？」迪雷尼說。

「講是這麼講，但我看過監視畫面。他穿了深色衣服，戴了鴨舌帽，還把帽兜拉起來。很多名人在紐約這種城市出門都這身打扮，就算……」

51

庭警用力敲門已經敲了快十分鐘。現在是七點半，走廊上陳年蔬菜味換成了煎蛋的味道。陪審員大多已經下樓。凱恩、庭警、貝西與芮塔則留在走廊上，喊著要房裡的人出來開門。

「該死，那個有備用鑰匙的門房呢？」庭警再次捶門，吼叫起來。

此時，上了年紀的飯店門房從轉角出現，將鑰匙交給庭警。

「你還眞悠哉。」庭警說。

門房聳聳肩。

「我們要進來了。」貝西說。

凱恩跟其他人一樣，衣服穿好了。他已經沖澡、更衣，化妝遮蓋好他鼻子骨折後出現的紫青色瘀傷。庭警將鑰匙插入鎖孔，打開房門的時候，凱恩正努力壓抑住興奮。

「你醒著嗎？我是法院保全。」庭警邊說邊進房。凱恩輕輕把貝西挪開，跟著庭警進去。房裡看起來乾乾淨淨。床上有一個健身包，凱恩右手邊的床單是拉開的，但床上空無一人。房間另一側的浴室燈光灑落出來，剛好就在床後方。庭警還在前面邊喊邊走。

「噢，我的天！」貝西驚呼。

庭警轉過身，凱恩也是。貝西與芮塔尖叫。他們正盯著床鋪與最靠近房門左側牆壁之間的窄小空間。庭警從牆邊把床架拉開。在場每個人都盯著曼威爾．奧特加的屍體看。他脖子上纏著床單，整個人摔到地上。床單另一端綁在床柱上。看起來很像是他把自己勒死了。

凱恩持續盯著貝西、芮塔與庭警，緩緩向後退，他用手掩著嘴巴。當大家背對凱恩，驚恐地望著曼威爾的屍體時，他從肩上抽出毛巾，蓋在窗戶的鎖上，迅速一扭，窗戶就從屋內鎖上了。沒有指紋，沒有ＤＮＡ，乾乾淨淨。他把毛巾擱回肩上，往前走回去。

顯然是起自殺。庭警已經用無線電呼叫，尋求紐約市警的協助。曼威爾的眼睛沒闔上，從眼眶爆凸出來。他的目光盯著卡其色的地毯。

同天稍早，凱恩敲起曼威爾的窗戶。曼威爾先是訝異，然後開窗讓他進來。

「兄弟，你在幹麻？」曼威爾壓低聲音說。

「我們只有這樣才能私下交談。我很擔心這個案子。我覺得警察誣陷了所羅門。我們必須確保他能無罪釋放，我一點都不相信他殺了那些人。」

「我也不信。我們該怎麼做？」曼威爾說。

他們討論出了一個對策，該怎麼影響其他陪審員。十分鐘後，曼威爾起身去廁所，凱恩跟著他過去，並且戴上了手套。他從後方抓住曼威爾，將一團布塞進他嘴裡，緊捂他的嘴。凱恩的另一隻手則移到曼威爾的氣管，曼威爾一下就沒力了。安靜，迅速。曼威爾斷氣時，凱恩都還沒出汗。他把屍體移到床邊的空間，用床單一端纏在床柱上，另一端繫著曼威爾的喉嚨，拉得緊緊的。

凱恩同樣以爬窗的方式離開。當時，他沒辦法做的就是把窗戶鎖上。

現在已經鎖好了。

庭警站在走廊上，房門是鎖著的，現在窗戶也上鎖了。這些組合足以讓紐約市警將本案列爲自殺。不然現場不可能是這樣。

「全部出去。」庭警說。

凱恩、貝西和芮塔離開房間。他們在走廊上聚在一起，凱恩用手摟著哭泣的芮塔。貝西說：「我必須離開這裡。這裡太可怕了。到底發生了什麼鬼事？」

他壓低聲音安慰兩位女性，建議她們去樓下喝點酒精飲料，安安神。於是，隨著警笛聲接近格拉迪酒店，凱恩一手摟著一位女性，穿過走廊，下了階梯，朝酒吧前進。

好了，凱恩已經整頓好陪審團。每個人都不會質疑凱恩的說詞。羅柏．所羅門得到無罪的最後機會是曼威爾，現在心頭大患已除。終於啊，這是凱恩的陪審團了。

卡普法律事務所

紐約州紐約市時代廣場四號康泰納仕大廈四二一室

極機密

律師委託人工作成果——陪審員備忘錄

被告：羅柏．所羅門

地點：曼哈頓刑事法院

陪審員：克里斯多福．派洛斯基

年齡：四十五歲

網站設計師，在家工作。離婚，單身。週末酗酒（都在家裡喝）。社交狀況不佳。父母住在賓州的老人院。經濟狀況不佳。金融海嘯時因為投資失利，失去多數財產。喜歡食物與烹飪。使用輕微的抗憂鬱及焦慮藥物。

表決無罪機率：百分之三十二

阿諾．諾瓦薩利奇

52

在派爾還沒提出今天的第一個問題前，我回想起今早發生的一切。

我離開聯邦調查局之後，致電派爾，跟他說我的調查員需要進入所羅門家。他沒有反對，但在電話裡，他的口氣聽起來很不爽。

「你似乎出名了嘛。」派爾說。

「我一直在忙，沒看新聞。」我說。

「你出現在每一台的重點新聞上，照片還登上了《紐約時報》頭版。感覺如何？」他問。

原來他是在不爽這個。派爾就是喜歡出風頭。

「我說了，我還沒看到。你收到我的電郵沒？」

派爾確認他收到我額外的發現了。他覺得我把這樁命案推給連環殺人魔是在做垂死掙扎。也許他說的沒錯，但我也只有這招。

抵達法院第一件事就是前往哈利的辦公室，又死了一個陪審員，曼威爾．奧特加。紐約市警確認爲是自殺，已經通知家屬了。幾名陪審員看到屍體，但他們沒事。受害者保護官跟他們一一談過，他們都能繼續陪審員的義務。又來了一名候補陪審員，瑞秋．考菲。我跟派爾對她加入都沒有意見。哈利說他希望能在我們再失去一名陪審員之前，加速審判進行。

「這個案子被詛咒了。」哈利說：「我們必須速戰速決。」

小柏晚上很不好過，他完全沒睡。荷頓及一群保全人員送他來法庭，荷頓坐在我們後面一排。整個早上，他時不時用手搭著小柏的肩膀，支持他，低聲說著鼓勵的話，告訴小柏，他的辯護團隊是全地球最棒的。

我很感激荷頓。哈波顯然很喜歡這傢伙，而他也敏銳到曉得無論小柏先前鼓足了多少勇氣，也就到此爲止了。他再也沒有走下去的力氣了。

我和小柏坐在辯方席，我告訴他，阿諾會晚點到。小柏轉頭，荷頓對他微笑，比出拳頭，用嘴型告訴他：「撐下去。」

「小柏，沒事的。我們覺得我們曉得是誰對卡爾及雅芮耶拉下手了。我今天會告訴陪審團。你只要再撐一下。」我說。

小柏點點頭，他沒有說話。我看得出來他正在吞嚥他的恐懼。至少他乖乖吃藥了。而在過來的路上，荷頓也安排了熱的三明治早餐讓他在車上吃。他的確吃了一點。

我替小柏倒水，確認他安好。然後我問出那個問題，這個問題惡毒危險，但我實在不覺得自己有什麼選擇的餘地。

「小柏，我必須要知道命案當晚你在哪裡。你準備好要告訴我實話了嗎？」

他盯著我，想要裝出憤怒的模樣，卻不成功。

「我醉了，我記不得。」他說。

「我不相信你，這代表陪審團也不會相信你。」我說。

「這是我的問題。艾迪，我沒有殺人，你相信這點嗎？」

我點點頭，但噁心的感覺爬上心頭。我先前錯估過客戶。

「如果你不告訴我，我可以立刻從這個案子抽腿，這你很清楚吧？」我說。

他點點頭，沒有說話。沒有人會蠢到在謀殺官司途中再失去一個律師，但小柏不肯開口。我已經對他施加很大的壓力了，我不希望壓垮他。同時，我還是相信人不是他殺的。無論他不肯說出口的原因是什麼，感覺都與命案帶來的罪疚感比較有關。如果他當時在家，也許雅芮耶拉和卡爾就不會死？

哈利走進法庭，大家起立。他請陪審團入場，他們一一入席，我仔細盯著他們看。我在找兩種人。首先是領頭羊。

女性之中有兩位很有帶頭特質，芮塔．魏斯特跟貝西．穆勒。就她們兩人看來，我覺得貝西比較像。今早這兩位女士都看起來相當嚴肅，從她們臉上看得出她們曾經哭過，兩人都採取防禦性的坐姿。貝西用雙手環抱自己的身體，芮塔則雙手環胸，雙腿交放。

也許她們就是發現曼威爾屍體的陪審員。

我還沒仔細注意過男性陪審員，但我現在正仔細盯著他們看。

身高最高的是廚師泰瑞．安德魯斯。我不會覺得他是帶頭的人。整個訴訟過程他都一副興趣缺缺的模樣，甚至有點分心，感覺他心底在想別的事情。丹尼爾．克雷的牙齒上卡到東西了。他用舌頭舔，對於訴訟沒有太大興趣。

詹姆士．強森正與克里斯．派洛斯基交談。譯者與網站設計師的個性都很鮮明，他們也許會爭著當思想領袖。最年長的陪審員是六十四歲的布萊德利．桑默斯，他正咬著指甲，望向天花板。我覺得這是好跡象，他在思考，也許跟案情無關，但至少他有腦子，能夠進行理性分析。

這就讓我注意到最後一位男性艾立克．溫恩了。這位喜好戶外運動的先生蒐集槍枝，阿諾看見他臉上出現過憎恨的神情，還想掩飾。溫恩背挺直坐在位子上，雙手擺在大腿上，相當專注，準備好要行使他的義務。

我覺得他是領頭羊。我會嚴密觀察這傢伙。

派爾傳了法醫雪倫．摩根，身穿合身黑色套裝的金髮女郎。她五十好幾，但看起來還是很年輕；更重要的是，當她出庭時，她的證詞都相當精確。她去過命案現場，屍體是她驗的，紙鈔蝴蝶也是她在卡爾嘴裡發現的。派爾帶著陪審團了解她的公信力，然後談到傷口與驗屍。法醫確認兩位死者的死因，卡爾死於頭骨骨折及大腦創傷。

「而至於女性受害者，妳建立出死因了嗎？」派爾問。

「有。致命傷無疑是胸部區塊的多處刺傷。左胸下方有一道傷口，切斷了主要的血管。心臟持續跳動，因此形成眞空狀態。空氣阻塞在血管裡，迅速流向心臟，形成氣塞，減少血流，導致了心臟停止運作。幾秒內她就死亡。」摩根說。

「這是否能夠解釋爲什麼受害人身上沒有抵抗的傷口呢？」派爾問。

他這是在引導摩根，但我沒有反對。派爾還在想辦法修補我昨天造成的傷害，因爲我企圖證實兩名受害者不是一起在床上遭到殺害。

我看著溫恩點頭。檢方得到摩根的證實。派爾展示出雅芮耶拉死後胸腔的照片。未經訓練的人會以爲那是五道彈痕。她胸口上有五個橢圓形的開口。

「妳曾經檢驗從被告家裡尋獲的刀子，可以請妳跟我們說說這把刀對雅芮耶拉．布魯造成何種傷害嗎？」

「造成傷害的是一把單刃刀，不是雙刃刀。在本案裡，傷口的痕跡底部是平滑的，因此可以推定是單刃刀。我檢驗的刀子的確符合這種痕跡。雙刃刀會留下鑽石形狀的傷口。這把刀也符合傷口的深度。」

派爾就坐。我有三個問題。

第一個問題無疑會支持兩起攻擊是分開作案的理論。剩下兩個問題則是在替我的結案陳詞鋪路，說明一元殺手的出現。我昨天在研究這個案子的時候，發現本案與一元殺手先前案件之間有更多證據的連結。現在是時候公開一部分了。

法醫耐著性子等我提出第一個問題。她不會允許自己捲入推論之中。說到出庭作證，她非常專業，我也只能仰賴這點了。

「摩根醫生，妳已經證實受害人的胸口有五個刺入的傷口，傷口是分開的。從照片上，妳可以看到雙乳之間的胸膛中央有一道傷口，雙乳下方分別各有一組平行的傷口，還有胸部下方更遠處左右各有一個傷口。這五個刺入傷口是否能夠組成一個完美的五角星形狀？」

摩根再次檢視照片。

「可以。」她說。

我在螢幕上更換照片，展示出卡爾嘴裡挖出來的那隻紙鈔蝴蝶。

「妳把紙鈔蝴蝶從卡爾．托澤嘴裡拿出來。在拍照後，妳檢視了紙鈔，紙鈔背面的國徽上有一些記號。箭頭、橄欖枝，還有什麼圖案上也有記號？」

她抬頭看著螢幕上放大的照片。

「星星。」她說。

貝西與芮塔這兩位女陪審員似乎靠向前來。我現在就姑且讓她們自行想像一下。

「還有一件事。如妳所言，卡爾．托澤的致命傷來自鈍器的重擊創傷。這種創傷在打擊接觸時，應該會造成巨大聲響，這麼說對嗎？」

「可以這麼說。」摩根說。

我回到辯方席。我看著兩名受害者一起躺在床上的照片。我沒有準備下一個問題，但問題自己跑進我的腦袋裡，似乎還跳了出來。我的電腦螢幕上就是那張照片，就在那裡，現在陪審團可能看不出什麼道理，也許還會有讓他們更加不解的風險，派爾也不會了解，但我覺得這個險值得一冒。

「摩根醫生，還有一件事。」我說，一邊把受害者躺在床上的照片展示在法院螢幕上。

「妳證實兩名死者都死得很迅速。雅芮耶拉．布魯雙手擺在身旁，仰躺在床上；卡爾．托澤側躺，面向她，身體蜷起來，看起來有點像天鵝。凶嫌是否可能在殺害被害人後，立刻將他們擺放成這種姿態？」

她看了看照片，說：「我覺得有可能。」

「看看受害人，卡爾．托澤的身體像天鵝的形狀，但是否也像阿拉伯數字『2』？」

「對。」

「以及雅芮耶拉，像阿拉伯數字裡的『1』？」

「有可能。」她說。

我就知道，我只是到現在才發現。一元殺手還有最後一場官司。雅芮耶拉．布魯、卡爾．托澤和小柏．所羅門是他的第十二顆星星。他故意將屍體擺成數字「12」的樣子。

十二場官司，十二個無辜的人。我必須在十三號受害者出現前阻止這傢伙。

我望向法庭後方。六名聯邦調查局探員站在那裡，迪雷尼在中間。她搖搖頭，沒有人離開，時機還不到。法庭門開了，哈波帶著身穿灰色西裝的矮小男子進來。他與迪雷尼交談。哈波從右邊繞過來，坐進辯方席，拿出包包裡的一疊卷宗檔案擺在我面前，壓低聲音說：「你是對的。」

53

他持續仔細觀察其他陪審員的反應。他們相信法醫的證據，欣然接受，只有少數幾人對弗林感興趣。當弗林提到一元美金跟記號的時候，凱恩整個人僵直起來。他壓抑住自己的興奮感，絕對不能表現出來。

經過這麼多年，終於有人撞見了他的使命？

弗林曉得死者的姿勢。他看見凱恩在那兩具屍體上動的手腳。在凱恩犯下的眾多命案裡，他都抗拒著不要擺弄屍體，這一起則較爲特別。小柏是大明星，凱恩的技術已經抵達巔峰，他需要不一樣的挑戰，碰觸不到的人，電影明星。

凱恩心想：*如果她不要這麼早斷氣就好了*。

第一刀讓她驚醒，一秒鐘後就斬斷了她眼裡的光彩。他的星星。凱恩用刀在她身上劃下星星。這場命案還需要另一個對象，不然太快、太輕鬆就結束了。她躺在床上，雙手擺在身邊，看起來相當平靜。他把男人扛上樓，袋子套在卡爾頭上，緊緊勒住他的脖子，整個密封，所以地上沒有血跡，就跟弗林說的一樣。將卡爾擺上床後，他把袋子解開。然後將門口的球棒拿來，用袋子裡的血抹球棒，再把球棒擺在臥室角落。

十二是重要的里程碑。他把卡爾的雙腿彎起，調整他的姿勢，像是阿拉伯數字2。當然，這念頭是在他殺害雅芮耶拉後臨時起意的。他就要完成他的任務了。凱恩心底希望有人發現，

54

派爾的下一步是用檢察官的時間線釘死小柏，顯示出他在說謊。他傳喚小柏的鄰居肯恩・艾格森。肯恩四十五、六歲，他穿了雙排釦斜開西裝遮掩肚子，不過旁分的髮型沒能遮住他的禿頭。上述兩個缺點，擁有其中一個都還不算太糟。艾格森說明他在華爾街工作，禮拜四晚上九點前一定會到家。週四晚上，他老婆教極限瑜珈，他一定準時回家，因爲他們的保姆康妮九點必須搭公車回家。

「下車後，你看到什麼？」派爾問。

「我看到羅柏・所羅門，清清楚楚。我鎖好車門，朝我家前進的時候，聽到左方有腳步聲。我望過去，他就在那裡。我之前沒有跟他交談過，但看過他一、兩次，你知道，進出的時候。我揮手說了聲嗨，他也向我揮手，就這樣。我進家門，孩子睡了，保姆康妮也回家了。」

「你確定那人是他嗎？」派爾問。

「百分之百確認。他很有名。我在電影裡看過他。」

「而你怎麼能確定你是九點到家的？」派爾問。

「我八點半離開公司，開車回家，停車的時候我看了儀表板上的時間。我上禮拜晚了一點，差不多九點十分到家，康妮就不高興了。她說她搭不上公車，所以我給她五十塊坐計程車。你知道好保姆有多難找嗎？我會確保那天準時到家，我也的確準時到家了。」

「艾格森先生，問你最後一次，因為這很重要。我要你明白你這段話會造成的後果。被告說他午夜才到家，若不是他在說謊，就是你在說謊。如果你對當時的狀況有任何不清楚的地方，現在是告訴陪審團的好時機。所以，我再問你一次，你確定你在命案當天晚間九點，看到羅柏．所羅門走進他家嗎？」派爾問。

這次艾格森轉頭面向陪審團，直直望著他們，充滿自信地說：「我確定，我看到他了。當時是九點。我可以用我孩子的命擔保。」

「換你了。」派爾得意洋洋地說。他經過法官席、證人席，回到檢方桌。

我立刻起身，無視身體的疼痛，搶在派爾回到座位前說：「派爾先生，如果可以的話，請你留步。」他想轉身找法官，但我緊抓著他的手臂。他停下動作，咬牙看著我。在他能夠抗議或抽開身子之前，我已經開了槍。

「艾格森先生，你與派爾先生已經聊了差不多半個小時。他就站在你面前三公尺的地方，全程都在你的視線之中。告訴我，派爾先生的領帶是什麼顏色的？」我說。

派爾嘖了一聲，但我不讓他轉身。他持續背對證人席。

「我想是紅色的。」艾格森說。

我放開派爾。他瞇起雙眼，解開粉紅色領帶外頭的西裝外套鈕釦，才坐進檢方席。

「噢，我以為是紅色的，我的錯。」艾格森說。

「低級，太低級了。」派爾說。

我轉向檢察官，對他說道：「我沒問這條領帶品質如何，但如果你花了超過一塊五，那你就是被坑了。」

笑聲瀰漫在法庭中。

「艾格森先生，你在街上看到一個人，大概兩秒，還是三秒的時間？」

「對，差不多。」

「你跟對方距離多遠？」

「可能超過六公尺。」他說。

「也許是九公尺？」

他想了想。

「沒有那麼遠，也許八公尺吧。」

「當時天色昏暗？」

「對。」艾格森說。

「你看到的人戴了墨鏡，連衣帽也套上了，是這樣嗎？」

「對，但那是他。」

「你覺得那人是羅柏．所羅門，因爲他打扮得跟羅柏．所羅門一樣，還正要進屋，是這樣嗎？」

「就是他。」艾格森說。

「好，於是你在黑暗裡，距離八公尺外，看到一個人戴著墨鏡，套著衣服的兜帽。你看到的就是這樣，對嗎？」

「對，而那是……」

「那是一個走向羅柏．所羅門家的人，所以你以爲那是被告。我說的沒錯吧？」

艾格森沒有開口，他正在尋找正確答案。

「那可能是任何人，對嗎？你根本沒有看到對方的臉。」

「我沒有看清楚對方的臉，但我曉得就是他。」艾格森不滿地說。

在我提出最後一個問題時，我轉身面向陪審團。

「他有打領帶嗎？」我問。

陪審團大笑起來，除了艾立克・溫恩。

艾格森沒有回答。

「不用再次訊問，檢察官傳喚陶德・金尼。」派爾說。

艾格森低頭離開證人席。派爾才不在乎。這是他的策略。多數檢察官可能會花整個早上在艾格森身上，派爾不來這招，他把證人當快速球在扔。如果陪審團不喜歡這位證人，馬上有另一位上場。這是很危險的技巧，證人連發，但某方面來說，這樣事情會比較簡單，可以讓庭審過程迅速進行，確保陪審團繃緊神經。

金尼居然是個年輕人。他穿白襯衫、打領帶，還有藍色牛仔褲及藍色的休閒西裝外套，所有的衣服看起來都至少小了兩號，就連領帶也碰不到腰。他很年輕，有自己的風格。當技術員實在可惜，做臥底挺合適的。

派爾起身，他的右腳在地上點啊點的，我讓他不安了。他的襯衫領子緊勒著他的脖子。我決定要施加壓力。

我走回座位的時候，停下腳步在派爾耳邊低語。

「領帶的事我很抱歉，那招眞的很低級。」

我聽到金尼走過來。

「那樣也救不了你的客戶。如果你再碰我一次，我會打爆你這張醜臉。」派爾如是說，面對法官的臉上還掛著笑容。

「我發誓我絕對不會再碰你。」我說著，從派爾身邊退開，直直擋在金尼走過來的路線上。金尼絆了一腳，我拉住他。

「哇，眞抱歉。」我說。

金尼沒有回話，只是搖搖頭，走向證人席。我坐回辯方桌，讓派爾做他的工作。金尼發誓後，派爾帶著他介紹自己鑑識技術員及DNA鑑定專家的資格與經歷。他沒花多少時間，我等著看戲，我等著派爾講到重點。

「你檢驗過在卡爾．托澤嘴裡找到的一元紙鈔？」派爾展示出紙摺蝴蝶的照片。

「對，法醫將其進行保存。一開始我只有檢驗指紋。我找到一枚清楚的拇指指紋，然後我掃描指紋的範圍尋找DNA。我也從指紋範圍以及紙鈔其他範圍取樣。」

「指紋分析得出什麼結果？」

「我們從被告身上提取可以比對的指紋組合。被告左手拇指有十二個特徵點符合紙鈔上的指紋。」

金尼回答的時候，派爾望向陪審團，有人聽懂，有人聽不懂。

「十二個特徵點符合是什麼意思？」派爾說。

金尼回答得更仔細一點，但科學的部分還是不含糊。

「地球上每個人都有獨特的指紋。指紋是由皮膚表層脊谷線所形成的圖案。我們的系統可以測試這些樣本，將他們讀取爲十二個特徵點。在科學上，通常十二個點都符合代表兩枚指紋是一模一樣的。」金尼緩慢解釋的同時也看著陪審團。

「指紋可不可能弄錯對象呢？」派爾問。他已經藉著一個又一個的問題封鎖了我的攻擊路線。

「不可能，測試是我做的。而且指紋區域的DNA檢測證實上頭有被告的DNA。」金尼說。

「你是怎麼知道的？」

「這次實驗也是我親自進行的。我從被告口腔內部取樣DNA，樣本經過檢測，提取了完整的DNA圖譜。就數學來說，這兩份DNA要一模一樣，機率只有十億分之一。」

金尼是個優秀的科學家，他只是沒辦法向陪審員解釋得更簡單一點。

「就數學來說，機率只有十億分之一是什麼意思？」

「意思是紙鈔上的DNA符合被告的樣本。如果我們替另外十億個人進行測試，我們也許找得到一個人的DNA符合紙鈔上的DNA。」

「所以紙鈔上的DNA很有可能就是被告的？」

他不需要時間考慮這個問題，答案清楚明朗。

「我可以極爲肯定地說，紙鈔上的DNA就是被告的。」

「謝謝，請你稍候，弗林先生可能有幾個問題要請教你。」派爾說。

我的確有問題，很多問題，但我能問金尼的沒幾個。我望向小柏，他看起來像遭到卡車輾過。魯迪跟他提過這份證據，但在法庭上當著十二個審判你的人面前聽到，感覺還是很可怕。

我替他倒了點水。他把杯子拿到嘴邊時，手都在發抖。小柏曉得金尼證詞的公信力，他是演員，他感受得到群眾心態的偏移。毫無疑問，金尼的證詞重傷了小柏。我之所以加入這個案子，就是爲了將金尼這種證人大卸八塊。我從一開始就知道，我們沒有足夠的證據來挑戰檢方。這個案子說到底全部都靠這位證人了。

在命案官司裡，鑑識證據就是上帝。

但我是辯護律師，惡魔站在我這邊，而他的手段絕非乾淨公平。

我朝著證人席走去，努力裝出信心滿滿的樣子。我感覺得到陪審員的雙眼都盯著我看。我的餘光告訴我，艾立克．溫恩雙手環胸，他已經做出決定了。無論我問什麼，他內心都已經做好判決。

「金尼警官，在你進行作證前，你發誓要說實話。可以請你拿出擺在你旁邊的聖經嗎？」我說。

我聽到派爾把椅子往後靠，椅腳劃過磁磚地板的聲音。我想像他雙手環胸，臉上掛著得意的笑容。他曉得對金尼的策略就是攻擊他的可信度。如果我能證實他說謊，那我還有機會。派爾肯定幫金尼朝這個方向準備過。

仰賴科學，結果是不會騙人的。

他用右手握著聖經，轉頭望向派爾。對，金尼肯定替這種攻勢做過準備，他準備妥當了。我曉得一定是這樣，因爲如果是我，也會替他做足這方面的準備。我沒有問他是否說實話，我沒有提醒他發過誓，或指責他說謊。我反而希望金尼老實說。

「警官，請放下聖經。」我說。

金尼皺起眉頭。派爾的椅子又發出聲響，我曉得他正坐了起來，把椅子拉近桌子，這樣才好寫筆記。派爾沒計畫到這點。

我拿起聖經，用雙手舉在胸前，然後轉向陪審團。他們需要看個仔細。

「警官，今天有好幾位證人都向這本聖經發過誓。你發誓時也碰過這本聖經。現在我拿著。告訴我，警官，如果你現在替這本聖經進行化驗，應該會採集到今天所有證人的ＤＮＡ及指紋，對嗎？」

「對，也許會有指紋，如果我們的指紋沒有把先前證人的指紋抹掉，可能也會有之前證人的部分指紋。我們可以提取到他們所有人的ＤＮＡ，還有弗林先生你的。」金尼說。

「我同意，以及書記官的ＤＮＡ、昨天的證人，還有任何最近碰過這本聖經的人。這本書上應該會有多組ＤＮＡ樣本，對嗎？」

「對。」

金尼大概曉得我要攻的方向了。他開始沉默，回答得簡短乾脆。

「如果你在這本聖經上只有檢測到我的ＤＮＡ，那就很不尋常了，對不對？」我問。

幾名陪審員忽然間看起來很感興趣，孩童心理治療師芮塔．魏斯特、週末的跆拳道教練貝西．穆勒、討人喜歡的老人家布萊德利．桑默斯，還有廚師泰瑞．安德魯斯，他們都專注望著我跟金尼，仔細聆聽。艾立克．溫恩還是雙手環胸，持續堅信鑑識證據。我有很多問題足以讓他改變看法。

金尼仔細想了想，最後說：「也許吧。」

我展開全面攻勢，現在不用保留了。

「如果你在這本聖經上只有找到我的ＤＮＡ，而沒有其他人的ＤＮＡ，是不是因爲有人清理過封面了？有這種可能嗎？」

「有。」

我把聖經放在證人席，專注望著金尼。該開始戰鬥了。

「警官，一張在美國流通多年的一元紙鈔上頭如果沒有幾千組指紋跟ＤＮＡ，至少也會有幾百組吧，銀行出納員、店員、一般民眾，基本上這一區經手現金的人都會留下痕跡，你同意這個說法嗎？」

「顯然是有可能。」他說。

「少來，應該是很有可能吧？」

「那就應該很有可能。」他的每個字都說得有點不耐。

「卡爾．托澤口中的紙鈔上有他的ＤＮＡ、被告的ＤＮＡ，以及另一組圖譜，對嗎？」

「對。」

「第三組圖譜屬於一位名叫理查．潘納的人，早在這張紙鈔付印前，他就在別的州伏法了，對不對？」

他就在等這個。

「我接受那份樣本是異例。那份樣本的圖譜沒有被告的清晰，也許是來自潘納先生的血親。我查過我們研究室的紀錄，就我所知，潘納的ＤＮＡ樣本沒有離開他所在的州，從來沒有運送到我們的實驗室，所以不可能污染。這份樣本肯定來自血親。」

「是有這種可能。你知道理查．潘納因爲多件命案遭到定罪，而他的每一位受害人胸罩肩帶裡都被人塞進一張一元紙鈔嗎？其中一張紙鈔上還有他自己的ＤＮＡ？」

我聽到陪審團開始竊竊私語，沒多久其他旁聽群眾也開始騷動。現在，我要把種子種下去，晚點再讓它長成大樹。

「不，我不曉得這件事。」金尼說。

「回到本案。我們還是不曉得爲什麼卡爾．托澤嘴裡的紙鈔上沒有其他ＤＮＡ痕跡。我們曉得潘納先生沒有經手過這張紙鈔，我們曉得這張紙鈔已經流通了好幾年。事實是有人在被告碰觸這張紙鈔前，已經洗刷掉上面的ＤＮＡ了，這是唯一的解釋，可以這麼說嗎？」

「我不接受這個說法。」

「而之所以要洗刷這張紙鈔，是因爲這樣被告的ＤＮＡ才會清清楚楚呈現在紙鈔上。換句話說，有人把紙鈔塞在那裡，是因爲他們想把命案栽贓給所羅門先生。」

金尼搖搖頭。

「這沒辦法解釋爲什麼被告的指紋出現在紙鈔上。」金尼得意地說。

「這我可以幫你。也許有人讓他碰觸了紙鈔，而他沒有意識到這個舉動所帶來的後果。接著那人從他手裡拿走紙鈔，再塞進卡爾．托澤嘴巴裡。」

金尼搖搖頭，駁斥這個想法。「這種事怎麼可能發生？」

我轉頭面向陪審團，說：「警官，請查看你的左側西裝內袋。」

他詫異地噴起大氣，檢查口袋，拿出一張一元紙鈔，握在手裡，臉上掛著驚恐的神情。

「我早上穿衣服的時候，口袋裡沒有錢的。」他說。

「當然沒有，那是我放進去的，現在上頭有你的ＤＮＡ了。」我從口袋裡抽出一張衛生紙，伸手過去，用紙巾包住他手裡的紙鈔拿走。

「比你想得還容易，對吧？」我說。

我走回座位時，派爾的聲音在我耳邊響了起來。他向哈利抗議，哈利也認爲反對有效。不打緊，陪審團已經看到了。一部分的陪審員會開始思考這件事，質疑DNA證據的重要性。如果存疑的陪審員夠多，那我們就還有機會。

55

弗林坐回座位，陶德・金尼走下證人席。法官終於宣布午休，凱恩眞的需要休息。他覺得只要再一下，他的臉就會裂開。他跟其他陪審員一起離開法庭。他下巴好痛，因爲他一直咬著牙齒，咬到他都覺得嘴裡有血味。不多，一點點味道而已。他擦擦嘴巴，看到一絲紅色的痕跡。他一定是憤怒地咬傷了嘴巴內裡的肉。當然啦，他感覺不到。

在凱恩最狂熱的時候，他不容易感受到恨。當他揮舞刀子，或感覺氣管在他指間緊縮起來的時候，受害者臉上的恐懼與驚恐只讓他得到歡愉。恨不是他工作的一部分。

一切都是爲了歡愉。

聽著弗林講話，凱恩熟悉的老情緒回來了。他恨很多事物，好比說媒體傳播的謊言啦，人定勝天這種想法啦，最重要的是那些好運能夠改變一生的人。凱恩沒有那種福氣，他媽也沒有。憎恨是一部分，復仇，也許吧，他感受最深的卻是憐憫。他憐憫那些靈魂，以爲金錢、家人、機會，甚至是愛能夠改變一切。這是徹頭徹尾的謊言。對凱恩來說，這就是美國最偉大的謊言。

凱恩曉得眞相是什麼，根本沒有夢，沒有改變，只有痛苦。他從來感受不到痛，但他還是很清楚。他在太多人臉上見證過。

陪審員圍著評議室的長桌就坐，庭警拿了袋子進來，裡頭是三明治與飲料。凱恩拉開可樂的易開罐，看著一名庭警數起零錢，跟收據擺在一起。這位庭警從書記官辦公室拿錢出去替陪審團買午餐。凱恩之前看過種行爲。庭警沒好氣地說：「要我付小費？門都沒有。」庭警在收據上寫了些什麼，然後用收據包著對摺的一元紙鈔及一些零錢。

凱恩的心思飄到一年多前的某一天。他躺在冰冷的人行道上，衣著襤褸，頭上戴著他從垃圾桶翻出來的帽子——他的流浪漢生活。這招奏效，因爲紐約客鮮少會注意到流浪漢。經過一個臉上沾了泥沙、口袋沒錢、餓肚子的人身邊，是紐約生活的一部分。有些人會施捨點零錢，有些人不會。而且這也是觀察目標的完美方法。這份工作不像嚴密觀察法院寄件系統，這次扮演身分不明的流浪漢只需幾天而已。這裡算是比較富裕的街區，凱恩在西八十八街轉角找了一個地方，距離羅柏·所羅門他家不到五百公尺。第三天的時候，所羅門經過，拿著 iPod，戴著耳機。凱恩在他要走過時拉了拉他的褲腳。

「兄弟，有一塊錢嗎？」凱恩問。

羅柏·所羅門伸手進口袋深處，掏出兩張一元紙鈔，交給凱恩。凱恩接錢之前，特別留意所羅門手指握錢的位置。上面那張紙鈔的喬治·華盛頓臉上會有一枚清晰多汁的指紋。凱恩拿起他的空咖啡杯，紙鈔扔了進去。他晚點會用抗菌噴霧洗這兩張鈔票，但會小心保留所羅門的指紋。

這麼簡單，這麼輕鬆。所羅門走開了，凱恩把杯蓋蓋上，然後起身離開。

這就是這份特殊任務的開端。

凱恩咬了一口三明治，看著其他陪審團也開動起來。他望望手錶。

快了、快了，他很確定。如果沒有幫手，他肯定無法完成這麼多事情。付出代價得來的朋友是有好處的，另一個黑暗的角色，他允許這個人加入他的使命。而這人也證實了自己的價值。

沒有這個內應，凱恩絕對沒辦法走這麼遠。

56

「他們會判我有罪，對不對？」小柏說。

「小柏，他們還沒打倒我們。我們還有幾個驚喜沒送出去。」我說。

「小柏，你是無辜的。陪審團會明白這點的。」荷頓說。

小柏坐在會議室裡，沒碰擺在面前的午餐。荷頓出去買了點三明治。我也吃不下。金尼重創小柏的案子。他撐不住下一波攻勢。派爾還有兩名證人，檢驗小柏家動態感應監視錄影器的影像技術人員，還有那個記者保羅・班納提歐。多虧了哈波，我找到了對付影像人員的切入點。記者沒說什麼讓我擔心的話。他只有說小柏跟雅芮耶拉處不好。

他們結婚了，但這不代表他殺了她。

我跟哈波帶來的探員談過，就是那個穿灰色西裝的人。他是聯邦調查局的數位通訊專家，就跟他那套西裝一樣精明幹練。年輕歸年輕，但非常厲害。哈波向我介紹，他叫安黑・托雷斯。他跟我介紹他今天去小柏家的收穫，雖然不能擊碎檢察官的攻勢，但顯然很有幫助。

「命案現場的警察沒看到你們行動吧？」我問。

「沒。」哈波說：「他是尼克隊的球迷，所以我把他留在客廳聊天。他其實不太在乎我們在忙什麼，他只在乎平均得分。托雷斯亮出調查局的識別證後，警察就比較鬆懈了。」

「反正我們沒有待太久，我們五分鐘內就閃人了。」托雷斯說。

「很好。」我說。

荷頓、托雷斯與哈波站著吃三明治。我則吞了幾顆止痛藥，配著汽水下肚。

迪雷尼走進會議室，拿著一疊檔案。

「陪審團怎麼樣？」迪雷尼問。

小柏望著我，等待較爲正面的回答。

「DNA重創我們，但我們早就知道了。也許我能夠止點血。我們只能等著瞧了。小柏，撐下去，咱們還沒玩完呢。」我說。

「妳跟艾迪說陪審員的事情沒？」迪雷尼問。

「我正要說。」哈波說。「在我跟托雷斯離開小柏家後，我們前往聯邦大樓。我研究起其他探員在地方報紙檔案庫找到的一大疊新聞報導。我找到兩則，第一則比較有意思，看來有位女士在持槍搶劫事件中遭到槍擊。她是潘納一案的陪審員。」

她讓我看她手機裡的文章。

這位名叫羅姍娜・瓦巴奇的六十歲女士在北卡羅萊納教堂山的一間二手店工作，某位大英雄把霰彈槍的兩發子彈都打在她臉上。店裡沒有什麼損失，但持槍搶匪拿走了收銀機及捐獻桶裡的錢。店主聲稱他們大概搶走一百美金。這篇報導認眞討論暴力行爲及一條人命，只爲了什麼？一百塊跟零錢？

「你看得出哪裡有問題嗎？看看照片。」哈波說。

有一張二手店關門的照片，門上圍著命案現場的封鎖線。

我曉得問題出在哪裡。二手店旁邊是便利商店，另一邊是酒類專門店，在那之後則是地區的小鎮銀行。

「這不是打劫，這是謀殺。」我說。

「我也是這麼想。二手店裡沒有多少現金，裡頭沒什麼值得買或值得打劫的東西。如果要我在那條街上搶劫，我肯定會選便利商店。酒水店老闆應該有槍，銀行肯定會有重重戒備，但便利商店可能沒什麼防衛，也許會有棒球棒。在便利商店打工的人也不太會逞英雄，誰會爲了這麼一點薪水冒險？而且便利商店通常都有很多現金，肯定比二手店多。」

「另一則報導呢？」我說。

「我沒帶到那篇報導，那是《威明頓標準報》的一篇尋人啓事。在彼得．提姆森因爲德瑞克．凱斯的命案入獄後，一名陪審員失蹤了。他沒有家庭，但有工作。開庭後，他再也沒有去上班，他老闆很擔心，報了警，甚至還在報紙上張貼尋人啓事，但自從這位先生走出陪審團評議室之後，就再也沒有人見過他。」

我肋骨的疼痛忽然消退，取而代之的是胸口的被掏空感，以及喉頭的灼熱。迪雷尼的一元殺手理論一直都是對的，只不過，我們只看清了前半段。我稍微癱坐在椅子上，閉上雙眼，搓揉後腦杓上的腫塊。我需要疼痛來刺激自己。

這是開庭以來，我第一次感到害怕。一元殺手比我們想像得更精明。

「我們找錯方向了。」我說。「他栽贓的對象通通定罪了，每一個都是。審判可能會有不同結果，就算有鑑識證據也可能翻盤，他怎麼能確保他的對象有罪？植入證據對這傢伙來說已經不夠了，一元殺手沒有在旁聽席安然旁觀審判，他在陪審團裡。就跟哈利說的一樣，我們有位預設立場的陪審員。」

「什麼？」哈波與迪雷尼異口同聲地說。

小柏與荷頓則詫異地互看一眼。

「他不曉得怎麼辦到的，直接混進了陪審團。德瑞克．凱斯命案的陪審員，我覺得他在庭審後沒去上班是因爲他已經死了，大概死了好一陣子，至少開庭前一週就死了。一元殺手取代了他的位置，他還想辦法在街上撞死布蘭達．柯沃斯基，勒死曼威爾．奧特加，而且殺害潘納命案的年長陪審員。他把他們都除掉，因爲表決的時候，他們不會順著他要的方向投票。」

「他在陪審團遴選之前殺害陪審員，然後偷走他們的身分。只有這樣才辦得到，所以那名陪審員在審判結束後就消失了。」迪雷尼用冰冷的語氣說話。這份體悟像是冷風一樣在她臉上蔓延開來。

「他怎麼曉得一開始有哪些人可能是陪審員？」哈波說。

「他可以駭入法院伺服器？律師事務所？或是檢察官辦公室？還是想辦法進入收發室？」荷頓說。

「這也太瘋狂了。」哈波說。

「不，這是一元殺手。」迪雷尼說。「我已經跟你們說過了，這名凶手相當精明，也許是我們交手過的殺人犯裡最聰明的一個。我們必須得到每一場命案的陪審團名單。我們可以調他們的駕照、護照，所有資料庫通通查一查。他能改變的樣子有限。先從凱斯一案的失蹤陪審員開始，我們會逮到這傢伙。艾迪，我會作證，必要的時候，要我做什麼都可以。」迪雷尼說。

我們討論策略。這次，我們會觀察陪審團，但這麼做有其風險。

「小柏，如果這個做法順利，我們應該能夠得到判決無效的結果。這是我們的目標，判決無效代表一切暫緩。迪雷尼可以盯著陪審員，追查他們，直到我們搞清楚凶手是誰。我們必須停滯這場審判，我不能讓這個陪審團決定你的生死，眞凶還在裡頭。不過，你必須知道，我也許會失敗。我們光有推論，沒有實證，如果法官不肯宣布判決無效，那派爾很有可能會用這件事回頭對付我們。」

「什麼意思？」小柏說。

「如果我們指控陪審團裡有連環殺人魔，但我們不確定是誰，那麼陪審團會覺得我們是在指控他們全體。他們會挾怨報復，也許這意味著他們會判你有罪。如果試了這招但不管用，我們不僅逮不到這傢伙，你下半輩子還要坐牢。」

我喜歡小柏，雖然他有錢又有名，但他其實還是那個揣著父親積蓄離家來大城市的農村男孩。當然，他有他的問題，我們都有，但他沒有搭著賓利車出庭，沒有一打跟班時時刻刻在他耳邊提醒他有多棒。他很早就清楚自己想做什麼，他運氣好，也很會演戲，於是他跟隨自己的夢想、墜入愛河，將他的美夢化爲現實。他只是一個年輕人，正哀悼自己失去的愛人。再多的錢、再大的名氣都改變不了這個事實。

「這個人殺了雅芮耶拉和卡爾，還有其他人。我要你逮住他。該怎麼做就怎麼做，我不重要，我知道你會逮到他。」小柏說。

「肯定還有別的方法。」荷頓說。

我不想讓小柏冒險，卻也想不出其他辦法。我知道我漏掉了什麼，ＤＮＡ從一開始就一直困擾著我。死人的ＤＮＡ怎麼會沾染在那張一元紙鈔上？

根本不可能啊。

這個念頭一閃過我的腦海，我立刻明白潘納的ＤＮＡ是怎麼出現在卡爾嘴裡的紙鈔上了。

我列了短短的清單要迪雷尼追蹤調查。一元殺手是挺精明的。

但天下無完人啊。

57

凱恩雙手交握放在肚子上，他緩緩吐氣，穩住情緒，看派爾掌控全局。午休時間陪審員偶爾低語聊天，如果現在投票，應該會有八張投有罪票。他猜其他人還沒決定，但應該會傾向有罪。凱恩在陪審團評議室裡遇過更險峻的情況。

派爾傳了下午的第一位證人，名叫威廉斯的技術人員，他負責檢查裝在所羅門家的動態感應監視攝影機。技術員證實他把裝置拆回去檢查，發現了一個相關的影像。

法院的螢幕活了過來，呈現的是從所羅門家大門看出去的黑白街景。左手邊下方的時間戳記標示晚上九點零一分，這時，戴著帽T兜帽的人影出現在畫面上。凱恩看不清楚這個人的臉，男人伸手的時候，只能看到他的下巴。他的手持續擱在那裡。

「畫面裡的人在做什麼？」派爾暫停影片。

「他可能是在用鑰匙開門，我看起來是這樣。」威廉斯說。

影片繼續。帽T男持續低著頭，望向他的 iPod。白色的電線從裝置上一路延伸，消失進衣服的帽子裡，那是耳機。門開了，燈光灑落出來。他走進屋內，影片就結束了。

「威廉斯警官，請問這個監視器是怎麼運作的？」派爾問。

「那是動態感應啓動的裝置，只要有動作觸發，攝影機就會自動啓動。我在實驗室測試過感應器，我可以證實感應器功能完善，如各位在畫面上看到的一樣。感應器的範圍是三公尺。

在這範圍內的所有動作都會啓動攝影機。」

「在本案裡，被告聲稱自己於午夜時到家。他沒有在九點遇到鄰居。你對這樣的說詞有什麼看法？」

「不可能，攝影機明明在九點零一分的時候捕捉到了他的身影，看起來羅柏．所羅門用鑰匙開門進屋。我查過系統，之後就沒有影像了。」

派爾坐下，凱恩看著弗林起身。在弗林開始前，凱恩分心了。他望向左邊，朝著騷動的源頭看去。法庭的門開了，兩名紐約市警的警探走了進來，其中一人是喬瑟夫．安德森，手上還打著石膏。另一個人年紀比較大，灰白的頭髮向後梳成油頭，凱恩猜這人是安德森的搭檔。兩人都站在法庭後方。

凱恩的目光望回弗林，想起他的刀子。他想像他把弗林綁在某個安靜、遙遠的地方，某個他能讓弗林淒厲慘叫的地方。他想像自己挑選一把刀，讓弗林看著他選，然後緩緩走向無法動彈的律師。凱恩可以讓一刀感覺有一輩子這麼久，金屬切割進人肉的滋味實在太美妙了。

他搖搖頭，從幻想中醒來。他在這裡的工作還沒結束呢，還早得很。弗林大步走向派爾，交給他一本卷宗。檢察官翻了翻。就算凱恩坐在陪審席，他都清楚聽到檢察官的話語。

「你是怎麼弄到這個的？」派爾說。

「有紐約市警的許可，沒人阻止他。而且托雷斯是聯邦探員，他有充分的理由。如果沒有異議就不用搜索令。」弗林說。

凱恩仔細聽著派爾的回答，卻沒聽清楚。兩位律師走向法官。凱恩看著他們理論起來。幾分鐘後，福特法官說：「採納。如果紐約市警允許你們進去，他們沒有意見，那我就准用。」

58

我差點可憐起守在所羅門家的那名員警，如果他曉得聯邦調查局是在進行分析，他也許會有意見，那他可能會逮捕哈波與托雷斯。問題在於他沒注意到，沒意見，沒問題。哈利允許我的報告成爲呈堂證物。

老天啊，我眞需要這份檔案。

小柏也需要這份檔案。如果沒辦法得到訴訟無效，我至少需要一些陪審團替我們投下無罪的票。

我拿著報告的副本，感覺好像是在抓救生艇。

「威廉斯警官，在影片裡，你看不到羅柏·所羅門的臉，對嗎？」我說。

「看不到整張臉，但可以看到部分的墨鏡、嘴巴與下巴。帽T是拉起來的，所以遮住了大部分的臉，但我看得出來是他。」威廉斯說。

派爾結束他的主要詰問後，他把影片畫面暫停在帽T男進入大門的時間點。

「影片裡的男子手上有一台電子設備，你看得出來那是什麼嗎？」我問。

「看起來像 iPod。」威廉斯說。

「請提醒一下陪審團，這支影片所記錄的時間是幾點？」

「命案當天剛過晚上九點。」

我用螢幕遙控器畫面，展示出命案現場玄關景象的照片。前方有室內梯，玄關在左手邊，桌上有一台市內電話，還有無線網路路由器及一只花瓶。我把托雷斯準備的報告交給威廉斯，開始深入報告內容。

「警官，你手邊的報告是今天稍早由聯邦調查局的特別探員托雷斯準備的。內容是你在照片上可以看見的網路路由器的鑑識檢驗報告。你檢查過路由器嗎？」

「沒有，我沒有檢查過。」

「托雷斯探員利用一種介面提取出路由器記憶體的歷史資料。你可以在第四頁看到分析，請看一下。」我說。

威廉斯翻過頁面，開始閱讀。我給他三十秒。他看完了，坐在原位，一臉茫然。

「被告告訴警方，他在午夜到家。請看第四頁中間的條目，編號第十八號。請讀出來。」我說。

「上頭寫著『零點零三分，小柏的iPod連線』。」威廉斯說。

「然後請看看當晚的上一條條目，編號第十七號。」

「上頭寫著『晚間九點零二分，不明裝置，無法授權連線』。」

我抓起螢幕遙控器，展示出在門口的帽T男身影。

「警官，我們可以合理假設我們在影像裡看到的裝置企圖連線上被告家的路由器嗎？」

「我不能確定。」他說。

「你當然不能，但如果不是這台裝置，那就是個詭異的巧合了？這麼說合理嗎？」

威廉斯嚥了嚥口水說：「合理。」

「因爲如果有人打扮成羅柏．所羅門的樣子企圖進屋，他很可能曉得小柏出門會帶 iPod，這樣也給這個人一個拍不到臉的好藉口，是嗎？」

「我不知道，也許吧。」威廉斯說。

「的確，也許吧。而如果這個人的確進了屋子，他大可直接關掉監視器的電源，可以吧？這樣監視器就不會捕捉到之後其他人進屋的身影了。」我說。

「他是可以這麼做，但我沒有證據顯示這種狀況。」威廉斯說。

「眞的嗎？」我說。

他停頓了一下，稍作思考，然後說：「眞的。」

「好，那麼威廉斯警官，我想請你讓陪審團看看警方趕到命案現場，從大門進屋的監視畫面。」

威廉斯沒發出聲音的嘴型說的是「靠」。

「沒有影像，被告進入家門口是那台裝置錄到的最後一段影片。」

「但我們曉得警方進入了命案現場。他們沒有出現在影像上的唯一原因，以及我的客戶在午夜時分到家卻沒有出現在畫面上的唯一原因，都是因爲某人在稍早的時候將攝影機關掉了，對不對？」

他在位子上變換坐姿。威廉斯回答不出來，一副舌頭打結的模樣。

「可能吧。我是說，對，也許是這樣。」

我可以繼續施壓，但我的立場不夠穩固。這一刻，我想讓陪審團至少考慮一下還有其他人的存在。托雷斯替我們帶來了希望。該死，我早該想到要檢查路由器了。

派爾立刻進行了二次問話。

「警官，我們沒有掌握那台路由器的範圍資訊，對嗎？」派爾說。

「呃，沒有，我們沒有。路由器可能捕捉到了經過車輛上的裝置。」威廉斯說。

夠好了。派爾調整領帶，恢復坐姿。

「這讓我想到一件事。」我望向哈利。

「弗林先生，就一個問題。」哈利說。

我朝螢幕按下播放。我們再次看了這四十五秒的影像。我停下畫面，威廉斯已經曉得我要問什麼了，但他卻想不出什麼好答案。

「警官，只是想強調一下記錄，那台攝影機也捕捉到街道的畫面，而當時沒有車輛或路人經過。」

「是的。」威廉斯嘆了口氣。

我沒有其他問題想問這傢伙了。

59

凱恩調整坐姿，這是他第一次感到不自在。他低聲咒罵自己，因爲他沒想到無線網路路由器。這個律師是個詛咒。凱恩本來已經習慣法庭上的起起落落，他都見識過了，但眼前這個不一樣。他見過的這麼多辯護律師，弗林顯然是最強的。他懷疑魯迪．卡普能不能跟弗林比，是說這個問題現在也不重要了。

凱恩聽到派爾宣布要傳檢方的最後一位證人。相較其他人，這位檢察官的步調還眞是快得可怕，太有效率了。在多年前的一場訴訟裡，凱恩不得不一直提醒其他陪審員他們幾個禮拜前聽到的證詞內容爲何，他們大多忘了最重要的證據。由派爾起訴就沒這種煩惱。

記者走了上來，手放在聖經上發誓。凱恩好奇這位記者能說些什麼，應該不多吧，但話說回來，派爾是個玩家，也許沒有弗林那麼強，但也相去不遠。凱恩學會寄託於檢察官的卑劣手段。

他覺得派爾正要打一手他從頭到尾都藏在袖子裡的好牌了。

一開始，派爾介紹班納提歐的資歷。這位記者在好萊塢人脈很廣，他是圈內人。

「你能向陪審團聊聊被告及第二位受害者雅芮耶拉．布魯之間的關係嗎？」

「他們不久前在片場邂逅相愛，然後結婚。他們的婚姻證實是一樁有利的結盟，這樣的婚姻讓他們在好萊塢變得相當有影響力，各位曉得名人夫妻的影響力，就跟布萊德．彼特與安潔莉娜．裘莉一樣。婚後沒多久，他們開始了自己的實境電視節目，他們也領銜主演最近剛上檔的科幻史詩大片。電影公司在他們身上砸了大錢。他們的婚姻讓他們成功。」

「而他們私底下關係如何？」

「各位要知道，好萊塢裡總是謠言不斷，這頭怪物的本質就是這樣。總會有人質疑一段關係，我也是其中一員。現在，我要打破記者特權，我的消息來源就處在他們關係的核心地帶，他告訴我，這是一場政治婚姻。當然，他們處得來，但他們的感情更像兄妹，因爲羅柏．所羅門是同性戀。」

60

我愛美國，我愛紐約，我愛人群，但有時這些東西讓我很沮喪。不是單一個人，主要是因爲媒體。有這麼多新聞頻道、報紙、數位新聞網站，媒體卻沒有好好替美國人服務。出現在法庭裡的大多是媒體。當班納提歐說小柏是同性戀的時候，法庭裡到處都是他們的驚呼聲。

當派爾以超高解析度畫面展示出雅芮耶拉屍體、傷口及她年輕的生命就這麼香消玉殞的時候，這些記者眼睛都沒有眨一下，但揭露某位名人不是異性戀的時候，他們卻全體發瘋。

小柏搖搖頭，我低聲告訴他一切都會沒事的。他點點頭，說沒關係。

「班納提歐先生，這是很不尋常的言論，之前都沒有出現在你的證詞及取證過程中，怎麼會這樣？」派爾問。

「我希望保護我的來源。現在終於開庭了，我覺得我有必要說出眞相。」他說。

「你的來源是誰？」

「我的來源是卡爾·托澤。他告訴我一個故事，關於他們的婚姻關係到底是怎麼一回事。雅芮耶拉一直懷疑此事，她甚至找卡爾上床。雅芮耶拉跟羅柏過的是各自分開的生活，他們只有在鏡頭前是一體的。我相信——」

「法官大人，抗議。」我喊道，但在哈利叫他閉嘴時，班納提歐竟然繼續講下去，跟法官比大聲。

「我強烈相信羅柏．所羅門發現卡爾與我聯絡，所以他要殺人滅口，還有雅芮耶拉。羅柏活在謊言之中，根本不敢面對現實。在好萊塢，同志出櫃會毀了他的事業，他很清楚，所以他殺了他們！」班納提歐說。

我再次抗議，說這只是臆測。哈利認爲反對有效，還要陪審團無視這位證人的證詞，但太遲了。在我跟哈利開口的時候，班納提歐還是繼續說，而陪審團都聽到了，傷害已經造成。

「沒有更多問題了。」派爾說。

我曉得如果我開始提問，班納提歐只會想辦法再提小柏的性向，沒意義。法官已經要陪審團無視他的證詞了。這場官司在小柏的性向上做文章根本一點好處也沒有。我告訴哈利，我沒有問題要問。

「檢察官提證完畢。」派爾說。

該做決定了。派爾已經說過他不想交互詰問床墊先生蓋瑞．奇斯曼，而托雷斯的無線網路路由器報告已經列爲證據，派爾不能排除這項物證。

我就只剩兩個證人，迪雷尼與小柏。

「辯方傳喚特別探員佩姬．迪雷尼。」我說。

接下來一個小時，迪雷尼向陪審團全盤托出，一元殺手，他所有邪惡的榮光。我們慢慢講述每個案件、每位死者，以及一元殺手以美金及微量跡證將罪行栽贓給無辜之人的手法。還有每張紙鈔上記號，和殺手的心理狀態。

我全程用餘光盯著陪審團，特別是男性。他們全都專注聆聽著迪雷尼的證詞。失業的科幻迷丹尼爾．克雷非常享受這個過程，他年紀差不多，但我覺得不是他，因爲他的眼神。迪雷尼講述每一場命案時，他露出很厭惡的表情。雖然盜竊他的身分很簡單，但不是他。

翻譯詹姆士．強森有很多符合之處，年紀差不多，就算失蹤個幾天，也不會有多少人注意到。他在家工作，但是，迪雷尼的話很吸引他。從他的肢體語言及嘴巴喃喃自語的模樣看來，他相信迪雷尼的話，而且也覺得害怕。不，不是詹姆士。

燒烤主廚泰瑞．安德魯斯跟網站設計師克里斯．派洛斯基都可能是一元殺手的人選，兩個人的身分都可以在短時間內偷走，但泰瑞很高。我覺得凶手應該沒辦法在各種場合模仿這麼高的人。克里斯倒是滿有可能的。

六十四歲的退休長輩布萊德利．桑默斯，年紀不對。看起來其他陪審員滿喜歡他的，可能因為他的年紀，所以都很敬重他。

那就只剩艾立克．溫恩了，失業的冷氣工程師，喜好戶外活動。擁槍自重，內向不多話。

阿諾也注意過這個人，一下就變臉的傢伙。

阿諾還沒在法院出現，我提醒自己要打電話給他。我現在是見機行事，而且我早就習慣獨立接案了，實在沒有立即留意到他還沒出現，但我需要他在場。我要知道他對溫恩的感覺。

我站在陪審員前面，向迪雷尼提出我的最後一個問題。我們都排練過了。

「迪雷尼探員，一元殺手是怎麼確保其他人會因為他的罪行遭到定罪？就算證據確鑿，刑事訴訟的判決還是可能對被告有利吧？」

她沒有看著我，她在做最後的確認。法庭後方有好幾名探員。哈波坐在辯方席，一邊工作一邊聽著問話。她原本開了筆電，整個下午都在蒐集新聞報導，還有先前被一元殺手嫁禍之人開庭時的剪報與短片。哈波一定是聽到了我的問題，她闔上筆電，盯著陪審團。

迪雷尼看了我一眼，點點頭，然後在她開口時，我們一起望向陪審團。我只專注在一個人身上——艾立克·溫恩。他坐著，一手擺在大腿上，蹺著腳，撫摸自己的下巴。他專注聽取迪雷尼所說的一切。

就是現在。我們討論過了，理論過優缺點。我們覺得沒有其他辦法了。

「聯邦調查局相信，這位連環殺人狂一元殺手滲透進審理這些案件的陪審團中，操縱其他陪審員，最後得到有罪的判決。」

這話肯定引發群眾的反應，使他們紛紛不可置信地倒抽一口氣。我相信會有，但就算有，我也沒注意到。我只聽到自己的心跳在耳邊隆隆響起。我的焦點非常集中，我看清溫恩臉上的每一吋部位。我看見他胸膛的起伏，他的雙手，甚至是他蹺腳時，上面那條腿還微微抖起來。

迪雷尼說出這段話後，溫恩的神色變了。他睜大雙眼，嘴巴半開。

我以爲那種言論相當於在大庭廣眾之下揭開一元殺手的面具，就跟用建材木塊重擊他的腦袋一樣。

但我不能確定。

整個世界緩緩回到我的意識之中，聲音、氣味、滋味，還有我肋骨的疼痛，全部一次襲來，我好像突破深水水面。

其他的陪審員也是同樣反應，有人不相信，有人震驚，也害怕這種人居然能夠逍遙法外。無論一元殺手是誰，他都表現得超冷靜。他沒有露餡。我最後又認眞看了艾立克·溫恩一眼。

我實在不能確定。

還有一個後續的問題，從迪雷尼的上一個回答肯定會接續到這個問題。我不能在此時此刻提問，如果我問了，會看起來像在打判決無效的算盤，而且我會像是在指責陪審團。這話由派爾說應該好一點。

我就讓他開口吧。

「沒有其他問題了。」我說。

我還沒回到位子上，派爾就開炮了。他就跟脫韁野馬一樣。

「迪雷尼特別探員，妳這是在說明雅芮耶拉．布魯及卡爾．托澤很可能是這個連環殺人魔一元殺手的受害者，是嗎？」

「對。」迪雷尼說。

「而妳剛剛的證詞表示這個一元殺手會挑選他的受害者，將其殺害，再小心用證據栽贓給另一個無辜的對象？」

「沒錯。」迪雷尼說。

「而根據弗林先生問妳的最後一個問題，妳相信凶手不只如此，他還滲透進審判無辜對象的陪審團中，好確保這些對象得到有罪判決？」

「我相信是的。」

派爾接近陪審團，一手擺在陪審席的扶手上。他的姿態看起來彷彿是站在陪審團這邊，他們都是同一邊的。

「所以，言外之意就是妳相信這名連環殺人魔現在就在這個法庭裡，而他就坐在我身後的陪審團之中？」

61

無論凱恩見證過多少場官司，每一場都有新鮮事。這場有很多第一次。

在這場官司裡，凱恩感覺到自己是審判過程的一分子，不只因爲是陪審員，更是參與其中。聯邦調查局終於追上他了。那個迪雷尼探員看起來很狡詐，她雙眼透露精明。凱恩感覺得到她大腦深處的銳利高智商。可敬的對手？也許吧，他心想。

凱恩想著，這是無可避免的，畢竟經過這麼多年，這麼多屍體，這麼多審判，最後總會有人把一切整理在一起。他沒有讓他們輕鬆好過，當然不可能，但凱恩懷抱的夢想是，也許有一天，在他死後許久許久，有人會聰明到把一切拼湊在一起。

而在拼湊的過程中，那個人把案情連上了凱恩。他們會看見且欽佩他的傑作，因爲先前沒有人這樣幹過。而他的任務，他的使命，這才攤在陽光下。

他沒料到速度居然這麼快，他現在的傑作還沒徹底完成啊。

這位法官也替凱恩帶來另一個新鮮的經驗。

在法官命令兩位律師前往他的辦公室前，他對陪審團管理人下令，將每位陪審員個別隔離。所幸附近法庭都沒有開庭，它們的庭警、法官辦公室、書記官室及法庭本身通通空了出來，空間足夠一一隔離所有的陪審員。陪審團管理人調來額外庭警，協助護送每一位陪審員去個別的空間。

凱恩從沒見過這種事。法官不希望陪審團起內鬨、彼此質疑，開始懷疑他們之中「也許」有人是凶手。

庭警花了一些時間組織，然後他們一一帶著陪審員離開法庭。陪同凱恩的是一位年輕人，髮質很好，皮膚蒼白，看起來不到二十五歲。他陪同凱恩走出法庭，沿著走廊前往遠離主要走道的一間狹窄辦公室。凱恩坐在辦公椅上，面對沒有啓動的電腦螢幕。庭警關上門。

又是一個新體驗。後見之明，這種事遲早會發生。不管怎麼說，凱恩還是覺得訝異。

他想逃跑，聯邦調查局逼近了，他的面具正在脫落。凱恩環視小小的辦公室，兩張辦公桌，都面向釘在牆上的日曆。兩張桌子稱不上乾淨，鍵盤上有訂書針、便利貼和筆，一疊一疊的檔案堆在桌角跟旁邊地上。凱恩用雙手掩面。

他想繼續待下去，這個案子就要判決了。

他可以敲敲門，請庭警進來，關門，扭斷庭警的脖子，一分鐘內能完成。庭警制服會有點緊，但他覺得如果自己換衣服的速度夠快，迅速出去、沿著走廊離開，應該逃得了。他會低著頭，或看到監視器的時候就轉頭面牆。

他厭惡手足無措的感覺，無論他做出何種決定，他曉得自己之後都會懊悔。要麼坐牢度過餘生，氣自己爲什麼不跑；或者遠離紐約，坐在咖啡廳裡，幻想如果自己待久一點，事情還會怎麼發展。

他決定了，起身敲門。庭警開門，探頭進來，那是一張男孩的臉。

「那個，可以給我一杯水嗎？」凱恩問。

「當然。」庭警說。

庭警正要關門，凱恩卻伸出手說：「等等，可以留個小縫嗎？我對這種地方有幽閉恐懼症。」

庭警點頭離開。凱恩坐在原位，呼吸困難。皮膚下的血液感覺炙熱，期待著接下來會發生的事情。他已經在腦海裡清楚看見，庭警會把水放在桌上，凱恩一手抓住庭警的手腕，用力一扭，另一隻手則握上庭警的喉嚨。接下來的一切就視情況而定了。如果庭警往下，凱恩就往上攻，讓他正面撲倒，然後扭住他的下巴，用膝蓋頂著他的後背，用力往上拉。如果庭警保持站姿，凱恩就必須從後方出擊，在他用手攬著庭警脖子前，先奪走他的槍，然後抱著庭警的脖子往前拉，再往左邊扭回來。

他都聽到脊椎斷裂的聲音了。

庭警用塑膠杯裝水回來了。

「請放在桌上就好，謝謝。」凱恩說。

庭警的靴子腳步聲相當容易追蹤。凱恩望向前方，從電腦螢幕上，看著庭警把水放在桌上。

凱恩伸手握住庭警的手腕。

62

「剛剛到底是在演哪齣？」哈利問。

他甚至還沒走到辦公桌。我們三人站在他的辦公室。他火大，但也憂心忡忡。我還沒能開口，派爾就精力充沛地開始了，他義憤塡膺了一大串，或該說講了一堆讓職業檢察官看起來正直公正的話。

「法官大人，辯方在亂搞，就是這麼回事。他們曉得本案鐵證如山，他們無法撼動，所以想搞審判無效這招。你清楚，我也清楚。他們沒辦法在沒有證據就亂指控陪審團的狀況下得到審判無效，不可能，辦不到，大人。」

「哈利，如果我們有證據，我們就直接來找你了。」我說：「聽著，調查局不會因爲只憑感覺就跑來替命案被告作證，這點你很清楚。如果迪雷尼探員是對的，那凶手就在陪審團中，這個案子繼續進行對我的客戶實在太不公平。我不想指責掌控所羅門命運的陪審團，但這椿官司已經出了太多事，兩名陪審員死掉，一個陪審員因爲企圖影響他人決定而出局。你必須看到這背後有更大的陰謀。」

「什麼陰謀？預設立場的陪審員其實是本案的眞凶？難以置信啊。」哈利說。

「是有可能的。」我說。

「荒謬至極。」派爾說。

「夠了！」哈利高聲喝止我們。他從我們身邊離開，走到座位上，拿出一瓶十年老酒和三個杯子。

「法官，我就不喝了。」派爾說。

酒瓶懸在杯子上方，哈利望向檢察官，什麼也沒說，就只盯著他。靜默開始讓人覺得不舒服，哈利臉上始終帶著沉穩但不滿的神情。

「那一小杯就好。」派爾說。

哈利倒了三杯酒，分別交給我和派爾。我們一口氣喝完蘇格蘭威士忌，三個人一起。派爾咳嗽，滿臉通紅，他不習慣喝這麼好的烈酒。

「當我還是小辯護律師的時候，我記得這間辦公室與老傅勒法官。他很特別，在抽屜裡擺了一把點四五手槍。他說過，命案訴訟的律師除非喝了三指高的蘇格蘭威士忌，不然不該發表結案陳詞。」哈利說。

我把空酒杯放在哈利桌上。他決定了。

「我對這個案子很擔心，也擔心這組陪審團。用不著我與兩位分享這個決定有多艱難。到頭來，我還是要依循證據。的確有位陪審員有問題，我的立場卻沒有辦法評估這個疑雲。今天開庭前沒有證據可以說服我陪審團遭到滲透。派爾先生，我必須說，我很不滿意這個決定，但我必須遵照法律走。艾迪，抱歉。派爾先生，我決定你先前的提問無效，你還有什麼問題要問迪雷尼探員嗎？」

「沒有。」

「辯方還要傳其他證人嗎？」哈利問。

「沒有，我們沒有要傳被告。」我說。

我從來不傳客戶出庭作證。如果走到必須仰賴客戶作證抗辯自己的清白，那你已經輸了。案子在檢方提證過程就已經贏了，或輸了。我不能期待陪審團站在小柏這邊，任由派爾用命案當晚的行蹤修理他，只會減少他無罪釋放的可能。

他唯一的機會是一場完美的結案陳詞。曾經開過蘇格蘭威士忌的傑出辯護律師克萊倫斯・丹諾大多都在結案陳詞時致勝。這是陪審團在回到隔離空間、決定被告命運前最後聽到的內容。丹諾靠著言語的力量拯救了不止一條性命。

有時，辯護律師就只剩自己的聲音了。問題在於，這個聲音是在離開酒吧前再點一杯的聲音，這個聲音也是粉碎自己婚姻的聲音，更是摧毀一切的聲音，但現在，這是要救人一命的聲音。

語言只有在替別人發聲時才如此沉重。我現在感受到這種重量了，就卡在我的胸口。如果判決有罪，這股重量就永遠不會減輕。

「我們可以今天結案，但我有一個要求。」

「什麼要求？」哈利說。

「我要你告訴迪雷尼拿走陪審員筆記本的警察是誰。」

63

「你沒事吧？」年輕庭警問。

凱恩稍微握緊了一點，他另一隻手的手指伸得長長的，相當僵硬。手指形成一把肌腱骨肉組成的刀刃，準備好要砍進庭警的喉嚨。

他遲疑了。

再幾個小時就好。

他放開庭警的手腕，說：「抱歉，你嚇到我了。謝謝你幫我拿水來。」

凱恩一口氣喝完免洗杯裡的水，目送庭警離開，帶上門。他這才鬆了口氣，盯著面前黑色的電腦螢幕。他又想到《大亨小傳》——在波動的黑水上朝遠處幽暗綠光伸出雙手。如果他現在放棄，如果他沒有完成他的工作，那麼其他人就會浪費生命尋找那盞綠光，浪費生命希冀更好的人生。

根本沒有什麼希望。凱恩的夢想一直都很黑暗，充滿了怪物，以及挖土尋找骨頭的男孩。

他不用等多久。庭警將凱恩帶回法庭，加入其他陪審員的行列。法官告訴陪審團，辯方終止舉證。快五點了，但兩位律師認爲他們可以在六點前結束他們的結案陳詞，陪審團可以回到下塌的飯店，思考案情，明早再回來考量他們的判決。

這場官司的步調讓凱恩驚豔。他很慶幸自己留了庭警活口。他不需要逃，還不用，等到結束再說吧。

隨著派爾從座位起身走向陪審團，空間中瀰漫著一種僵滯的平靜。凱恩感覺得到。檢察官用一個誓言劃破靜默。

「我向在座的每一位陪審員保證，你在本案所做的決定會成爲你生命的一部分。我知道會。各位必須做出正確的決定，誤判會成爲一根扎進血管的細針，每天每天更往裡頭扎，直到流進你的心臟。一個人的性命掌握在各位手中，辯方律師肯定會這麼說。弗林先生大概會一直提醒你們這點，但實際上，你們掌控的不只如此。你們握在掌心的是這個城市裡每一位公民的命運。我們仰賴法律保護我們，懲罰奪走我們性命的凶手。如果我們不實踐這份責任，我們就泯滅了我們的人性。如果我們不行使這份義務，我們就忘卻了逝去的受害者。咱們把話說個清楚吧，如果各位仔細聽取所有的證詞，各位在本案的義務就是判被告有罪。」

64

我看著小柏在我眼前縮水。小柏似乎隨著派爾出口的一字一句變得愈縮愈小，愈來愈虛弱，彷彿他的生命隨著一分一秒蒸散一樣。

派爾提醒陪審團幾個要點，小柏沒有透露命案當晚他人在哪，他的指紋出現在球棒上，他謊報到家的時間，他的指紋及DNA出現在卡爾嘴裡的紙鈔上。他有動機，有機會，身上還有雅芮耶拉的血，而且用來殺害她的凶刀一直留在屋內。凶手另有其人的推論？那是辯方的詭計，僅此而已。

等到派爾回座位時，他臉上滿是汗水。他火力全開了整整三十分鐘。

輪到我了。

我提醒陪審團，打扮得像小柏的人出現在屋外時，所羅門家的無線網路路由器捕捉到了不明裝置。我提醒他們，無論當時進屋的人是誰，後來肯定都關掉了監視錄影器的動態感應開關。幾位陪審員，特別是芮塔及貝西，似乎都跟上了我的邏輯。

溫恩全程雙手環胸，坐在原位。

命案不可能以檢方描述的方式進行，卡爾很可能是由後方的袋子罩住頭部，然後才遭到門口球棒重擊。所以當凶手進入臥室時，雅芮耶拉才沒有醒來。還有一元紙鈔，上頭的DNA遭到清理，只留下小柏及另一個死人的DNA。

「陪審團的各位成員，派爾先生提醒了各位的責任。讓我澄清他的說法。你們的責任只有對你們自己負責。你們只需問自己一個問題，那就是，你確定羅柏·所羅門殺害了雅芮耶拉·布魯及卡爾·托澤嗎？你確定嗎？我會說艾格森先生不確定自己那晚看到的是被告。我會說我們不能確定卡爾·托澤口中的紙鈔沒有經過某些鑑識手法的處理。不過，我所說的話一點也不重要，你們了解了什麼才是重點。各位明白，在你們心中，你們無法確定羅柏·所羅門殺了這兩個人。你們現在要做的就是說出你們的心聲。」

我接下來幾分鐘的人生過得非常模糊。我似乎這一分鐘還在對陪審團講話，下一分鐘就在收拾東西，向小柏道別。他要跟荷頓及他的保全團隊一起離開，度過這個夜晚。也許明早就能知道判決結果。庭警帶著陪審團離開，法庭逐漸清空。哈利靠在法官的座位上，向書記官交談。還有幾個人在法庭遊蕩。迪雷尼與哈波正在等我。她們似乎察覺到我需要一點時間讓思緒沉澱一下。我把一切精力都投注在結案陳詞裡，現在腦子是一團糨糊。

我把筆電包甩上肩，推開分隔法庭後方的柵門。迪雷尼與哈波站在我面前。我覺得精疲力竭，疲憊不堪，但我曉得眼下還要工作一晚。我們還是有機會能夠找出一元殺手案件的破綻。我有不好的預感，這就是小柏最後的機會。

我右下方有迅速閃過的動靜，我只有用餘光捕捉到。有人蹲在我左邊的連排座位上。我轉身去看是怎麼回事，但速度不夠快。

一個拳頭砸向我的下巴。我聽到迪雷尼大吼，哈波也是。我已經倒下，地板出現得太快，我伸出手，想辦法不要讓頭直接著地，但撞擊磁磚地面的肋骨還是讓我慘叫一聲。我不能呼吸。在陣陣痛楚中，我不太清楚周遭發生了什麼事。有人把哈波推到我前方，她仰臥在地。我聽到身後傳來腳步聲，哈利跑過來看到底發生了什麼事。

我感覺到有人用力抓住我的兩隻手腕，然後我的雙臂折疊在身後。忽然間，我明白這是怎麼回事了。我遭逮捕的經驗多到清楚條子的手法。這個念頭剛出現，我就感覺到冰冷的手銬先是圈住我的左手手腕，然後是右手。我的雙手被銬在後方，手臂下方有幾隻大手把我向前拉起。我想開口，但我的下巴痛到無法講話。第一擊差點就讓我的下巴脫臼了。

我努力揚起脖子，望向左邊。

葛蘭傑警探，在他身後的是安德森。

「艾迪．弗林，你遭到逮捕，你有權保持沉默……」葛蘭傑一邊把我往前推，一邊向我宣讀米蘭達警告。在法院門邊等候的是一名制服員警，他的雙手擺在手槍皮套上。

「你不能這麼做。」哈利大吼：「現在就停下來。」

「我們可以這麼做，現在就在做。」安德森說。

哈波爬起身子，迪雷尼拉住她。

「我是聯邦探員，你們到底在做什麼？罪名是什麼？」迪雷尼說。

「這不是聯邦案件，妳沒有管轄權。我們要帶這個人到羅德島警局問話。」葛蘭傑說。

我無法呼吸，疼痛一波波襲來，每一波都壓迫著我的肺。我抬頭看見在走廊盡頭等待的警察穿了不一樣的制服，羅德島警局。安德森跟葛蘭傑與那邊的聯絡官有聯繫，他們負責逮捕，然後帶我離開紐約。

「罪……罪名是什麼？」我勉強擠出這句話。如果我問，他們就得告訴我，我有權知道。光是講這幾個字就要我老命。葛蘭傑拉扯我的手臂，讓我的肋骨強烈劇痛。我感覺到自己的雙腿愈來愈沉重。聽到安德森的回答時，我差點昏過去。

「你因爲殺害阿諾．諾瓦薩利奇而遭到逮捕。」他說。

老天啊，阿諾。兩天之前，我才不會因爲阿諾翹辮子而傷心，現在我感覺不一樣了。我今天早上才跟他講過電話，聽到他死訊的震驚差點讓我忘記自己遭到逮捕。

「艾迪爲什麼要殺害他的陪審團分析師？」迪雷尼問。她跟著我出來，吼著問安德森。

「也許妳該問弗林。」安德森說：「問他把十三張一元鈔票塞進諾瓦薩利奇嘴裡的時候，爲什麼不戴手套？」

65

公車從法院後方的停車場開出來。陪審員都沒有開口，每個人都思索著案子最後的判決。多數人看起來都很慶幸快結束了。公車經過法院時，望向窗外的凱恩正巧看見警方將弗林帶出來，推進沒有記號的汽車之中。

凱恩允許自己露出微笑，這是有朋友的好處。

他以破紀錄的時間從紐約的牙買加區前往阿諾位於羅德島的公寓。一開始，陪審團分析師不想讓凱恩進屋。凱恩承諾有大料要爆，內線消息，預設立場的陪審員就坐在陪審團之中。要阿諾抗拒這種誘惑實在太難了。凱恩進入豪華公寓，想要杯水喝，然後從後方勒死阿諾，將他棄屍於廚房地板上。作案凶車一直停在甘迺迪機場的停車場中，車輛置物櫃裡擺放著凱恩現在拿出的小袋子。他得動作快，他用湯匙把鈔票塞進阿諾喉嚨深處。不過，凱恩還是確保最後一張紙鈔從阿諾嘴角露出。這張紙鈔用紅筆做了記號，國徽上所有的星星、箭頭及橄欖枝都是紅色的。這是最後一張紙鈔。

而這張鈔票上有艾迪·弗林的指紋及ＤＮＡ。

這張鈔票足以讓艾迪·弗林入獄，此時此刻，他的執業生涯才開始平步青雲。新聞及報紙上通通都有弗林的報導。他是紐約最炙手可熱的律師。凱恩早就看準這一步。

艾迪·弗林的美國夢就此畫下句點。

66

葛蘭傑解開手銬，要我轉過身去，他把我的手銬在身體前方。這是小小的施恩。坐在警車裡，雙手銬在後面會壓迫我的肋骨，沒出兩個街廓，我就會暈過去。他壓著我的頭，逼我坐進無記號警車的後座。這是警探停在警方車庫裡的車。車上聞起來有食物放久的味道，坐墊還破了。

想到阿諾遭到謀殺，被錢嗆死，我的雞皮疙瘩爬滿身。一元殺手陷害我，就跟他陷害其他人一樣。

我費盡力氣才讓自己冷靜下來。我必須忽視痛楚，用腦思考。

駕駛座門開了，葛蘭傑上車。羅德島的警察坐進我前方的副駕駛座。安德森從左側上車時，車子歪斜了一下，他坐在我旁邊，手上還裹著石膏。我望向他的臉，看到了讓我害怕的神情。

安德森在流汗，還顫抖不已。葛蘭傑發動引擎準備出發，而我的目光一直盯著安德森。我在法庭上把他整得很慘，我也把他的手打得很慘。他現在應該很得意才對，死瞪著我，享受他的勝利。葛蘭傑和安德森現在應該有說有笑，數落我的辯護功力，嚇嚇我，說一切都結束了，我要在監獄度過餘生之類的。

結果呢？車裡氣氛凝重到不行，讓我想起坐在車輛後坐等著施展騙術的時光。

「謝謝你讓我們送這傢伙一程。」葛蘭傑如是說。他將車開進車流之中。

「別客氣。弗林先生，晚安，我是瓦拉斯克茲警官。」羅德島的條子如是說，然後轉頭面向葛蘭傑。「感謝你們警局讓我跟你聯絡，這樣省了不少管轄權的麻煩。我們一談，我就知道你們想報復弗林。」

「噢，對，我們有一段過去。」葛蘭傑望向鏡子，我看到的不是志得意滿的神情，而是興奮期待。如果我坐直身子，我可以在後視鏡中看到葛蘭傑的雙眼，他的目光不斷東張西望。他在檢視道路、人行道，偷瞄安德森，確保他盯著羅德島的警察瓦拉斯克茲。

我曉得事情不對勁。我不確定瓦拉斯克茲是不是也參與其中，我猜是沒有。

我們開在中央街上，我向後靠，隔著外套口袋摸到手機。他們沒有替我搜身。從年紀以及他們當警察的態度來估計，這三個人加起來至少有五十年當差資歷。

一個資歷十年的警察忘記替嫌犯搜身，這是多麼不尋常的事情？我因此緊張了起來。葛蘭傑轉了兩個彎，我們往北邊前進。這樣也無法讓我不焦慮。他們應該要帶我去羅德島，最快的路是往南，直上羅斯福路，沿著河邊前進，銜接上九十五號州際公路。紐約重案組的警察不可能繞別的路線，他們最清楚紐約的地形了。

「我們要去哪裡？」我一邊說，一邊緩緩將手放在外套下方，隔著外套往右邊朝門把伸手。

「不要多問。」葛蘭傑說。

「問你個屌。」我說。

「聽話，臭嘴閉上。」安德森說。

鬼才聽他們的話。

「如果我們要去羅德島，為什麼不走羅斯福路？」我問。

坐在前方副駕駛座的警察轉頭望著葛蘭傑。

「雖然這麼說很不爽，但律師說的有理。」瓦拉斯克茲看了看手錶。

「車太多了，現在上去會塞車。」葛蘭傑說。

最後的天光餘暉迅速消失。我們經過的車輛都打開了頭燈。葛蘭傑把車往左邊車道開，警車還是沒開燈。現在我們往西前進了。一連串迅速的左彎右拐讓我們持續西進。

我望向窗外，說：「西十三街與第九大道？我們去肉品包裝區幹嘛？」

「抄捷徑。」葛蘭傑說。

車子左彎，轉進一條比較小的街道。污水管冒起陣陣煙氣，街燈照過去，看起來像地獄降臨曼哈頓。

「我要停一下車。」葛蘭傑說。

這就是了，葛蘭傑才沒有要停車，我也到不了羅德島。

安德森靠上來。他右手打石膏，基本上是獨臂俠，他用左手從外套裡掏出什麼東西。他朝駕駛座仰頭，我看到他左手拿出一個亮亮的東西，手一甩扔到我腳下，然後同一隻手收回外套裡。我只有時間看一眼，這樣就夠了，在我雙腳之間有一把小小的手槍。

「有槍！」安德森大喊。他的手伸出來，抽出他的槍。他要以正當防衛的理由槍殺我，所以上車時才沒有人替我搜身。這一切念頭閃過我的腦海，同一時間，我撲向安德森。我的頭重重撞在他的鼻子上，我伸手，用雙手緊抓他的左手手臂。我用力把他的手臂往下壓，手銬都嵌進我的手腕裡了。

他瘋狂掙扎。我猛然從座位上起身，努力用手肘撞擊葛蘭傑的頭。他身體歪向一側，腳往前伸，踩著油門。車子往前衝，我被甩回座位上。

眞痛，所幸腎上腺素讓我持續抵抗。

安德森也弄掉了他的槍。他靠向前，打算撿槍。槍肯定掉到葛蘭傑座位下方了。我看得到他伸手撈槍。車子震動，安德森那側的窗外出現火花，我們肯定擦撞到路邊停靠的車輛了。

安德森坐直身子，槍口對準我。

然後他一頭撞上車頂板。子彈射出，碎玻璃噴了我一臉。他打中我這側的車窗。我被往後甩，背抵在座椅上。我起身，看到瓦拉斯克茲扶著腦袋，他沒有繫安全帶。一根電線桿現在埋進車頭裡。

在安德森能夠開第二槍之前，我把膝蓋縮到胸口，雙手頂著腦後的車門，用雙腳朝安德森的臉踢過去。力氣一開始來自我的背，接著我以雙手、胸肌、腹部及雙腿使力。我的身體有如出箭的弓一般，使盡吃奶的力氣踢過去，但我沒踢到臉，我踢中了他的身體。衝擊力道將安德森踢出車門，摔到街上。

這一腳用盡我所有力氣，我想起身，但實在太痛了。我癱倒下來，想要喊叫釋放疼痛。我需要移動，我必須下車，但我根本連坐起來都辦不到。我氣喘吁吁，每一口氣都是熊熊燃燒的痛楚。

「混帳東西，你死定了。」葛蘭傑怒吼。我抬頭，看見他下了駕駛座。車門因爲撞擊而打開，將他半甩出車外。我聽見他踩著滿地碎玻璃過來。我只能透過車窗看他，我看見他從背帶抽出手槍。他走到安德森面前，大喊：「他有槍！」隨即開槍。

我用手擋在面前，卻沒有感覺到子彈襲來，沒有疼痛的衝擊波。我只有感覺到溫暖的東西噴在我臉上。

瓦拉斯克茲扶著肩膀慘叫。

葛蘭傑對他開槍。我聽到葛蘭傑再次開槍，而瓦拉斯克茲腦袋開花。

「你殺了一名警察。這就是你用政風室威脅我們的下場。你惡搞我們，你就吃子彈。」他說。我只能看著葛蘭傑的臉。他彎曲膝蓋，用兩手握住手槍，槍口直直對準我的頭。安德森倒在他腳下的人行道上，我看見他向葛蘭傑伸出手。

我想大喊，我想尖叫，卻發不出聲音。如果我喊出聲，也許就聽不到了——我只聽得到耳裡有如海浪一般的血液衝腦聲，以及心跳如同腦袋裡的聲波。

我想到我的女兒，憤怒立刻湧上心頭。這個人要奪走她的父親了，糟糕的父親，但還是她的父親。我一手伸到皮製椅墊下方，咬緊牙根，使盡最後的力氣想要坐起身來。安德森扔在地上的小手槍就在我指尖不遠處，但感覺手槍是在橄欖球場的另一端。

我的手滑開，倒了下去。我抬頭望著葛蘭傑。

這混蛋臉上居然掛著微笑。他伸直手臂，瞄準，然後消失在一陣火花、斷裂金屬及刺耳聲響之間。

我搖搖頭，閉上雙眼又睜開眼。我看到車身，藍色的車身，車子後退又加速。我聽到熟悉的V8引擎運作聲。車子離開我的視線，門在我後方打開，我看見哈波的臉出現在面前。她張大雙眼，氣喘吁吁，一手握著手機，我的名字出現在螢幕上。我先前按下手機的聲控撥號鍵，然後說出我替哈波設定的名稱。

「你欠我一輛新車。」她雙眼微濕。她緩緩把手放在我的胸膛。

「欠你個屌。」我說。

我聽到哈利的聲音，他出現在哈波身邊。

「我說他沒事吧？」哈利說。

我聽到遠處的警笛聲愈來愈靠近。

「哈利，我沒事。」

「謝天謝地。下次提醒我再也不要搭哈波開的車，我覺得我都要心臟病發了。」他說。

「迪雷尼說她聯繫羅德島警局了。一元殺手陷害了你。我們可以澄清這一切。」哈波說。

我曉得迪雷尼很有說服力。

「安德森跟葛蘭傑，他們……？」

「他們撐不下去的。」哈波說。

我點點頭，閉上雙眼，在嘴裡嚐到血味，我嚥了下去。今晚可漫長囉。

67

凌晨兩點十七分。

凱恩躺在床上望著天花板。太期待了，根本沒考慮要睡覺。他從來沒有讓兩件任務間隔這麼近。太冒險了，但距離凱恩美夢的盡頭只剩一步之遙，他決定冒這個險。綜觀他這輩子，他總覺得自己刀槍不入。

他很特別，他媽媽總是這樣說。

房外的階梯平台上肯定有座老時鐘。凱恩聽著時鐘微弱的滴答聲。在深夜這般黑暗寂靜的房間裡，那種聲音會不自然地放大。他轉頭，望向床邊桌上的電子時鐘。

凌晨兩點十九分。

他嘆了口氣，想要進入夢鄉根本沒有意義。他拉開被毯，雙腳翻下床，踩在地上。他腿上的傷癒合得很好。他在上床前換過繃帶，沒有膿，沒有臭味，傷口周圍沒有憤怒的紅腫。

他伸起懶腰，用手碰觸天花板，然後打了個呵欠。

這時，他聽到了。凱恩僵在原地。時鐘持續在走廊某處滴答作響，但他聽到了另外的聲音。

動作、階梯上的腳步聲，人數眾多。凱恩靜靜站好，穿上內褲、長褲與襪子。

他開始繫鞋帶的時候，聽到木板發出的嘎嘰聲，一下、兩下、三下。走廊第二或第三排的木板有塊鬆脫了。他昨天注意到的。

沒時間找襯衫了，他把刀子順手插進褲子口袋，然後躡手躡腳走到門邊。他用耳朵壓在木門上，屏住呼吸聆聽。走廊上有人。凱恩緩緩站直，用眼睛瞄準門上的貓眼。

他房外有四名特戰隊員，全身黑，克維拉防彈背心、作戰夾克、手套，頭盔上還有攝影機，而且每個人都手持突擊步槍。凱恩從門邊滑開，背靠在旁邊牆上，努力想要控制自己的呼吸。他們逮到他了。這麼多年過去，他們終於要找到他了。某種程度上，凱恩覺得很驕傲。聯邦調查局終於明白他在做什麼了。他希望至少有一位調查人員能夠看透他的手法，了解他的作爲。

床邊桌上的電子鐘顯示凌晨兩點二十三分。

他深呼吸，吐氣，然後起跑，此時他聽到木門碎裂，特戰隊員大喊：趴在地上。

68

我望向手錶。

凌晨兩點鐘。

我在聯邦調查局指揮車後方，冷得要死。這車基本上就是一輛車底加了鋼板、一側擺了一堆電腦螢幕的麵包車。

我坐在螢幕對面，朝咖啡吹氣，雙手圍在杯上取暖。過去十五小時裡，進入我身體的只有咖啡和嗎啡。兩者都不錯，這一刻嗎啡藥效發作，我覺得頭昏，但身上的疼痛都消退了。今天晚上沒有我擔心的那麼糟。在警局待了四小時，我就獲釋。如果紐約最高法院法官，前聯邦調查局探員，現任私家偵探，以及調查局的首席分析師沒有支持我的說法，那我在警局至少要待上兩天。最後解決問題的人是哈波，她那晚不只接了我的電話，還全程錄音。

政風督察室一個小時內就加入調查，他們手上有安德森與葛蘭傑厚厚的檔案，沒花多少時間就進入安德森與葛蘭傑的手機紀錄、語音信件、文字訊息及 WhatsApp 訊息，東西都還在。他們疑神疑鬼，懷疑我會因爲面臨殺害阿諾的無期徒刑威脅，將他們出賣給檢察官，以從輕量刑。在充滿黑警、流氓及各種犯罪組織行動的世界裡，遭到逮捕就是致人於死地最快的方法。

我又不是沒見過。

他們的計畫是殺害我，然後安德森再用那把小手槍對瓦拉斯克茲的腦袋開個兩槍。他們會怪這名外地警察沒有替我搜身，這些通通在他們訊息及語音通訊的對話紀錄裡。他們還沒有時間扔掉使用過的拋棄式手機。

安德森和葛蘭傑一聽說羅德島警局掌握了我的鑑識證據後，立刻把握機會。真不曉得一元殺手是否期待安德森、葛蘭傑動手殺我。這不符合他的犯案模式。他會想要一場公開、血腥的審判，不會希望讓我在警車後座槍擊身亡。

三小時後，初步鑑識結果出爐，證實瓦拉斯克茲遭人用葛蘭傑的手槍從車外射擊。葛蘭傑身上有火藥射擊殘跡，而我沒有。

我晚點必須回來替政風室進行正式的舉證，這樣他們才能秋風掃落葉般去調查重案組的其他成員，但現在，醫護人員看過我，給了我一些止痛藥之後，他們滿意地讓我離開。

等到我離開警局，我跟哈波發現手機上都有好幾通未接電話，全是迪雷尼打的。哈波回電，我們立刻趕去聯邦廣場。迪雷尼問哈利是否也會過去，調查局有了進展，他們需要聯邦搜索令，這要哈利的協助才弄得到。

那已經是好幾個小時前的事了。現在我人在麵包車裡受凍，車子就停在通往格拉迪酒店的單車道小路裡。後門開了，哈利走進來，跟在他身後的是瓊恩，法院的速記員。這位女士五十幾歲，身穿綴有珠珠的上衣、厚實的長裙，還有頗具分量的羊毛大衣。她大大的手提包裡裝的是速寫機，從她的表情看來，她很不滿凌晨兩點被人從床上挖起來。

「派爾來了，我看到他開車過來了。」哈利說。

我點點頭，喝了一小口咖啡。哈利拿出隨身酒瓶，喝了一大口。我們都有保暖的方法。瓊恩坐在哈利身邊，打開手提包，將她的機器放在大腿上。

派爾爬上麵包車，跟著上來的是迪雷尼。我們坐在車廂一側可以拉下來的座位上。車子很大，裡頭還能坐上四、五人，只是記得上車時要低頭就好。迪雷尼坐在面對螢幕的旋轉椅上。她戴上頭戴式耳機麥克風，說：「狐狸小隊，待命。」

「請問可以告訴我，我到底在這裡幹嘛嗎？」派爾說。

「瓊恩，我們開始正式記錄了嗎？」哈利問。

她噘起嘴唇，但從她敲打速記機的力道看來，她已經回答了哈利的問題。

「派爾先生，現在羅柏·所羅門公訴案的記錄正式開始。我要你來是因爲我要授權給執法機構，他們將對本案的一名陪審員採取行動。好，法律上來說，在隔離狀態的陪審團是我一個人的責任，一直到要他們做出判決爲止。既然我們還沒得到判決結果，如果任何執法單位或政府機關想跟陪審員聯繫，都需要我的授權。我要你跟弗林先生在場，這樣如果你們有任何異議才能當場提出，且如果眞的行動，你們也能旁觀。我們應聯邦調查局的要求前來這個地點，爲的是確保陪審員的安全。狀況充滿不確定性，調查局沒有時間往返法院。這項任務必須在場授權，清楚嗎？」

「不清楚，怎麼回事？」派爾說。

「是一元殺手，他眞的在陪審團裡。」我說。

派爾的頭猛力撞到麵包車的天花板，巨大聲響迴盪在車內。他是天生的律師，律師就是喜歡站起來抗議。他坐回位子上，揉揉頭頂。

「這一切都只是煙幕彈而已。你同意對陪審團授權這次行動代表你同意辯方的說詞。你基本上是在說辯護律師是對的，你不能這麼做。」派爾說。

「派爾先生，我可以。你要提出審判無效嗎？」哈利說。

這話讓他閉嘴。他曉得自己勝券在握。他必須權衡他是否要爲了我而打翻一盤好棋。

「法官大人，我會保留審判無效的立場，直到早上。這樣大人滿意嗎？」派爾謹愼地說。

「行。好，根據佩姬．迪雷尼特別探員提出的資訊，我現在授權逮捕名爲艾立克．溫恩的陪審員。」哈利說：「我們有理由相信溫恩是連環殺人犯一元殺手的僞裝，這名凶手的作案手法是將他的罪行在命案現場以一元紙鈔栽贓給無辜的人。之後，一元殺手會謀殺且偷竊潛在陪審員的身分，加入受栽贓者的命案陪審團，以確保對象成功定罪。迪雷尼探員今晚提供了相當驚人的證據……」

我已經知道是什麼證據了。還在聯邦廣場的時候，迪雷尼就已經跟我與哈波解釋過了。一切都說得通。

哈利爲了正式記錄，繼續說下去：「在撤換陪審員史賓賽．柯貝爾之後，我保管了每位陪審員的筆記本，我授權了鑑識鑑定。調查局在我的批准下帶走筆記本，且根據迪雷尼探員的說法，第一本接受檢驗的筆記本屬於陪審員艾立克．溫恩。探員證實，由於辯護律師艾迪．弗林提供了充分的理由，特別將這本筆記本挑選出來檢驗。」

派爾看看我，又望向哈利。他怒火中燒。

「弗林先生，這是爲了記錄，請問你提供了什麼樣的理由給迪雷尼探員？」

「我重述我與辯方陪審員分析師阿諾．諾瓦薩利奇的電話內容，他看到這名陪審員行跡詭異……」

「抗議。」派爾說：「什麼行跡詭異？」

「他注意到這名陪審員的表情忽然改變，臉部表情。阿諾是肢體語言的專家，他覺得這件事不尋常到需要知會我。」我說。

「就這樣？你們要根據沒有辦法證實的表情證詞逮捕一名陪審員？」派爾說。他早早出擊，如果這場行動失敗，他希望他的抗議明確記錄下來。

「不。」迪雷尼說：「眞正驚人的證據是艾立克．溫恩筆記本裡的指紋，指紋符合國家檔案庫裡的一名嫌犯約書亞．凱恩。這個人的訊息不多，沒有出生地，沒有出生資料，沒有現居地址。我們曉得他與一起三屍命案及縱火案有關。我們目前只掌握了這些犯罪發生在維吉尼亞州。我們已經申請這些案件的檔案，還在等當地的威廉斯堡警局回覆。我們是兩個小時前申請的，中間也催促過幾次。我們期待可以立刻收到凱恩的檔案及照片。」

哈利點點頭。

「根據指紋鑑定與一元殺手案件的可能關聯，我就此正式授權逮捕艾立克．溫恩，兩位律師，有意見嗎？」哈利說。

「沒有。」我說。

「我要特別提出我的抗議。這個行爲侵害了案件的核心程序。」派爾說。

「註記了。迪雷尼探員，可以進行了。」哈利說。

「狐狸小隊，執行任務。」迪雷尼說，她把椅子轉過去，面向螢幕。

車內一半的空間分布了五台螢幕，四台是特戰隊的頭盔攝影機，另一個是迪雷尼的電子郵件信箱。每過幾秒鐘，她就會重新整理一次，她掌握愈多凱恩的訊息愈好。四個頭盔的畫面不斷搖動。他們轉彎時，我們聽見靴子的踏步聲。格拉迪酒店出現在畫面上，老舊的地方，眞的很老。感覺觀光客住進去都會想死。

第一名小隊成員向門房亮出識別證，這位門房看起來比飯店還老。他們在接待櫃台與晚班門房交談，確認了艾立克・溫恩的房號，請他別打草驚蛇。小隊成員緩緩走上階梯。我看著中間探員的攝影機畫面，他前方的探員亮出識別證，示意走廊上的庭警過來。他們低聲要庭警躲到他們身後，他們有法官同意的搜索令，可以逮捕艾立克・溫恩。庭警確認房間號碼，特戰小隊緩緩前進。

他們停在門邊，打開突擊步槍槍口的探照燈。

小隊隊長數到三。

他們頭盔上的時間顯示凌晨兩點二十三分。

三。

二。

一。

叮，迪雷尼的信箱裡收到一封標示爲**緊急**的信。

門撞開，探照燈捕捉到站在床角的艾立克・溫恩，他睜大雙眼，上身赤裸。他出於本能高舉雙手。

「**聯邦探員！趴下！趴在地上！**」

他跪了下去，渾身顫抖，張開雙臂倒在地面。不過幾秒，小隊就替他搜了身、上了銬。

「我受夠了。」派爾如是說，他起身，把外套摺疊掛在胸前手臂上就離開麵包車。他大力甩上車門。我把注意力放回螢幕上。其中一名小隊成員將溫恩從地上拉起來，其他人望著溫恩。大家都能清楚看到畫面。

「老天，請、請不要傷害我。我什麼都沒有做。」溫恩一臉鼻涕眼淚，整個人恐懼顫抖。

面對溫恩的小隊成員向後退，我們看見小隊成員伸手到臉旁。他低聲咒罵一句，我們也看到他所看見的景象。

溫恩的雙腿之間有一塊深色區域持續擴散，一路延伸至雙腿。溫恩失禁了。他整個人抖得無法說話。

迪雷尼咒罵一句，看起信件來，寄件人是威廉斯堡警局。信件內容是他們對約書亞．凱恩的簡要報告。我跟哈利從座位上起身，挨著迪雷尼的身旁查看。凱恩遭到通緝，女高中生珍妮．穆斯基的姦殺案與他有關，以及另一名死者瑞克．湯普森。最後有人看到這兩個人是在高中舞會上。第三名受害者是拉寇兒．凱恩，約書亞．凱恩的母親。警方懷疑凱恩誘姦且殺害珍妮，將她的屍體藏匿在母親的住所。他母親遭到謀殺後，整間公寓付之一炬。

檔案繼續說明警方在水庫中找到瑞克．湯普森及他的車。

資料裡附了一張凱恩的黑白罪犯大頭照，掃描的顆粒很粗，實在看不清楚他的五官細節，但他看起來一點也不像溫恩。

我再次望向螢幕。溫恩徹底崩潰，他哭哭啼啼，請大家手下留情。這不是在演戲。約書亞．凱恩犯下這麼多罪行，想盡辦法成爲陪審員，肯定需要過人膽識。溫恩現在看起來連膽都嚇破了。

「該死。」我掏出手機查看通聯紀錄。一直翻到我昨晚打電話給阿諾的那通。我是四點半打過去的，我們沒有講太久。我現在想到，阿諾那時在他位於羅德島的公寓裡，就算無視限速，路上也沒什麼車，凱恩從羅德島驅車回甘迺迪機場差不多也要兩個小時又十五分鐘左右。

「迪雷尼，請小隊成員去問庭警，昨天陪審員幾點起床吃早餐？」我說。

她轉述問題，小隊成員前往走廊，我們看著他詢問陪審團管理人。

「我會說我們差不多六點四十五分，最晚七點前去叫他們。」他說。

在我跟阿諾講完電話後，他才殺害阿諾，開車回來、藏車、回到格拉迪酒店，及時躲回自己的房間？怎麼可能？

「我們抓錯人了。」我說。

迪雷尼沒說話，她還在研究凱恩的信件。哈利揉揉腦袋，從隨身酒壺裡又喝了一口。

「阿諾昨晚在電話裡告訴我，他看見僞裝表情的人是溫恩，但現在回想起來，我打電話給阿諾的時候，他已經死了。跟我講電話的人不是阿諾，而是凱恩。」我說。

「凱恩？」迪雷尼說。

「現在想想，他不可能在之後才殺害阿諾，從羅德島回飯店，除非講電話的時候，他已經殺死阿諾了。一元殺手把矛頭從自己身上別開，轉向溫恩。」我說。

「老天。」迪雷尼如是說。她拿出手機，打了通電話，無論她打給誰，對方都接了起來。

「我們檢測的筆記本上有溫恩的名字，我要你查看所有的筆記本，看看還有沒有其他筆記本也署名溫恩。」迪雷尼說。

我們等待的同時，她持續瀏覽起威廉斯堡警局掃描且寄來的原始檔案頁面。

我看見她愣了一下，她有所發現。

「肯定不是溫恩。」她盯著螢幕。電話另一端的人確認有兩本陪審員筆記本都署名爲艾立克．溫恩。凱恩把溫恩的名字寫在他的筆記本上。

我靠上前去，確認迪雷尼在看什麼。

珍妮．穆斯基與拉寇兒．凱恩死於一九六九年。瞬間，我就曉得約書亞．凱恩到底是誰，迪雷尼也知道了。她必須迅速反應，先把她的不可置信扔去一邊，立即採取動作。

她對特戰隊下令，要他們離開溫恩，去找另一個目標。

我手機叮了一聲，是哈波，她要過來了，她在舊新聞剪報裡找到一元殺手的照片。她從她的新聞剪報裡找出這位陪審員的名字。

這個人就是我想的那位陪審員。

就是那個混蛋。

69

在特戰小隊突破凱恩旁邊房門的同時，他迅速打開窗戶，爬到外頭的屋頂上。現在沒時間慢慢沿著低矮屋頂的磚瓦爬行，這邊一側山牆上還有支架。

現在每一秒都無比珍貴。凱恩滑下屋頂，雙手拖在身後。他沒穿襯衫，磚瓦似乎劃傷他的皮膚了。不痛，只是感覺到磚瓦刮到他的背。凱恩讓雙腿滑越過屋頂的邊緣，然後是他的上半身。他用兩隻手緊緊握住屋簷上的排水道，沒有一路摔出去，慢慢讓自己掉落到下方的一處雪堆裡，足足摔進三公尺高的白雪之中。

他翻身，滾出飯店後方的雪堆，遠離前方所見的燈光，跑進樹林當中。紅白藍的警示閃光交錯，一組監視小隊直接擋在通往格拉迪酒店的私人小路上。凱恩沒有猶豫，他開始朝燈光左邊跑去。他氣喘吁吁，在冰冷的夜晚裡，他的呼吸是一片白霧。雖然凱恩上半身赤裸，但他一點也不痛。他不像正常人，能夠感覺到冷熱，這種感官是模糊的，但冷風還是讓他直打哆嗦。

他在樹林邊上看到離開飯店車輛的頭燈，那是一台白色的奧斯頓．馬汀跑車。凱恩跑到路中間，在空中揮舞雙手。車子停下，亞特．派爾從駕駛座上走下來。

「桑默斯先生？」派爾說：「你還好嗎？這種天氣你跑出來做什麼？你這把年紀會死在外頭的。」

凱恩雙手環胸，打起冷顫。

「你、你、你的外套，拜託。」凱恩說。

派爾脫下喀什米爾羊毛大衣，披在凱恩肩上。

「我聽到槍聲、叫聲，我害怕就跑出來了。」凱恩說。

「上車，我帶你去安全的地方。」派爾說。

凱恩把手臂穿進大衣袖子裡，走向車子的副駕駛座，上了車。派爾坐在駕駛座上，關上車門，轉頭看著這位他以為是六十四歲的布萊德利．桑默斯，他驚恐地望著這位先生的胸膛。凱恩滑開外套，讓派爾看見他的傑作。

「我的老天。」派爾說。

鮮少有人看過凱恩的胸膛，派爾在車內燈下見識它的榮光。凱恩的胸口是一大團白色的傷口組織，突起傷疤的複雜線條構成了美國國徽。老鷹一爪握著箭，一爪是橄欖枝，兩隻爪子分別伸向凱恩腹部的兩側。盾牌及老鷹頭上的星星都在他的胸骨上。

「讓我們離開這裡。兩公里不到的地方有一間假日酒店。帶我過去，我就不會傷害你。」凱恩邊說邊從褲子口袋裡拿出刀子，擺在大腿上。

派爾想要發動引擎，看見刀子讓他踩在油門上的腳用力過猛，凱恩要他冷靜下來。他們出發，沒幾分鐘就已經要抵達假日酒店了。一路上，派爾都氣喘吁吁，央求對方留他一條小命。

他們停在無人的後方停車場黑暗角落，距離假日酒店還有九百公尺。

「我需要你的衣服跟車子。我會把皮夾留給你。穿過停車場到酒店不會太遠。如果你拒絕，我還是可以強行奪走。」

派爾不需要人家講第二次，他脫到只剩內褲，然後聽凱恩的話，把衣服扔進後座。

「現在你可以下車了。」凱恩說。

派爾開門，凱恩立刻看到低溫衝擊著檢察官。他只穿鞋襪站在原地，縮著身子，在黑暗空蕩的停車場中抵禦寒風。

「我的皮夾。」派爾說。

凱恩爬到駕駛座，關上車門，搖下車窗，將皮夾扔在柏油路上。

派爾走過去，彎腰撿起皮夾，一抬頭，就與瞪著他的凱恩四目相識。

派爾僵在原地，雙腿發軟顫抖，接著凱恩抽刀插進派爾的右眼眼眶，然後讓他摔跌下去。

凱恩迅速穿上派爾的衣服，太鬆垮了，但不打緊，要不了幾分鐘，凱恩就可以開著奧斯頓．馬汀跑車回曼哈頓。他不允許聯邦調查局打亂他的模式，他還有一個人要殺。

誰也無法阻止他。

70

特戰小隊發現布萊德利．桑默斯的房間空空如也。窗戶沒關。小隊隊長爬到外頭的屋頂上張望，在雪地裡看到足跡，一路延伸到後方遭人翻動過的雪堆上。迪雷尼為了保險起見，下令對飯店及空地進行地毯式的搜查。耗時半小時，等到探員搜查結束滿意後，他們基本上已經惹毛了住在飯店裡的每一位房客，由酒店出發延伸到小路的足跡看來，一元殺手並沒有折返回來的跡象。

約書亞．凱恩消失了。

聯邦調查局的速度迷人也可怕。搜查結束不過幾分鐘之後，所有的執法單位都收到警戒通知。哈波到了。她找到兩張剪報，兩張照片上出現了同一位看起來將近六十歲的人，一張是他要離開法院，另一張則是要進入法院時拍的。男人出現在兩次的背景之中，髮型不同、衣著不同，但五官大致上差不多。除了布萊德利．桑默斯斷掉的鼻樑外，基本上是同一個人。我跟迪雷尼坐在指揮車上研究照片。哈利還在想辦法打電話給派爾。小柏馬上就能得到審判無效的結果了，無庸置疑。

「他會跑去哪？」迪雷尼端詳著照片。

「也許回到布萊德利．桑默斯的公寓？」哈波問。

「我已經請一位探員過去了，但機會不大。這傢伙低調存活這麼久，可不是因為他會犯下菜鳥失誤。」

「他能逃過這一切也太神奇。我是說，他已經幹種事幹了幾十年了。」哈波說。執法單位讓這種事發生，我覺得有點惱怒。也許狀況就是如此吧。基本上每一州、每個城市的重案組都業務繁重。他們一路跟著證據前進，沒有時間想太多。某種程度上來說，這不是他們的錯，他們是被冷血、高智商的凶手操弄了，只是沒有時間去考慮其他可能性罷了。同理，一元殺手能走到今天，算他運氣好，這麼多受害人，就爲了助長他那嚴重扭曲的願景。

我想起我對凱恩所知道的一切，命案、審判、受害人、作案手法及國徽。這傢伙不可能讓計畫這樣破局。他想要完成他的使命。

「哈波，打給荷頓，快打。這神經病有強迫症，一絲不茍。他會讓這一切以他想要的方式結束。我覺得凱恩會去找小柏。」我說。

三分鐘後，我坐在副駕駛座上，這是哈波租來的車。哈波跟著特戰小隊前進，在車流中拐來拐去，在警笛聲中狂飆前進。我只能雙手張開，壓在置物櫃上。

「再試試荷頓的手機。」我說。

哈波啓動手機的語音撥號，她手機在儀表板的平面上隨著車身前進震動。我看到螢幕亮了起來，反照在擋風玻璃上，撥號聲透過藍芽系統迴盪在車內。

沒人接。

「我再試試小柏。」我說。

我打過去，他的手機肯定是關機了，至少荷頓的手機還會響。我們只要他接起這該死的電話就好。

「反正警方現在已經趕過去了。」哈波說。

我們出發前，迪雷尼已經緊急請求紐約市警前往小柏家，看看他是否無恙。他們應該隨時會到。她也連絡了聯邦廣場的外勤人員跑一趟，確保整個地方都封鎖起來。

從牙買加區前往曼哈頓中城通常要開車一小時，我們在十分鐘內就穿過皇后區中城快速道路，熟悉的天際線映入眼簾，在隧道之後的就是有如明信片風景的聯合國總部大樓。

哈波手機震動起來，是迪雷尼打來的。

「紐約市警來電，他們跟所羅門的保全談過，什麼動靜也沒有。我請市警把巡邏車開走，撤回我的探員。我們在隧道裡開警笛，出去之後靜音。我會換一台沒有標記的車，檢查周遭地區。凱恩還沒抵達所羅門家，如果他在那裡盯哨，我不想要打草驚蛇。」

「同意。」哈波說：「但我跟艾迪先進去看看，應該不打緊吧？」

「我先檢查再跟你們說。對了，鑑識人員剛跟我聯絡，我們在有凱恩指紋、寫著溫恩名字的筆記本上進行DNA測試。整個程序還沒結束，大概還要十個小時，但初步結果顯示上頭的DNA符合理查．潘納的樣本，就是卡爾嘴裡紙鈔上的DNA主人。一旦圖譜建立完畢，我們就會確定。哈波，我要妳回報妳是在哪裡找到潘納DNA圖譜資訊的，這跟凱恩也有關聯。」迪雷尼說。

車進了隧道，訊號斷了，這不打緊。哈波正以時速一百二十公里飛車尾隨特戰小隊前進，我們周遭還是隧道的厚牆，我也不可能讓手離開置物箱。我想問哈波關於潘納DNA的事，以及她的發現，但我害怕讓她分心我們就會出車禍。

出了隧道，焦慮過去。我們開進三十八街，距離小柏租屋處只有一個街廓，我們就此等候。中城這區比較寧靜，居民大多是醫生或牙醫。停在人行道旁的不是高檔休旅車就是正經歷中年危機牙醫開的跑車。

「妳查潘納的DNA有什麼發現嗎？」我說。

「有。理查．潘納的DNA檢測證實他是教堂山凶手。他的DNA符合一張一元紙鈔上的圖譜。附近一千四百名男性都自願進行DNA檢測，潘納也是其中之一。教堂山的警方表示這麼多人前來，他們沒辦法蒐集這麼多DNA樣本。他們必須訓練校園警衛協助採證學校教職員、工作人員及學生，校警羅素．麥克帕蘭替潘納採檢，封裝好，交給警方。我們聯繫上教堂山警局的一名警察，請他查找大學的職員檔案。」

「妳怎麼能讓警方幫妳這麼多忙？」我問。

她露出微笑。「我很有說服力。」

我不懷疑這點。我猜羅素．麥克帕蘭是約書亞．凱恩的另一個化名。他不是每次犯案都這麼乾乾淨淨。他遲早會留下自己的DNA。我的猜想是，他用化名得到校警工作。這種工作會讓他獲得女學生的信任與接觸。凶手遲遲不落網，如果他出手或提議送這些女孩回家，無助的她們很可能會信任校警，接受他的協助。不過呢，他後來還是搞砸了。凱恩肯定將自己的DNA留在其中一名受害者的紙鈔上。警方一開始尋求鄰近地區男性的DNA，他就知道了。只不過，凱恩將此化作他的優勢。他從清潔工潘納身上取得樣本的過程，簡單到只要用棉花棒擦一下潘納口腔，再封口裝進試管中。只不過，凱恩肯定是調包了兩個樣本，將自己的樣本標上潘納的名字。所以潘納的DNA其實是凱恩的。潘納請不起辯護律師，沒有人會好心到替教堂山絞殺手出庭打官司。那年代的公設辯護人也沒有預算重新檢驗DNA。

所以卡爾嘴裡的紙鈔上才會有潘納的DNA，那根本不是潘納，他早死了，根本沒碰過那張錢。一直以來，那都是凱恩的DNA，是他把自己的樣本標示成潘納的。

眞是聰明。

我猜所有的校警個人檔案裡都會有他們的識別照片。我等著哈波的聯絡人挖出凱恩化名羅素·麥克帕蘭時用的照片。

沒有其他解釋了。

哈波手機響起，她接起電話。迪雷尼的聲音在汽車音響中響起。

「我們巡邏過街道以及周圍的五個街廓區域。沒看見凱恩。有些閒晃的人，但沒有異常。有人從夜店、酒吧走回家，兩個毒蟲在後面那區披著毯子，還有個傢伙喝到醉倒，連人帶他的奧斯頓·馬汀跑車就停在歐布萊恩夜總會外面。我們嚴密監控，但沒看到凱恩，還沒看見。」

「我可以去找小柏嗎？」我問。

「可以，但別待太久。」迪雷尼說完就掛斷電話。

「你去。我送你過去，把車停在街上。」哈波說。

我們開到三十九街，小柏住的地方就在街道中間。我想起小柏，以及他對我的話會有什麼反應。我確定如果今晚調查局逮到一元殺手，到了明早，對小柏不利的訴訟就不用繼續打下去。發生了這麼多事。阿諾死了，我甚至還沒有時間消化這件事。凱恩利用另一塊錢將阿諾的命案嫁禍給我。

「停車。」我說。

「什麼？」哈波說。

「快停車。我要妳打電話給教堂山的警察。這麼多年來，凱恩不只是靠著好運前進。」我說。

哈波聯絡那名警察，我們等待回應。他說他剛剛才在資料庫裡找到校警麥克帕蘭的檔案，本來他打算早上再用電郵寄給哈波，但她說服他現在就用手機拍下資料內容，用訊息傳過來。警察非常配合。我打電話給迪雷尼，把一切跟她說清楚。

終於啊，一切都說得通了。我們爲此談了十分鐘，然後哈波在小柏住處外頭讓我下車。那是一棟沒有特色的褐石華房，位處得以躲避媒體風暴的完美地段。

我走上階梯，敲起小柏家的大門。冷風颳過我的臉頰，我朝雙手呵氣。荷頓前來開門，我立刻感受到屋內的溫暖。

他還穿著黑色西裝褲，打著領帶，但脫了外套。看到他的槍還掛在身上，我覺得自己鬆了口氣。掛在他腰上的是插在眞皮皮套裡的克拉克手槍。

「你沒事吧？」他問。

「糟透了。小柏還好嗎？」

「進來，他在樓上。有什麼消息嗎？」

我進屋，經過荷頓身邊，感謝他在我身後立刻關上門。我沒穿大衣下車，從車上走到門口這短短一段路就讓我直打哆嗦。所幸我的嗎啡持續作用，不然我會因爲斷掉的肋骨而行動不便。

走廊是黑的，但燈光從客廳照亮角落。我聽到電視正在播放棒球賽。我退到一旁，讓荷頓先過去。

「上樓看看他吧。他在二樓。我錄了比賽，想說不妨追個進度。調查局的車子停在外面，我比較沒有那種暴露在危險裡的感覺。我可以稍微放鬆點，你懂嗎？」荷頓說。

我點點頭。「當然，這幾天辛苦了。我覺得小柏終於可以翻案了。希望事情盡早落幕。」

荷頓已經轉身前往客廳了。我看著他一屁股跌坐進寬寬的沙發裡，面對巨大的平板螢幕，他說：「你們逮到那傢伙了嗎？一元殺手？」

「差不多了。」我說：「我覺得我們已經掌握足夠證據可以提出判決無效。如果我們逮到他，我覺得我們可以無罪開釋。」

我看著荷頓打開一瓶啤酒，他伸手拿給我。

「要來一瓶嗎？感覺你可以痛快喝一點。」他說。

他說的沒錯，我可以痛快喝一瓶，以及之後的二十瓶。

「不，謝了。」我說。

我走上樓，找到第一段階梯，然後是一個平台，再上去才是上樓的樓梯，我喊著小柏的名字。

沒有回應。等到我爬上最後一階台階時，我又覺得冷了。燈沒開，我猜小柏睡了。一陣冷風吹過我的臉頰。對著街道的窗戶是開的。我靜靜走過去，望向外頭。窗戶差不多開了三十公分，正對防火通道。我探頭出去張望，我上方、下方的防火通道裡都沒有人。

我低頭回到室內，一隻手扣在我的嘴上，把我的頭向後壓。我一度無法動彈，也無法吸氣到身體裡。我直覺想抓住這隻手，將手扭回攻擊我的人，然後轉身將他的手腕折到他後背去。

就在這時，我感覺到背後被銳利的東西抵住，那是刀尖。

我把目光放低到窗戶上，對，玻璃反射出來的是陪審員布萊德利．桑默斯。他站在我身後，但我還是看得見他的臉。他也望向玻璃的映影，注視我的雙眼。樓下傳來電視轉播的聲音。我不敢移動，我擔心我一動，他肯定會有反應。凱恩會用刀子刺進我的後背。

我的手機還在外套裡，如果我伸手去拿，也許可以啓動語音撥號打給哈波，就跟幾個小時前我在警車後面時一樣。

這些念頭在我腦袋裡大概出現一秒，然後我發現凱恩大概也想到同樣的事情。他端詳著玻璃上的我，觀察我的反應。他把頭靠過來開口低語時，我都聽得到他在我耳邊的呼吸聲。

「別動，別想打電話求救。弗林，你今晚就會死，唯一的問題是死得多慢，以及我該不該殺掉你那漂亮的調查員。如果你希望死得痛快，我是可以大發慈悲，但你要照我的話做。」

71

凱恩感覺到弗林的心跳。他的左手緊緊壓著弗林的嘴巴，前臂也貼著他的脖子。那種衝擊感又出現了，那壯麗的脈動，恐懼與腎上腺素交織出來的熟悉鼓譟，活生生地跳動著。

「我會把手拿開，你要照我的話做，不要喊，不要講話，一個字，一個低語，我都會殺了你。然後我會殺了她，你的調查員。只不過這次我會慢慢來，我會扒了她的皮，直到她求我讓她死。如果你明白，請你點點頭。」凱恩說。

弗林立刻點頭。

凱恩鬆開手，把手從弗林嘴邊拿開。律師喘了口大氣。驚恐差點讓人窒息。

「我要你用一隻手，把手機拿出來，扔到地上。」凱恩說。

弗林伸手進外套口袋，掏出手機，任其落地。手機在厚厚的地毯上彈了兩下，幾乎沒有發出聲音。

凱恩退了一步，說：「你右邊有道門，打開進去。」

弗林轉身，開門，走進黑暗的房間裡。窗簾是開的，所以街燈在房裡還能投進昏暗的黃色光線。右邊有一張床，正前方是一道厚實的鑄鐵門。

門緊緊關上，門上方有一台攝影機，紅點是亮的。鏡頭對準下方，捕捉到安全門外頭的畫面。

凱恩朝門走去，然後在臥室門檻上等待。

「所羅門在我逮到他之前跑進了緊急避難室。我要你叫他出來。他正透過攝影機看你。麻煩請跟他說，我已經走了，跟他說警方到了，他很安全，可以出來了。」凱恩說。

律師沒有動作。凱恩發現他正端詳著門邊的小桌，桌上有檯燈，有電話。電話線連接到小桌後方牆壁的市內電話機裡。在避難室的門邊有另一條電話線也連到同一部電話機。牆上的電信盒被拆開，連接到市內電話的電話線遭到剪斷。這是一個老舊的緊急避難室，大概在電話鋪線之前就存在了，沒辦法在避難室的混凝土牆上鑿洞連線，電話線只能從有限的空間連出來，插在電信盒上。凱恩很是感謝這種設計，因爲所羅門躲進避難室，還沒來得及從裡面打電話向外求救前，凱恩就剪斷了電話線。

「你這是在浪費時間。」凱恩說：「跟他說安全了，叫他出來。」

律師走向前，站在門邊。

「快跟他說。」凱恩說。

弗林抬頭望向監視器鏡頭，說：「小柏，是我，艾迪。」

凱恩變換了握刀的姿勢，緩緩走進房裡，謹愼站在攝影機的拍攝範圍之外。

「小柏，仔細聽我說。你安全了，你非常安全。現在，我要你做一件事……」弗林說。

凱恩伸出舌頭，舔了舔嘴唇。他感覺自己心跳加速，迫不及待要動手殺人了。

「小柏，無論發生什麼事，千萬不能打開這扇門。」弗林說。

凱恩心想：傻瓜。

他會逮到所羅門的，也許不是今晚，但也不遠了。現在，律師必須付出代價。他緊握著陶瓷刀刃，感覺到自己血液的第一波熱流。他看著律師拉起領帶，蓋住自己的口鼻。

這時，他左邊的窗戶碎裂，房裡瀰漫著催淚瓦斯。

72

第一發催淚彈在臥室角落爆炸，同一時間，我聽到周遭玻璃碎裂的聲音。兩名配備特戰重裝及防毒面罩的聯邦探員從窗戶玻璃跳進房裡。我聽到走廊的玻璃也破了，看到另一名小隊成員在凱恩身後落地。距離我最近的探員交給我一個面罩，我想辦法放低身子，爬進角落，然後戴上面罩。等到我把腦後的魔鬼氈貼好時，已經雙眼刺痛。

我聽到探員表明身分，還吼著警告凱恩放下刀子，跪在地板上。我看不見他們。臥室及走廊的窗戶玻璃破裂，外頭又寒風刺骨，整個空間很快變成一大團無法看透的白煙。霧氣從窗戶排走，但頭幾分鐘我還是什麼都看不見。

自動步槍連續射擊，空彈殼掉落在地上，發出叮噹聲響。然後是一片寂靜。我聽到哀號聲，接著是重物落地聲。之後槍戰才真正開始，兩波震耳欲聾的槍聲響起。我在煙硝中看到槍口的探照燈燈光，卻看不出槍火的方向。

煙硝裡有道人影迅速移動，我只看得到輪廓，人影蹲在房間角落，起身，接著是玻璃碎裂聲，接著窗邊冒出一陣煙。樓梯上傳來腳步聲，沉重而迅速。

煙硝逐漸散去。我站起身來，地上的探員屍體差點絆倒我，這是剛剛給我面罩的探員。他的喉嚨遭人劃開，槍不見了。在他後方，第二名探員臉朝下倒地。然後，我在走廊上看到凱恩正在最後一名突破窗戶進入二樓的探員身旁。探員倒在地毯上，身體顫動。凱恩把彈匣裡最後的子彈都打進他身上。探員不動了。凱恩扔下步槍，抄起刀子朝我走來。

他雙眼泛紅，滿臉是淚，但他似乎毫不在乎。我發現他的襯衫腹部有一處深色的痕跡。他還沒殺害第一名探員、奪走對方武器前，就已經中彈了。

但是，他似乎沒有因此卻步或慢下來，一點也沒有。

這傢伙是怎樣？

我與凱恩距離三公尺。樓梯上的腳步聲變大了。我向後退，直到腿撞到避難室的金屬門。凱恩大步走來，臉上掛著笑容。

我從外套口袋裡抽出荷頓的克拉克手槍，直直朝凱恩胸口開了一槍。這是我在荷頓關上大門、經過他身旁時偷摸過來的。這一槍讓凱恩後退了幾步，但他居然奇蹟似地保持站姿。他低頭，看到嚴重衝擊的傷口，抬起頭，張開嘴巴，吐出鮮血，再次朝我走來。

下一槍打中肩膀，但他甚至沒有停下來。

距離二點五公尺。他還死不肯放刀。

我開槍、開槍，再開槍。一槍沒中，一槍擊中腹部，一槍擊中胸部，結果這混帳還是繼續前進。

一點五公尺。現在腳步聲抵達走廊。

我把槍口瞄準下方，開了兩槍。第一發落空，第二發打中凱恩的膝蓋，他倒了下去。他氣喘吁吁吐血，開始爬行。

九十公分，他的刀子捅了過來，刀刃插進我的大腿裡。最後一刻，凱恩的眼神變了，變得柔和、放鬆了。彷彿所有的重擔都煙消雲散，而他望著克拉克手槍的槍口。

我扣下最後一次扳機，轟掉了他的後腦杓。

痛楚蔓延開來，我的膝蓋發軟，大腿上有一道長長的開口，我感覺得到鮮血染濕了我的長褲。我頭暈眼花，整個房間天旋地轉。我肯定倒在地上了。我看到荷頓的手槍出現在我面前。我肯定把槍弄丟了。我撐起上半身，看到荷頓站在我面前，氣喘吁吁。他彎腰撿起手槍。

我看到荷頓臉上露出果決的神情。他彈出彈匣，看了看。裡面至少還有兩發子彈。我戴著防毒面具無法呼吸，於是扯下面罩。

「星期二，在簡餐店。我們一起吃早餐，然後去命案現場。」我說。

荷頓蹲了下來，端詳起凱恩的屍體。

「沒想到這輩子看得到他死。」荷頓說。

他對著凱恩的屍體不敢置信地搖搖頭。

「天底下沒有跟他一樣的人。他不會受傷，他不會痛。我以爲他不是人。」荷頓說。

「簡餐店。你拿了我要付帳的錢，然後還我，說你來付。你拿了一塊錢給凱恩。你幫他嫁禍給我。一直以來，你都在幫他。」我說。

他站起身，轉向我，臉上出現微笑。

那是扭曲又邪惡的笑容。我看了教堂山警方傳給哈波的照片。荷頓一點都沒有變。我想讓他知道，他的僞裝破功了，他再也無法躲在假名後頭。我破音了，實在太痛，但我還是繼續說：「在教堂山，你調包了理查．潘納和凱恩的ＤＮＡ樣本，對嗎？羅素．麥克帕蘭警官？」

他把彈匣裝回去，一發子彈上膛，槍口對準我。

我咬著牙，注視他的雙眼。

他的身體突然抽動起來，還在窗框上的玻璃染成紅色，然後荷頓的屍體從窗口摔下去。

迪雷尼與哈波並肩站在走廊上。她們放下手槍。我聽到迪雷尼呼叫急救人員，整個房間又變暗了。我想睜開眼睛，卻辦不到。我的頭好沉重，滿身是汗。我感覺到自己的後背沿著金屬門往下滑，感覺不到雙腿止滑。我很快又倒了下去。

在我暈過去前，我感覺到一隻手扶著我的臉頰。我聽不到對方說了什麼。有人搥起金屬大門，小柏問現在是否安全，可以出來了嗎？我想告訴他一切都搞定了。我想告訴他明天不用去法院了，起訴他的案件已經結束了，但我什麼也說不出口。

73

三十九街槍戰已經過了八週，一元殺手的犯罪全貌終於釐清。我太虛弱，無法與迪雷尼見面，但她打電話給哈利，全都告訴他了。我療傷期間待在哈利的公寓，他把事情的來龍去脈解釋給我聽。

凱恩殺人無數，他的DNA出現在另外三個犯罪現場。瓦利．庫克在開庭前一週失蹤，凱恩的DNA出現在瓦利停在自家車道上的汽車輪胎上。瓦利遭到焚屍，但之後的牙醫紀錄證實了他的身分，他曾出現在所羅門案的陪審團名單上。同時也尋獲了派爾的屍體，他倒在他的奧斯頓．馬汀跑車駕駛座，而車停在小柏住所街上。

凱恩離開格拉迪酒店時遇到派爾，搶了他的衣服，殺害了他，用大衣披著他的身體，用帽子遮擋他眼眶上的大洞。

雖然接下來兩場命案沒有確切的證據，但調查局相信凱恩也殺害了曼威爾．奧特加與布蘭達．柯沃斯基這兩位陪審員。

迪雷尼掌握到更多荷頓的資訊，他本名羅素．麥克帕蘭。經過一連串性騷擾指控後，他顏面無光地退伍，這些指控都無法證實，但同袍卻設計了一些圈套，讓他因爲枝微末節的事件離開部隊。麥克帕蘭在北卡羅萊納大學教堂山分校得到校警的工作，沒多久校園就傳出駭人的性侵案件。不管怎麼說，他是警察，當女學生看到他的時候，都會信任他。教堂山絞殺手的第一名受害者出現時，大家以爲性侵犯胃口變大了。現在調查局不這麼想，迪雷尼相信凱恩去找麥克帕蘭，威脅要揭穿他，除非他協助凱恩掩飾罪行。

這兩個人配合得很好。麥克帕蘭有保全背景，認識的人通通是警察，這些是凱恩需要的資源。當然了，需要變造證件的時候，麥克帕蘭也知道該去找誰。這麼多年來，凱恩不只是運氣好，他還有幫手。

於是除罪過程開始。有些人是死後洗刷污名，多數人還活著。因爲一元殺手罪行入獄的人通通獲釋，走上冤獄賠償官司的漫漫長路。無論他們得到何種補償，他們的人生都回不去了。

我躺在哈利的沙發上，看著重播的《警花拍檔》影集。小柏每天打電話來，想要謝謝我救他一命。哈利再次好心替我開口。我在CNN上看到小柏的訪談，他談到參與莫須有罪行的審判過程，他談到他的癲癇，以及他如何隱瞞。最後他談到他的性向，他告訴記者，雅芮耶拉及托澤命案當晚，他其實跟另外一位男演員在一起，又是一個活在謊言裡的全球知名影星。這一切糾纏著他，這份罪疚感他只能瞞著所有人，包括他的辯護律師。

雖然好萊塢不原諒他，但美國大眾原諒了小柏。我聽到前門開了，哈利拿著瓶狀牛皮紙袋進來。

他把袋子及一堆信件一起放在茶几上，拿來兩個杯子，替我們斟酒。

「在看什麼？」他問。

「《警花拍檔》。」我說。

「我一直都很喜歡這檔節目。」哈利說。

他啜起他的波本威士忌，放下杯子，說：「小柏．所羅門想聘你。」

「幹嘛?」

「他在製作Netflix的試播集,主角是變成律師的騙子。」他面露微笑。

「這題材不會賣座。」我說。

哈利發現我盯著信件看。他把信堆拿起來,放去一邊。

「有我的信嗎?」我問。

他沒回話。我看到眼熟的大牛皮紙信封。

「哈利,給我。」我說。

他嘆了口氣,從信件堆裡挑出牛皮紙信封交給我,說:「這事你不用現在處理。」

我打開信封,抽出文件,坐直身子。我的腿還是痛,但傷口正在合癒。醫生說再過幾個禮拜我就能擺脫拐杖了,現在只剩微微的刺痛。在我面前茶几上的文件卻傷我更深。我從哈利茶几上的筆筒裡抓起一枝筆,翻了幾頁,簽署離婚及監護權文件。

我一口氣喝完杯中物,慢慢感受著衝上腦門的酒精。哈利又替我倒酒。

「我可以跟克莉絲汀談談。」他說。

「不要。」我說:「這樣對她們比較好。她們離我遠一點會比較安全。事情就是這樣。我在小柏中城住所的時候,凱恩用哈波威脅我,那時我還滿慶幸的。如果我跟克莉絲汀、艾米在一起,他就會威脅到她們的生命,或做出更可怕的事情。她們離我遠遠的反而比較好。」

「小柏給你的酬勞很好。艾迪,你可以拋下這一切,做點別的事。」

「我還能做什麼?我狀況沒有以前好,不能重操舊業。」

「我不是指那個。你知道,找點別的事做,合法的事業。」

進廣告了，第一支廣告是小柏．所羅門及雅芮耶拉．布魯紀錄片的預告。小柏還炙手可熱，媒體會竭盡所能利用他。

在預告片之後，我看到另一則魯迪．卡普訪談的預告。魯迪攻佔了每一個脫口秀節目與新聞頻道，搶了所羅門案的全部功勞。我不在乎，讓他去吧。沒道理跟魯迪這種律師搶風采。我打官司不是爲了名氣，我最不需要的就是出名。

「我想我還是繼續當我的辯護律師吧？」我說。

「爲什麼？艾迪，看看這工作讓你付出多少代價？爲什麼還要繼續？」

我沒有看哈利，但我覺得他已經知道答案了。

「因爲我可以繼續，因爲我必須繼續，因爲這個業界永遠都會有亞特．派爾、魯迪．卡普這種人。必須要有人出來做對的事情。」

「這人不見得要是你。」哈利說。

「要是別人也都這麼想呢？要是大家都期待別人來做，而沒有人肯替別人站出來呢？必須要有人站在天平的另一邊。如果我倒下，之後會有人來接替我的位置。我要做的只是盡力站久一點而已。」

「你最近站不太起來啊。對了，哈波想見你。」

我讓氣氛靜默冷卻。

我蒐集好克莉絲汀律師準備的文件，塞回信封裡。我的心思飄回位在中城的那間臥室。我摘下婚戒，扔進信封。不要跟我當一家人對她們來說比較好。她們太美好了，我配不上她們。而我實在太愛她們了。

我一直把克莉絲汀的婚戒收在皮夾裡。那個時候，我不曉得該拿它怎麼辦，但我現在可以離婚，同意克莉絲汀的所有要求。這樣對她們最好。

我一飲而盡，倒了另一杯，躺回沙發上。

「所以你有什麼打算？」哈利問。

我拿出手機，考慮要不要打給克莉絲汀。我想打給她，但我不知道該說什麼。另一方面，我曉得我有很多話要對哈波說，但我想想，其中的某些話還是不要說出口比較好。

我望著手機好一會兒，然後點進通訊錄，按下撥號鍵。

致謝

跟往常一樣，我要感謝尤恩・索尼考夫特（Euan Thorneycroft）及AM Heath的整個團隊，一名作家無法期待比他們更優秀的經紀公司。獵戶座出版社的法蘭切絲卡・帕沙克（Francesca Pathak）與貝塔・瓊斯（Bethan Jones）以怡然自得的態度替本書操刀塑形，我非常感謝她們，以及整個獵戶座團隊，特別是強・伍德（Jon Wood），因爲他相信這本書。

感謝我的podcast搭檔路卡・魏斯特（Luca Veste），一直逗我笑，且讀過本書。感謝我所有的朋友與同事。更要感謝所有支持我的書店與讀者。

特別感謝我的妻子崔西，她是第一位讀者，第一個意見，什麼都第一。因爲她最棒了。

【Mystery World】MY0015

第13位陪審員

Thirteen

作　　者❖史蒂夫・卡瓦納（Steve Cavanagh）
譯　　者❖楊沐希
美術設計❖Ancy Pi
內頁排版❖HAMI
總 編 輯❖郭寶秀
責任編輯❖遲懷廷
協力編輯❖洪詩璋
行　　銷❖許芷瑀

發 行 人❖涂玉雲
出　　版❖馬可孛羅文化
10483台北市中山區民生東路二段141號5樓
電話：(886)2-25007696
發　　行❖英屬蓋曼群島商家庭傳媒股份有限公司城邦分公司
10483台北市中山區民生東路二段141號11樓
客服服務專線：(886)2-25007718；25007719
24小時傳真專線：(886)2-25001990；25001991
服務時間：週一至週五9:00～12:00；13:00～17:00
劃撥帳號：19863813　戶名：書虫股份有限公司
讀者服務信箱：service@readingclub.com.tw
香港發行所❖城邦（香港）出版集團有限公司
香港灣仔駱克道193號東超商業中心1樓
電話：(852)25086231　傳真：(852)25789337
E-mail：hkcite@biznetvigator.com
馬新發行所❖城邦（馬新）出版集團
Cite (M) Sdn. Bhd.(458372U)
41, Jalan Radin Anum, Bandar Baru Seri Petaling,
57000 Kuala Lumpur, Malaysia
電話：(603)90578822　傳真：(603)90576622
E-mail：services@cite.com.my
輸出印刷❖前進彩藝有限公司
初版一刷❖2020年11月
初版十三刷❖2023年8月
定　　價❖420元

國家圖書館出版品預行編目(CIP)資料

第13位陪審員/ 史蒂夫.卡瓦納（Steve Cavanagh）著；楊沐希譯. -- 初版. -- 台北市：馬可孛羅文化出版：家庭傳媒城邦分公司發行, 2020.11
面；　公分. --（Mystery World；MY0015）
譯自：Thirteen
ISBN 978-986-5509-45-3（平裝）
873.57　　109014168

ISBN：978-986-5509-45-3（平裝）

城邦讀書花園
www.cite.com.tw